감각자들

안전가옥
오리지널
43

나혜림
장편소설

감각자들

차례

0

덜컹덜컹…… 덜컹덜컹…… 끼익—.

이번 역은 월촌, 월촌역입니다. 내리실 문은 오른쪽입니다. 천안, 인천, 소요산 방면으로 가실 고객님들은 이번 역에서 1호선으로 갈아타시길 바랍니다…….

"잠시만요. 이거 두고 내리셨습니다."

"아, 감사합니다. 중요한 거라 잃어버리면 안 되는데……. 정말 감사합니다."

"다행이네요. 중요한 원서니까 좋은 꿈가루도 좀 뿌려드릴게요. 오늘 면접 잘 보실 거예요."

"네? 뭘 뿌려요?"

"……."

"저기요? ……어?"

1

지하철은 거대한 소음덩어리다. 지하철 난간에 엉덩이를 기대고 서면 소리가 물성을 가진 물체처럼 척추를 타고 올라 귀를 자극한다. 묵직한 소리 안을 유영하는 감각. 우영은 지하철 경찰로 일하는 것이 좋았다. 불법 촬영범을 잡고, 주취자나 노숙인끼리 붙은 싸움을 말리고, 정신머리 없는 사람이 머리 위 스테인리스 선반에 두고 내린 짐을 찾아주는 것도 할 만했다. 무엇보다 편안했다. 안전하다는 느낌. 지하철이 들어올 때 마다 들리는 특유의 소리와 일정한 간격으로 이어지는 진동 때 문일 거라고 우영은 막연하게 추측했다. 사무실에서 우영에게 배당된, 부팅을 마치기까지 담배 한 개비의 시간이 걸리는 조립식 컴퓨터와 바퀴 하나가 굴러가지 않는 의자, 자기 아들이 훗날 강풀 못지않은 만화가가 될 거라며 아들이 작업한 웹툰

8

주소를 보내오는 반장까지, 모든 게 지하의 진동과 어울려 제법 따스하고 폭신한 화음을 만들었다. 지하철이 연주하는 실내악 사이 사람들의 소리가 스타카토로 튀어 오른다. 통— 통— 통— 통—.

우영은 지하철에서 여성의 치마 속이나 다리를 촬영하는 파렴치한 놈들을 기가 막히게 잘 잡았는데, 눈이 밝아서는 아니었다. 밝은 쪽은 귀였다. *이건 옷이 사각거리는 소리. 옷감이 폴리인가? 저건 가방에 든 생수통 소리. 물이 한 150ml 정도 들었네. 저 사람 이어폰은 곧 고장이 나겠군, 지직거리는 걸 보니. 그리고……* '부장 새끼 한 대 치고 싶다', 덜컹덜컹…… '또 전화질이야', 덜컹덜컹…… '오늘 집에 가는 길에 로또 5천 원어치를……', 끼익— '아, 그 신입이랑 출장 가서 같은 방을 쓰면 소원이 없겠다', '엄마는 괜찮으려나. 오늘 아침에 기침을 심하게…… 내려서 전화 한 통……', 이번 역은 월촌, 월촌역입니다. 내리실 문은 오른쪽입니다…….

사방이 노이즈인 세계에서 우영은 뭉뚱그려져 울리는 소리를 체로 거르듯 구분해 들을 수 있었다. 귀를 기울이면 우영만 들을 수 있는 소리도 들렸다. 과거에서 퍼지는 소리. 미래에서 울리는 소리. 꿈. 과거는 수다쟁이였고 미래는 걱정이 많았으며 꿈은 허풍이 심했다. 하기야, 구분한다고 해서 뭐가 달라지는 건 아니지만. 가끔은 우영의 안쪽에서 오래된 소리가 새어 나와 지하철 소리와 함께 협연을 벌이기도 했다. *모자란자식신고가장난이었으면10대를때려서네못된버릇을고쳐놓겠다만약장난이아니었으면100대를때려서네못된병을고쳐놓겠다어디가는거냐내말아직안끝났다우영아안들리지이상한소리안들리지?*…… 어쩔 수 없었다. 그나마 지하철에서는 그 소리들을 견딜 수 있었다. 지하철이 내는 부드러운 소음이 생각들 위에 베이스처럼 깔리고, 안내 방송과 크고 작은 소동들이 장식음처럼 덧입혀졌으니까. 소음이 지겨워질 때는 음악을 들었다. 노이즈 캔슬링 기능을 갖춘 '에어팟'이란 놀라운 제품이 나왔을 때 우영은 군말 없이 3개월 할부로 카드를 긁었다. 하지만 할부를 다 갚기도 전에 실망하고 말았다, 늘 그랬듯이. 지하철 송풍기 바람에 머리카락이 날리는 소리와 창밖에서 들어오는 햇볕에 피부가 그을리는 소리까지 예민하게 감지하는 우영의 귀에 노이즈는 전혀 캔슬링되지 않았다.

우영의 후배 도신은 우영이 그 실망스러운 에어팟의 마지막 할부금을 납부하던 달에 들어왔다. 슬슬 지하철역 근무를 마무리 지어야 할 때였다. 도신에게 인수인계를 하고, 하이퍼링크를 타고 오는 반장의 자식 사랑과, 부팅을 마치기까지 담배 한 개비의 시간이 걸리는 조립식 컴퓨터와, 바퀴 하나가 굴러가지 않는 의자를 물려줄 생각이었다. 지하철역 근무는 우영의 적성에 맞았고 지하철이 선로에 들어올 때 나는 부드러운 덜컹거림은 아늑했지만 모든 일이 그렇듯 영원한 것은 없는 법이다. 그 사건이 아니었으면 지하철역 근무를 마무리하고 조용히 떠났을까. 오랜 시간이 지난 후에 우영은 스스로에게 물었고, 답은 '아니오'였다. 일어날 일은 일어나기 마련이고 어떤 일은 잘못된 시간, 잘못된 장소에서 일어난다. 그 일이 그랬다.

지하철역 여자 화장실 불법 촬영 점검을 하는 모습을 찍겠다며 시청 주무관이 지역신문 기자를 대동하고 찾아온 날이었다. 시청 주무관 김상필, 지역신문 기자 조승현. 두 사람에게 명함을 받은 우영은 뭐라도 내밀어야 할 것 같아 조끼 주머니를 뒤졌지만 아무것도 손에 잡히지 않았다. 갑갑한 경찰 조끼를 입은 채 '점검 중' 팻말과 점검 기기까지 챙기느라 지갑을 챙기지 못한 탓이었다. 심지어 휴대전화도 놓고 왔다.

"여자 화장실을 우리가 들어가서 봐도 됩니까?"

"찍을 때만 보는 거니까요. 하하."

— 거참, 형사 새끼, 말 많네. 하하.

상필은 모든 말의 끝에 '하하'하고 헛웃음을 갖다 붙이는 습관이 있었다. 심지어 속으로 생각할 때조차 그랬다. 일관성 있는 *새끼* 같으니라고. 우영은 그가 유언을 남길 때도 그 무의미한 헛웃음을 갖다 붙일지 궁금했다.

"찍죠, 잘 찍고 있어? 하하하."

상필은 중학생 남자아이들 무리의 대장이라도 되는 것처럼 그 자리에 있는 모든 사람에게 은근슬쩍 말을 낮췄고 승현에게 는 대놓고 하대를 했다. '찍쪼'라고 불린 승현은 말없이 사진만 찍었다.

불법 촬영 점검은 금방 끝났다. 점검용 불빛을 비추고, 벽에 난 나사 구멍을 확인하는 시늉을 하고(청소 용역 업체에서 이미 구멍을 다 막아놓았기 때문에 확인할 구멍이 없었다), 확인하는 시늉을 하는 모습을 촬영했다. 상필은 화장실을 기웃거리면서 '이야, 형사님들도 여자 화장실 들어오는 건 처음이죠? 여자 화장실 이라면 더 깨끗할 것 같았는데 다를 것도 없네. 남자용 소변기 없는 거, 생리대 자판기랑 수거함 있는 거 빼고는. 하하.'라며 추잡스러운 너스레를 떨었다. 너스레와 헛웃음을 곁들인 쇼가 끝나고 나서는 화장실 앞에서 다 같이 왼손으로 〈'찰칵'이 '철 컹'이 됩니다—불법 촬영 멈춰!〉 현수막을 들고 오른손으로 주먹을 쥔 채 사진을 찍었다.

"고생하셨습니다, 하하하."

상필이 손을 내밀었을 때, 우영은 그의 손이 아닌 다른 쪽을 보고 있었다. 상필의 뒤로 지나가는 남자. 남자의 몸에서 피어 오르는 소리를.

'월촌구내월촌동월천물어뜯어야지낚시꾼들이잉어를잡 는다물어뜯어버려야지염매가된다물어뜯어야지우물에갇혀 서⋯⋯.'

12

남자의 소리는 요란했다. 크고 진했지만 엉망으로 뒤섞여 도저히 무슨 말인지 알 수가 없었다. 남자의 속 어딘가에 구멍이 뚫려 생각이 맥없이 새는 듯했다. 힘껏 돌려도 꽉 잠기지 않는 수도꼭지에서 물이 뚝뚝 새는 것처럼. 아닌 게 아니라 정말 물에 푹 담갔다가 나왔는지 남자의 온몸이 젖어 있었다. 뚝뚝 떨어지는 물은 축축한 족적을 남겼고 걸음을 내디딜 때마다 비릿한 물비린내가 풍겼다. 남자의 젖은 얼굴이 노르스름했다. 어딘가 아파 보였다. 저렇게 생각을 흘리는 남자의 건강이 좋을 리 없겠지만……. 우영의 시선이 남자의 생각을, 바닥을 더럽히는 물 자국을 따라 움직였다.

"이우영 형사님?"

"아, 네. 네. 고생 많으셨습니다."

우영은 남자한테서 떨어지지 않는 시선을 억지로 떼어내고 여전히 손을 내민 채 민망하게 웃고 있는 상필의 손을 맞잡았다. 그리고 그 순간, 남자의 몸에서 피어나던 소리가 상필을 덮쳤다. 우영이 맞잡은 상필의 손을 자기 쪽으로 끌어당겼지만 늦었다. 남자는 그대로 상필을 감싸안고 그 목덜미를 물어뜯었다.

'물어뜯어야지…….'

남자의 속에서 팡파르가 울렸다.

"……뭐야, 유튜브 촬영하는 거야?"

사람들이 걸음을 멈췄다. 낯선 광경에 몰려들어 웅성거렸다. 상필이 꺽꺽 숨을 넘기며 몸을 뒤틀었다. 그럴수록 남자는 상필의 목덜미를 더 집요하게 파고들었다. 으극— 하는 소리와 함께 남자는 상필의 목덜미에서 기어코 살점을 한 덩이 뜯어냈다. 살점이 뜯어지며 남자에게서 떨어진 상필은 바람 빠지는 소리를 내며 허리를 굽히더니, 이내 바닥에 쓰러졌다. 사람의 치아로 도려낸 살점을 처음 본 사람들이 움찔하며 뒤로 물러섰다. 남자는 살점을 바닥에 퉤 뱉어내고는 우영을 향해 씩 웃었다. 그러더니 주위에 몰려든 사람들 사이로 뛰어들었다. 사람들이 비명을 지르며 흩어졌다. 남자는 가젤 사이에 뛰어든 맹수처럼 놀았다. 표적이 된 여학생의 머리채를 붙잡아 당기더니 귀를 물었다. 귀를 물린 여학생이 허공을 찢을 듯이 소리를 질렀다. **뇨, 뇨, 아파, 뇨, 아악, 뇨!** 피가 터져 나왔다. 귓바퀴를 뱉어낸 남자가 다음 사냥감을 물었다. 이번엔 팔뚝이었다. 팔뚝을 물린 사내가 남자의 코를 가격했다. 남자의 코가 주저앉으며 터진 피가 얼굴 전체를 적셨다. 코가 곤죽이 되었으면서도 남자는 턱을 악물고 팔뚝을 놓지 않았다. **뇨, 이 새끼야! 뇨!** 무릎으로 복부를 세 대 얻어맞고서야 남자의 턱이 풀렸다.

"시발……."

팔뚝을 감싼 피해자가 욕을 지껄이며 바닥에 주저앉았다.

"촬영 아니에요! 119 불러요!"

우영이 외쳤다. 순간 삐— 하는 이명이 골을 울렸다. 우영의 고막이 팽팽하게 당겨졌다. 우영은 미간을 구기며 눈을 감았다. 눈물샘이 뜨겁게 달아올랐다.

'어쩌자고 휴대폰을 놓고 왔을까.'

정작 휴대폰을 든 사람 태반은 사진만 찍고 있었다. 찍쪼조차 핏물에 담근 스펀지처럼 젖어가는 자기 동행의 모습을 찍고 있었다. 어쩌면 찍쪼에게는 좀 고소한 일인지도 모르겠지만…….

"당신! 사진 찍지 말고 통화 버튼 눌러서 119 부르라고!"

그제야 찍쪼는 카메라를 내려놓고 주머니를 뒤적였다. 어떡해…… 어쩜 좋아…… 사람들은 아무짝에도 쓸모없는 말을 하며 소란을 떨었다. 몇몇은 울었다. 무서워서, 겁에 질려서, 안심이 되어서 흘리는 이기적인 눈물이었다. 미친놈이 날뛰어서 무섭고, 방금까지 멀쩡했던 사람의 피를 보아서 겁에 질렸고, 그럼에도 나는 무사하니 안심이 되어서 보이는 눈물.

"이봐요. 내 말 들리면 눈 깜빡여요."

우영이 부르자 상필은 뭔가 말하려는 듯 입을 열었다. 목덜미에서 울컥 피가 쏟아졌다.

"말하지 마요!"

우영이 지르는 소리가 아프게 박힌 것처럼 상필이 고통스러운 낯을 했다. 우영은 목소리를 낮추고 고개를 저었다.

"말은 하지 말고 눈 깜빡여요. 나 똑바로 보고. 숨 쉬고."

상필이 눈을 깜빡였다. 한 번, 두 번…… 우영은 형광색 경찰 조끼를 벗고 티셔츠도 벗었다. 티셔츠를 둘둘 말아 상필의 목을 꾹 눌렀다. 지혈을 하려고 했는데 오히려 출혈 파티가 열렸다. 물때를 맞은 썰물처럼 우영의 손가락 사이에서 피가 넘쳤다. 티셔츠 위로 피가 배어나는 탓에 손이 자꾸 미끄러졌다. 도신이 우영 곁에 무릎을 꿇고 앉았다. 피가 고인 바닥에 꿇어앉은 두 사람의 바지와 외근화가 시꺼멓게 물들었다.

"신고했고, 출동하겠답니다."

"지혈을 해야 하는데 하필이면 목이야. 지혈대를 쓰면 질식해서 죽고, 놔두면 과다 출혈로 죽을 텐데. 뭐 틀어막을 만한 거 없을까?"

"제세동기는 있던데 막을 만한 건…… 아!"

도신이 벌떡 일어났다. 제세동기는 필요 없다고 외치려 했지만 도신은 순식간에 우영의 시야에서 사라졌다. 그러더니 1분도 안 돼 뭔가를 팔에 잔뜩 안고 나타났다.

"자판기 깨서 있는 거 다 들고 왔어요."

'여자 화장실이라면 더 깨끗할 것 같았는데 다를 것도 없

16

네…… 생리대 자판기랑 수거함 있는 거 빼고는.'

　생리대 포장을 뜯으려고 했지만 잘 되지 않았다. 손이 떨리는 건지, 생리대에 익숙하지 않은 건지, 헛손질을 하는 도신의 곁으로 누군가 다가와 생리대 포장을 벗겼다. '뭐 촬영하는 거냐'라고 묻던 사람 뒤쪽에 서 있던 여자였다. 여자가 겉봉을 뜯은 생리대를 도신에게 넘겼고, 도신은 우영이 티셔츠로 막고 있던 부위를 생리대로 꽉 눌렀다. 피가 생리대 사이로 울컥 빠져나왔다. 여자는 생리대를 몇 개 더 뜯어서 우영과 도신에게 넘겼다. 잠깐 시선이 맞닿은 찰나 여자의 눈이 하얗게 빛났다. 그뿐, 말은 없었다. 소리도 없었다. 여자 뒤로 사람들이 움직이고 있었다. 그들은 이제 더 이상 아무짝에 쓸모없는 사람들이 아니었다. 소란을 멈추고, 눈물을 닦고, 부상자를 안심시키고, 지혈을 하고, 길을 터주고 있었다. 웅성거림이 잠잠하게 가라앉았다. 쉴 새 없이 조잘대던 세상이, 수다쟁이 과거와 걱정이 많은 미래와 허풍이 심한 꿈이 잠깐 입을 다물었다. 고요했다. 조금이라도 마음의 여유가 있었다면 우영은 그 고요를 낯설게 느꼈을 것이다. 하지만 그걸 곱씹을 여유가 없는 우영은 그저 생리대로 상필의 목덜미를 꾹 누를 뿐이었다.

　경찰서엔 미신이 많다. 피 묻은 외근화는 부정 탄다는 말에 새것을 신청했다. 두 켤레의 새 외근화. 우영의 것 275 사이즈,

17

도신의 것 280 사이즈. 새 신발이 주인을 좋은 곳으로 데려다 주면 좋으련만 그래봤자 여느 범죄 현장이겠지. 그래도 새 신 발 덕분인지 좋은 소식이 전해졌다. 상필이 목숨을 건졌다. 다른 사람들도 상처를 입기는 했지만 무사했다. 찍쪼는 여자 화장실 점검 사진이 아닌 지혈 밴드로 쓰인 생리대 사진을 기사와 함께 내보냈고 기사는 포털사이트 메인에 걸렸다. 그날 반장은 아들이 그린 웹툰 대신 '지하철의 영웅'이라는 제목의 기사 링크를 우영에게 보냈다.

"대낮에 지하철역에서 사람이 사람을 물어뜯고. 세상이 아주 망하려나 보다."

반장은 우영이 의자에 엉덩이를 채 붙이기도 전에 말을 쏟아냈다.

"기사 봤지? 그거 못 막았다고 우릴 욕하는 사람들도 있지만, 온 세상이 자기를 등쳐먹는다고 믿는 인간이 애먼 사람한테 분풀이하는 건 자연재해지. 잘못된 일이 잘못된 시기에 일어나는 걸 우리가 어떻게 다 막아."

"피의자는…… 어떻게……."

반장이 문 너머의 기척을 살폈다. 우영이 귀를 쫑긋했다. 아무도 없었다.

"죽었어. 아직 보도는 안 됐고."

"죽었다고요?"

우영은 팔뚝을 물린 사내가 남자의 코를 가격하던 것을 떠올렸다. 코를 맞았다고 사람이 죽나? 어쩌면 뇌진탕이나 뇌출혈일지도 모른다.

"아래위로 피를 토하면서 죽었대. 맞아서 그런 거라면 팔뚝 물린 피해자가 의사 말고 변호사까지 알아봐야 할 거고."

우영의 속을 읽은 것처럼 반장이 말했다.

"뭐 약이라도 했나 검안했는데 약물도 아니라고 하고. 술도 안 마셨다고 하고. 의료 기록도 특별한 것 없고. 혹시라도 감염되거나 하진 않았나 검사했는데 깨끗해. 아무것도 안 나왔어."

"약도 술도 병도 아니면 왜 그랬답니까?"

"모르지. 죽은 사람 붙잡고 물어볼 수도 없고."

우영은 고개를 끄덕였다. 사람 속을 읽을 수 있다 한들 죽은 사람의 속은 읽을 수 없다. 아무리 귀가 밝은 우영이라도.

"이우영 너 칭찬이 자자하다. 지하철 경찰에서 옮길 때도 됐지? 이번에 월촌서 통합1팀에 자리가 비었다는데 그 통합반 팀장이 우영이 네 이야기를 하더라고."

새 외근화를 신은 발이 새 근무지로 떠나야 할 때였다. 우영은 도신에게 인수인계를 하고, 하이퍼링크를 타고 오는 반장의 자식 사랑과, 부팅을 마치기까지 담배 한 개비의 시간이 걸리는 조립식 컴퓨터와, 바퀴 하나가 굴러가지 않는 의자를 물려주고 떠날 생각이었다.

"아, 그러고 보니까 피의자의 몸에서 떨어진 물은……."

우영이 돌아서다 말고 마지막으로 물었다.

"감정해 보니까 저기 월천 물 같다고 하대. 그 미친놈이 월천에서 자살이라도 하려고 했나 보지. 아니면 뭐 용이라도 되려고 했던가. 거기 무슨 전설 있잖아? 잉어가 용 된다는. 용은 개뿔. 거기서 자살을 얼마나 해대는지 내가 월촌서에서 근무할 땐 월천을 사람 낚시터라고 불렀다."

반장은 무심하게 답했다.

반장이 보내준 '지하철의 영웅' 뉴스에 후속 기사가 달렸다. 피의자의 사망 소식이었다. 누군가가 기사에 단 댓글은 500개가 넘는 공감을 얻었다.

'뒤질 거면 곱게 혼자 뒤지지 꼭 민폐를 끼치고 간다.'

그게 피의자의 죽음에 500명이 넘는 사람들이 보여준 애도였다.

장례식은 그 주 주말에 있었다. 피의자의 하나뿐인 가족이라는 아버지는 사망진단서 발급 비용 30만 원이 없다며 시신 인수를 포기했다. 주인을 잃고 가족에게도 외면당한 몸. 이보다 처치하기 쉬운 것이 또 있을까. 시민 단체에서 치러주는 장례는 삼일장이 아닌 세 시간짜리였다. 장례식이 있는 시립 승화원까지 어떻게 찾아오기는 했는데 무연고 장례를 치르는 빈소를 찾기가 힘들어서 우영은 한참 길을 헤맸다. 겨우 빈소를 찾아 들어갔더니 도신이 위패를 들고 서 있었다.

"아는 사람이었냐?"

도신이 고개를 저었다. 아는 사람이라기엔 도신은 정장도 입지 않았고 평소처럼 롱패딩에 운동화 차림이었다.

"그냥, 그냥요. 배웅 정도는 해줘도 되지 않을까 싶어서……."

도신이 말했다.

"인수할 가족이 있으면 납골함에 5년간 안치하는데요. 가족이 없거나 가족이 있어도 시신 인수를 포기한 경우는 산골(散骨)합니다."

장례를 주관하는 시민 활동가가 말했다. 산골 전 우영과 도신은 가볍게 목례를 했다. 시민 활동가가 지방과 축문에 불을 붙여 태우는 소지 절차를 진행했다. 도신이 항아리 안에 든 분골을 한 줌씩 떨어뜨렸다. 분골은 가벼워서 아래로 떨어지지 않고 위로 날렸다. 산골을 하는 짧은 순간, 그 자리에 싸락눈이 내리는 것 같았다. 향냄새가 났다. 재 냄새 같기도 했다. 불에 탄 것들은 모두 비슷한 냄새를 풍긴다고, 우영은 생각했다.

"승화예요."

활동가가 말했다.

"화장터에 승화원이라는 이름을 붙이는 경우가 많아요. 오를 승(昇)에 빛날 화(華)."

"불 화(火) 자가 아니고요?"

"그럴 거 같죠?"

활동가가 웃었다.

"이승에서 힘들었던 것은 다 잊고 더 높은 곳으로 올라서 빛나라는 뜻이에요. 망인이 이 땅에서 어떤 삶을 살았든, 우리는 모두 같은 마음으로 장례를 치릅니다."

세상은 그에게 뒤질 거면 곱게 혼자 뒤지라고 말하지만.

상례를 치른 후 우영은 도신과 함께 승화원을 걸어 내려왔다.

"아까 너 잘하더라."

"뭘요?"

"그⋯⋯."

우영은 잠깐 망설였다. 위패를 잘 들고 서 있더라? 산골을 잘하더라? 뭘 갖다 붙여도 잘한다는 표현이 영 어색했다.

"예전에 해본 적 있어서요. 형 장례식에서."

도신이 그런 우영의 속을 읽은 듯 말했다.

"형?"

"옛날 일이에요."

우영은 머쓱해졌다. 괜히 도신을 툭 치며 화제를 돌렸다.

"그렇게 춥냐? 롱패딩에 목도리에 장갑에. 그러고 보니까 너 사무실에서도 꼭 패딩 입고 외근화 신고 있더라?"

"그냥 감싸고 있는 게 좋아서요. 아, 여기서부터 바닥 질어요. 조심하세요."

"공주야, 뭐야? 왜 이렇게 예민해?"

"네?"

"너 잘 때 막 매트리스 열두 개, 오리털 이불 열두 개씩 깔고 자는 건 아니지? 그 아래 완두콩 한 알 있으면 잠 못 자고……."

"뭐래요."

실없는 우영의 말에 도신이 픽 웃었다.

"그러는 선배는 사무실에서도 꼭 에어팟 끼고 있던데 지금도 끼고 있네요. 제 말은 들려요?"

"안타깝게도 잘 들립니다."

우영이 집게손가락으로 제 귀를 톡톡 치며 답했다.

"음악 듣는 걸 좋아하시나 봐요."

"나도 그냥이다. 노래가 좋은 것도 있지만 세상 시끄러운 게 싫어. 나도 한 예민 하거든."

"그렇군요."

툭툭 끊어지던 이야기는 급기야 완전히 잦아들었다. 두 사

23

람은 그렇게 걸었다. 어디선가 새가 울었다. 겨울 나뭇잎이 버석거렸다. 볕이 좋았다. 잔잔했다. 도신에게는 노이즈가 없었다. 수다쟁이 과거도, 걱정 많은 미래도, 허풍쟁이 꿈도 들리지 않았다. 하기야, 도신의 생김도 그랬다. 1년 넘게 파트너로 붙어 있었는데도 돌아서면 이목구비가 흐릿했다. 목소리도, 말투도, 걸음걸이도, 행동도. 죄다 흐리멍덩했다. 그러니 소리도 없는 거겠지.

안전하고 편안한 침묵. 우영은 그게 좋았다.

"야, 도신아."

"네."

"나중에 너 위험할 때 내가 대신 칼 맞아줄게."

"네."

대신 칼 맞아주겠다며 최고의 믿음을 표현했는데도 도신의 반응은 영 시원찮았다.

"요령 진짜 개박살 났다. 너 친구 없지?"

"있어야 합니까?"

"아니. 내가 없이 살아봤는데 없어도 살 만해. 근데 있으면 좋지. 대신 칼 맞아달라고 할 수 있잖아."

"친구의 용도가 그런 거군요."

"말이 그런 거지, 말이."

"그러는 선배도 친구 없어 보이는데요."

24

"있어, 친구."

우영이 도신의 어깨에 팔을 둘렀다. 롱패딩 아래 도신의 몸이 흠칫하며 굳었다.

"나 대신 칼 맞아주는 거 미리 고맙다."

"……."

"뭐…… 부득이하게 나만 피하게 되면 병원비라도 대줄게. 믿어봐."

도신은 이번에도 슴슴한 침묵으로 답했다.

월촌서 통합1팀 팀장의 전화가 왔을 때 우영은 주차장 옆 흡연 구역을 어정거리고 있었다. 수화기 너머에서 들리는 팀장이란 사람의 목소리에서 피로감과 담배 냄새가 느껴졌다. 외근화 밑창으로 지하철의 진동도 느껴졌다. 선배— 하는 도신의 목소리가 들린 것 같아 고개를 들었지만 아무도 없었다. 바람만 서늘했다.

"김도신 형사도 수사 경과가 있습니다."

우영이 말했다.

"둘이 같이 옮길 수 있을까요? 물론 그 전에 도신이한테 물어봐야겠지만."

"아무리 수사 경과가 있대도 젊은 친구가 형사팀에 오려고 할까? 일은 고되고 승진은 늦되다고 요즘 형사팀엔 젊은 애들

씨가 말랬어."

"갈 겁니다."

"장담하는 걸 보니 믿는 구석이 있나 본데. 그 친구가 자네 뭐라도 돼?"

우영은 대답 대신 멋쩍게 웃었다.

도신은, 함께 피가 배어나던 생리대를 꾹 누르고, 나란히 승화원 비탈길을 걸어 내려오고, 대신 칼을 맞아주겠노라며 호기를 부렸지만 뭐라도 되냐는 질문에 선뜻 답하기 어려운 사람이었으니까. 뭐라 말하기 어려운 흐릿한 놈. 하지만 뭐가 뭐인 게 뭐가 중요할까.

우영과 도신은 나란히 월촌서 형사과 통합1팀으로 발령을 받았다.

2

　우영은 세상의 혼잣말을 엿들으며 자랐다.

　우영도 어머니도 속을 터놓고 이야기한 적은 한 번도 없지만, 우영이 척수염을 앓은 열두 살부터라고 생각했다. 척수염은 어린 우영의 멱살을 잡아 죽음 직전까지 끌고 갔다. 병원에서는 어머니에게 마음의 준비를 하라고 했다. 우영의 어머니는 마음의 준비를 하는 대신 퇴원 수속을 했다. 그러고는 열이 펄펄 끓는 우영을 안고 자신의 어머니를 찾아갔다. 인연을 끊은지 오랜 우영의 할머니를.

　"왜 인연을 끊었는데요?"

　"남들처럼 살고 싶었으니까."

　할머니가 무당이었다는 사실을 우영은 나중에 알았다. 무당이 뭐 어때서. 그냥 직업 아닌가? 찾아봤더니 직업이긴 했다.

27

기타 서비스업.

기타— 그것 외에 또 다른 것. 그 밖에.

어머니는 기타의 삶을 싫어했다. 그 밖의 삶을 원하지 않았다. 그것의 삶, 그 안의 삶을 원했다. 하지만 하나뿐인 아들이 곧 죽게 생겼으니 달리 방법이 없었다.

어머니가 나고 자란 곳은 '검뫼'라는 해안 마을이었다. 고기를 낚는 게 아니라 따는 거라는 말이 있을 정도로 풍요한 어촌. 물때가 좋던 시절에는 검뫼의 조기 울음소리가 서울까지 들린다 했고, 동해에 있어야 할 명태까지 낚인다 했다. 그뿐일까. 그 큰물에 참고래도 노닐었다. 하지만 그토록 크고 기름진 마을에서 보낸 어머니의 어린 시절은 영 평탄치 못했다. 우영의 할머니는 검뫼마을의 하나뿐인 무당이자 알아주는 미친 여자였다. 툭하면 바다에 뛰어들어 울고, 어부들이 운 좋게 고래를 몰아 잡을라치면 작살의 줄을 끊고 훼방을 놓았다. 다 죽어가는 아들이 아니었다면 어머니는 검뫼마을을 다시 찾지 않았을 것이다. 검뫼의 큰물이 보이는 산자락, 기와를 두른 지붕, 빨간색과 파란색 깃발, 깃발을 걸고 나와 우영과 어머니를 맞이하던 할머니. 다 자라다 못해 늙어가는 지금도 우영은 종종 꿈에서 그 순간으로 돌아간다. 파도 소리, 커다란 짐승이 물을 뿜으며 노래하는 소리, 중얼거리는 할머니의 나직한 목소리, 그

소리 새로 귓불이 따끔해지면서— 우영은 기억을 잃는다. 혹시라도 아들을 빼앗길까, 그녀가 손주의 목숨값을 요구하지는 않을까 두려웠던 어머니는 우영의 열이 내리기 무섭게 아들을 끌어안고 검뫼 옛집을 뛰쳐나온다. 어머니는 뒤를 돌아보지 않았고 다시는 돌아가지 않았다. 할머니가 어느 요양 병원에서 홀로 숨을 거두었다는 것을 어머니가 돌아가신 후에야 전해 들었다.

어머니와 아버지는 모든 면에서 맞지 않는데 딱 하나 일치하는 게 있었다. 우영의 귀에 대한 의견이었다. 어머니와 아버지는 우영의 귀가 이상해진 게 할머니 탓이라고 생각했다. 차라리 척수염으로 우영이 잘못되었다면 더 나았을까. 척수염은 우영의 왼쪽 다리에 가벼운 흔적을 남겼다. 우영은 걸을 때 미세하게 다리를 절었지만 그뿐이었다. 하지만 귀에 남은 할머니의 유산은 결코 가볍지 않았다. 두 사람이 부부 싸움을 할 때면 아버지는 꼭 어머니에게 '너네 집안 피'라는 소리를 했고, 그럴 때면 어머니의 몸에서는 퐁퐁퐁, 어떤 생각이, 상념이, 소리가 흘러넘쳤다. *내가 왜 도망쳤는데. 내가 얼마나 애를 썼는데.* 우영은 모른 척했다. 모른 척하려 애썼다. 그건 어머니의 혼잣말이었으니까.

우영은 세상의 혼잣말을 엿들으며 자랐다. 그건 우영의 병이었다.

"장난이었냐. 아니면 병이었냐."

"……."

"그 병이 너한테도 도진 거냐?"

"……."

"신고가 장난이었으면 10대를 때려서 네 못된 버릇을 고쳐놓겠다. 만약 장난이 아니었으면 100대를 때려서 네 못된 병을 고쳐놓겠다."

척수염을 앓고 꼭 6개월이 지나서였다. 건강과 활기와 오지랖을 되찾은 우영은 여느 열세 살 아이들이 그렇듯 친구들과 함께 사람이 사는 집의 벨을 누르고 튀었고 사람이 살지 않는 집에는 쓰레기를 던지며 놀았다. 부동산 붐 때문에 귀신 들린 집터라도 일단 건물을 올리고 보는 지금에야 귀신도 돈의 무게에 치여 죄다 짐을 쌌지만 우영이 아직 반바지를 입고 무르팍에 대일밴드를 붙이고 다니던 시절에는 동네마다 사람이 살지 않아 터만 놀리는 폐가가 있었다. 그중에서도 가장 우중충하고 음산한 집. 동네 아이들은 모이면 그 폐가 이야기를 했는데 거기 우영도 껴 있었다. 키가 크고 체력이 좋고 오지랖까지 이름 따라 태평양이라 선봉에 서기 딱 좋았다.

모험의 시작을 함께 한 여섯 명 중 두 명은 폐가로 이어지는 골목에서 낙오했다. 나머지 둘은 폐가 입구에서 두 손을 들었고. 나머지 하나는—

"우영아, 저 방에서 이상한 소리가 나는 것 같아."

그 방 앞까지였다. '이상한 소리가 나는 것 같아'가 아니라 분명히 났다. 우영의 귀에는 들렸다. 함께 온 아이가 주춤주춤 뒷걸음질 치더니 달아났다. 하지만 우영은 계속 갔다. 혼자서. 그리고 방문 앞에 섰다.

쥐똥이 얼룩진 벽지, 한 짝만 굴러다니는 고무장화, 오래된 신문, 누군가 버리고 간 담배꽁초와 소주병, 그리고 소리.

갉갉갉갉— 긁는 소리가 들렸다. 비린내가 풍겼다. 어린 손이 차가운 손잡이에 닿았다. 손잡이가 우영의 피부에 찰싹 달라붙었다.

끼이이익— 문이 비명을 지르며 열렸다.

"……도와줘."

그리고 우영은 꿈에서 튕겨 나온다.

5시. 출근까지 아직 한참 남은 새벽. 우영은 숨을 몰아쉬며 침대에서 일어났다.

잠에서 깬 우영은 열세 살이 아니라 마흔세 살이었고 폐가의 방문 앞이 아니라 전세로 살고 있는 우영의 집, 월촌주공 908동 1404호에 있었다. 하지만 피부에 달라붙던 손잡이의 감촉이 아직 선연했다. 소리, 그리고 괴물도.

30년 전 그 폐가에는 괴물이 있었다. 괴물이 웬 남자애의 등

31

에 입을 댄 채 뭔가를 빨아먹고 있었다. 등을 물린 아이가 조그맣게 속삭였다. 작은 소리였지만 들을 수 있었다. 우영은 귀가 밝으니까.

"도와줘."

아이와 눈이 마주쳤다. 우영은 아이의 눈을 마주 보다가…… 시선을 피했다. 문을 닫고, 그대로 돌아서 뛰었다. '도와줘' 소리를 꽁무니에 달고. 누렇게 쥐똥이 얼룩진 벽지와 한 짝만 굴러다니는 고무장화와 오래된 신문과 누군가 버리고 간 담배꽁초와 소주병을 지나 안전한 어둠과 침묵을 향해 도망쳤다. 문 앞에 서 있던 친구 셋이 혼비백산해서 도망치는 우영을 보고 넘어졌다. 폐가로 이어지는 골목에서 친구 둘이 줄행랑에 합세했다.

경찰에 알린 건 다음 날이었다. 우영을 앞에 두고 책상의 이쪽 편에 앉은 경찰은 픽 웃으며 비슷한 신고가 잊을 만하면 한 건씩 들어온다고 말했다.

"거기서 형들이랑 뭐 본드 같은 거 한 거 아니지?"

우영은 아니라고 했다. 울면서 빌었다. 겨우겨우 경찰을 끌고 그 폐가에 갔더니,

방은 텅 비어 있었다.

누렇게 쥐똥이 얼룩진 벽지와 한 짝만 굴러다니는 고무장

32

화와 오래된 신문과 누군가 버리고 간 담배꽁초와 소주병은 그 대로인데 아무도 없었다. 동그랗게 젖은 바닥, 비린내, 뜯어진 벽지만이 그날의 잔재처럼 남아 있었다.

'거기서 형들이랑 뭐 본드 같은 거 한 거 아니지?' 정말로 뭐에 취해서 그런 걸 보고 들은 건 아닐까.

아버지가 물었다.

"소리가 들린단 말이지."

"네, 아버지."

"소리가 너한테만 들린다고."

"아마도요."

"괴물도 보았고."

"네, 아버지."

"그 괴물은 또 너한테만 보인다고."

우영은 대답하지 못했다. 그 애는 우영에게 도와달라고 했다. 그렇다면 그 애도 우영과 같은 걸 본다는 것 아닐까.

"그래. 지금은 무슨 소리가 들리냐?"

"……."

"괴물은 어디 있지? 현관에 있나? 아니면 식탁? 그것도 아니면 냉장고에 있냐?"

"……."

"말해봐라. 어디, 내가 그걸 붙잡고 있을 테니 네가 경찰을

33

불러오면 되겠다."

"……."

"장난이었냐. 아니면 병이었냐."

아버지가 길게 한숨을 쉬었다. 그 한숨에 아버지의 잃어버린 꿈이—건강하고 영특한 아들, 어여쁘고 순한 아내, 부족한 것 없이 단란한 가정이—재잘거리다 흩어졌다. 아버지는 자신의 꿈을 산산조각 내놓은 아들에게 말했다.

"신고가 장난이었으면 10대를 때려서 네 못된 버릇을 고쳐놓겠다. 만약 장난이 아니었으면 100대를 때려서 네 못된 병을 고쳐놓겠다."

장난이라고 해. 장난이라고 해. 아버지의 눈이 시끄러웠다.

"……장난이었어요."

10대를 맞았다. 욱신거리는 종아리와 함께 깨달음을 얻었다. 자신의 귀에 들리는 소리는 장난이 아니라는 걸. 그건 병이었다.

몇 번, 병을 해결해 보려 한 적도 있었다.

"소리가 들려요?"

"네."

"사람들 속마음이 소리로 들린다고요?"

"아마도요."

"그게 왜 들릴까요?"

"그러게요. 저도 그게 궁금해서 병원에 온 건데요. 그 이유를 찾아서 해결해 주는 게 그쪽 일 아닙니까?"

"⋯⋯."

"새로 배송 온 건담 프라모델 때문에 빨리 퇴근하고 싶으신 건 알겠는데 그래도 진료는 제대로 보셔야죠."

건담 마니아 의사의 입이 떡 벌어졌다. 우영은 조용히 일어나 수납을 하고 다시는 병원을 찾지 않았다. 그래도 정신과와 심리 상담소를 찾아간 게 도움이 되기는 했다. 피의자를 신문할 때 경찰이 하는 말 중 많은 부분이 정신과와 심리 상담소에서 창문을 등지고 앉은 사람들이 하는 말과 겹친다는 것을 배웠다. 어쩌면 우영의 아버지가 두려워한 게 바로 그것일지도 모른다. 경찰서에서든 정신병원에서든, 우영이 책상 이쪽이 아닌 저쪽에 앉는 사람이 되는 것.

"괴물이 어디 있니. 소리가 어디 있어."

"소설에는 있던데요."

소설을 금지당했다.

"그런 걸 끼고 사니까 이상한 상상을 하는 거야."

"어떤 괴물 영화는 100만 명이 봤다는데요. 왜 그 100만 명은 멀쩡해요?"

10대를 맞았다. 영화를 금지당했다.

"거기 가만히 서서 들어라. 말대답하지 마라."

"대답이 아니라 질문인데요?"

또 10대. 질문 금지.

아버지는 우영에게 말할 때 꼭 헤드셋을 끼고 고요 속에서 외치는 게임을 하는 것처럼 입을 크게 벌리며 언성을 높였다. 덜떨어진 아들놈을 이해시키려면 있는 힘껏 외쳐야 한다는 듯이. 우영의 귀가 얼마나 밝은지는 아버지의 관심사가 아니었다. 우영이 아버지의 말을 무시하는 척이라도 하면 꼭 뭐가 깨졌다. 집을 뛰쳐나간 우영을 붙잡으러 나온 어머니는 맨발에 눈두덩이는 벌겋게 부어오른 꼴을 하고 말했다.

"우영아, 안 들리지? 이상한 소리 안 들리지?"

그렇게 말하는 어머니의 몸에서 오래된 불안과 걱정이 곰팡내를 풍기며 피어났다. 그 꼴을 본 우영은 결국 집으로 돌아가고 마는 것이다. 부서진 꿈을 끌어안고 화를 내는 아버지가 기다리는 집으로. 가는 길 걸음걸음을 질질 끌면서. 궁금해하면서. 왜 나한테만 보이지? 또, 바라면서. 돌아갔을 때 아버지가 쓰러져 있으면 좋겠다. 꿈을 꾸면서. *TV에 나오는 것처럼 아버지가 가슴을 부여잡고 한 번에 가면 좋겠다, 너무 아프지는 않게, 한 번에.*

꿈은 이루어졌다. 시간이 좀 걸리긴 했지만. 우영이 순경을 달고 있던 해였다.

"이우영이, 우리 인간 거탐, 밥 잘 챙겨 먹고 기운 내라."

반장님은 우영에게 밥 잘 챙겨 먹고 기운 내라고 말했다. 그 말이 민망할 정도로 우영은 잘 먹었다. 명태조림을 두 번이나 리필해 비웠다. '고인의 명복을 빕니다'라고 쓰인 나무젓가락 종이 포장을 벗기고, 집을 수 있는 양껏 명태조림을 집어 입에 쑤셔 넣었다. 그렇게 맛있을 수가 없었다. 속에 얹혀 있던 뭔가가 쑥 내려가는 기분이었는데 그게 명태조림 덕분인지 아버지의 죽음 덕분인지는 알 수 없었다. 와중에 아버지가 경찰이 된 자신의 모습을 보고 가서 다행이라고 생각했다. 아버지의 죽음을 시원해하면서도 생전 아버지에게 받아낸 손톱만큼의 인정이 기꺼웠다. 그 모순된 마음까지 명태조림과 함께 씹어 삼켰다.

"너 명태조림 좋아했냐? 당직 마치고 맨날 김치찌개만 먹어서 몰랐네."

반장님의 말에 우영도 고개를 갸웃했다. 자신이 명태조림을 좋아했던가?

우영은 자신이 뭘 좋아하는지 알았다. 우영은 스팸이 들어간 김치찌개를 좋아했다. 소설도 영화도 말대답도 금지된 집에서 유일한 유희가 되어준, 지금은 근무하며 챙겨 듣는 라디오를 좋아했다. 지하철의 소음을 좋아했다. 눈앞의 반장님도. 사무실에서 우영에게 배당된, 부팅을 마치기까지 담배 한 개비의 시간이 걸리는 조립식 컴퓨터와 바퀴 하나가 굴러가지 않는 의자도 좋아했다. 무엇보다, 경찰 일을 좋아했다. 아버지의 인정과는 상관없이. 잘하기도 했다. 정신과와 심리 상담소 책상 이쪽에 앉은 자들의 말을 기억하고 따라 한 게 도움이 되었다. 다짜고짜 '왜 그랬어요?'라고 물으면 피의자는 절대 입을 열지 않는다. 어린 시절 이야기부터, 아, 힘들었겠네요, 그래서 어떻게 되었나요, 아버지는 뭐라고 하셨지요, 어머니에 대한 감정은 어떤가요— 하면서 프로이트와 셜록 홈스 사이 누군가처럼 살살 구슬리면 피의자는 결국 자백이라는 열차에 올라타곤 했다. 우영은 이 모든 노력을 모두에게 기울일 필요가 없었다. 누구를 신문해야 하는지, 언제 어떤 질문을 던져야 하는지 알았다. 들렸으니까. 수사 경과를 따고 형사과에 처음 들어왔을 때 선배들이 지어준 우영의 별명은 숨 쉬는 거짓말 탐지기, '인간 거탐'이었다. 아버지가 질색한 바로 그 귀 덕분이었다.

경찰 시험을 보겠다고 했을 때 아버지는 우영에게 '네가 드디어 제대로 된 일을 하는구나'라고 말했다. '기타'가 아닌 직업. 그 밖의 일이 아닌 그 안의 일. 하지만 어머니의 표정은 좋지 않았다. 아버지가 안방에 들어가자 어머니는 슬그머니 우영의 손을 잡아끌고 대화 소리가 안 들리도록 현관까지 가서 말했다.

"왜 하필 경찰이니?"

훤히 드러난 맨발, 발가락을 꼼지락거리면서.

우영은 '제대로 된 직업이잖아요. 공제회도 있고 대출 우대도 받을 수 있대요'라고 말했고, 어머니는 '그래도 일이 험하다던데'라고 말했다. 우영은 '저 해병대 출신인 거 아시죠? 외줄오르기 에이스'라고 너스레를 떨다가 방향을 잘못 잡았나 싶어 말을 멈췄다. 그러고는 '험해도 남들 다 하는 일이에요. 저도 남들처럼 살아야죠'라고 말했다. '아버지도 좋아하시고요'라고 쐐기를 박았고.

대화는 그걸로 끝이었다. 어머니는 우영이 차마 하지 못한 말이 있다는 것을 알아챈 기색이었다. 하지만 어머니는 눈을 감은 채 외면했고 귀를 막은 채 듣지 않았다. 그래서 우영도 입을 다물었다. *나는 경찰이 싫다. 너희 할머니가…….* 어머니의 몸에서 피어나던 생각을 우영도 모른 척했다. 세상의 혼잣말에 대답해 봤자 미친 사람이 될 뿐이다. 어릴 적 우영은 그걸 몰랐다. 지금은 안다. 다행히.

3

이우영 형사의 불행한 하루.

외근화 밑창이 떨어졌다. 새로 신청한 지 1년도 안 된 것인
데. 전사 담배를 충전하지 않은 채 나갔다가 강제로 건강을 챙
겼다. 볼펜 잉크가 터져서 새로 산 패딩에 얼룩이 졌다. 가을 세
일 때 사서 아직 할부금도 다 갚지 않은 새 패딩인데. *지랄이네,
진짜.* 그날은 아무튼 시작부터 감이 좋지 않았다. 새벽 5시에
찝찝하게 잠에서 깬 탓이었다. 눈을 감고 다시 잠을 청해보려
했으나 허사였다.

'*도와줘.*'

죄책감은 찝찝한 이명이 되어 공기 중을 뛰어다녔다.

"어쩔 수 없었어."

우영이 중얼거렸다.

"나는 열세 살이었어. 그때 난 해병대 출신도 아니었고 외줄 오르기 에이스도 아니었고 경찰도 아니었어. 키 크고 체력 좋고 오지랖이 구만리라 선봉에 섰어도, 도망간 나머지 애들 다섯 명이랑 똑같은 열세 살이었어."

하루 종일 재수가 없었고 하루 종일 묘한 감이 널을 뛰었다. *퇴근하고 싶다.* 이런 날은 차라리 일찍 퇴근해서 맥주 한 잔 하고 노곤히 잠에 들어야 할 것을, 외근을 마치고 돌아온 후에도 근무가 끝도 없이 늘어져 그러지도 못했다. 바퀴가 덜컹거리는 의자를 뒤로 밀며 슬슬 집에 가려는데,

—딩동.

문자 수신음이 울렸다. 택배 배송 문자인가 싶어 무심히 휴대폰을 들여다본 우영의 손이 굳었다.

[여자 화장실이라면 더 깨끗할 것 같았는데 다를 것도 없네. 생리대 자판기랑 수거함 있는 거 빼고는. 하하.]

지하철역 사고가 있던 날 상필이 했던 말이었다. 상필이 말 끝에다 일관성 있게 붙여대던 헛웃음까지, 그 자리에서 받아 적은 것처럼 적혀 있었다.

딩동.

두 번째 수신음이 울렸다.

[물어뜯어야지.]

피의자의 몸에서 흘러나오던 소리.

딩동.

세 번째 수신음이 울렸다.

[알고 싶나?]

딩동.

이번에는 주소였다.

[내월촌로 249, 용뫼산 사당터]

"퇴근 안 하세요?"

도신이 고개를 내밀고 물었다. 혼자 가는 게 맞나? 우영은
잠깐 고민했다. 아니. 이게 뭔 줄 알고 혼자 가. 혹시 모르니 대
신 칼 맞아줄 사람 하나는 데리고 가야지.

"도신아, 차 키 챙겨라. 갈 데 있다."

우영은 월촌동을 알았다. 하지만 용뫼산 사당터에 역술원이 있는 줄은 몰랐다. 월촌동을 제 손바닥 보듯 꿰뚫는 우영이 몰랐던 기타 서비스 업소가 거기 있었다. 오랫동안 발견하지 못했던 손가락 사이 작은 점처럼.

"엄지손가락에 점이 있으면 아버지를 극(克)하고, 가운뎃손가락에 점이 있으면 어머니를 극한다던데 우리 형사님 소싯적에 부모님 좀 이겨 먹으셨나 봅니다. 생년월일 불러봐요. 내가 사주 좀 볼 줄 알거든."

예전에 웬 사짜 하나가 조서를 쓰다 말고 우영에게 그런 헛소리를 한 적이 있다. 그때야 '생년월일 불러야 할 사람이 누군데 누구한테 공사를 치십니까, 선생님'하고 말했지만. 오늘은 어째 온 세상이 우영에게 공사를 치는 것 같았다.

분명 무슨 무슨 법인이 유치권을 행사 중이라고 써 붙인 가건물 하나만 있는 곳이었는데……. 기와를 두른 지붕, 빨간색과 파란색 깃발. 우영은 역술원 입구를 살피다 고개를 저었다. 무당집 생긴 게 다 거기서 거기지.

"갈 데 있다더니, 점 보러 온 겁니까?"

"여기서 기다려."

"혼자 들어가시려고요?"

"점은 원래 혼자 보는 거야."

"……."

"20분 지나도 내가 안 나오면 들어와."

도신이 작게 욕을 중얼댄 것 같았지만 우영은 못 들은 척 돌아섰다. 손잡이가 우영의 손에 찰싹 달라붙었고 끼이이익—문이 비명을 지르며 열렸다.

어두웠다. 담배 냄새가 났다. 향냄새가 났다. 아니, 재 냄새인가? 불에 탄 것들은 모두 비슷한 냄새를 풍기는 법이니까.

"으헉!"

뺨에 뭔가 스치는 감촉에 우영은 기겁을 하며 뒤로 물러났다. 하얀 종잇조각…… 부적? 아니, 종잇조각 같은 건 없었다. 부직도 없었다. 기분 탓인가. 안쪽에서 갉갉갉갉, 까드득까드득 뭔가를 긁는 소리가 났다.

"계세요?"

안에 대고 물었더니 기척이 느껴졌다. 어린 목소리가 대답했다.

'우영아, 저 방에서 이상한 소리가 나는 것 같아.'

"……뭐?"

우영의 눈이 크게 뜨였다. 눈앞의 풍경은, 그 폐가였다. 누렇게 쥐똥이 얼룩진 벽지. 한 짝만 굴러다니는 고무장화. 오래된 신문. 누군가 버리고 간 담배꽁초. 소주병.

말도 안 돼.

그 폐가는 30년 너머 과거에 있다. 지금 여기 눈앞에 있을 리가…….

우영은 마른침을 삼키고 한 걸음 더 들어섰다. 담배 냄새, 향냄새, 재 냄새, 뭐든 불에 탄 냄새가 더 진해졌다. 누렇게 쥐 똥이 얼룩진 벽지. 한 짝만 굴러다니는 고무장화. 오래된 신문. 누군가 버리고 간 담배꽁초. 소주병. 우영의 기억 가장 밑바닥에 깔린 악몽을 지나치자 어둠에 반쯤 잠긴 벽이 보였다. 깜빡— 눈을 감았다 뜬 다음 순간, 폐가의 풍경이 사라졌다.

어디선가 새어 들어온 달빛이 벽면을 밝혔다. 사진과 신문 스크랩이 잔뜩 붙은 벽. 오래된 사진 속 오래된 얼굴들이 창백한 낯빛을 드러냈다. 우영이 알고 있는 풍경이었다. 익숙함 속에서 인간의 감각이 얼마나 무심해지는지, 만 원 이상 사면 찍어주는 쿠폰 도장을 여덟 개 모으는 동안 한 번도 눈여겨보지 않았던 얼굴들이 그제야 보였다. 전 여당 대표, 거물급 정치인, 스포츠 스타, 한류 견인차라 불리는 연예 기획사 대표……. 이제는 이 세상 사람이 아닌 이들도 보였다. 역사 교과서 근현대사 부분에서 본 듯한 신문과 사진도. 달빛이 밝아서 신문 기사의 머릿글자가 환하게 드러났지만—

새 歷史 창조에 身命 바치겠다. 憂國衷情으로 亂局 속 領導力 보여.

읽을 수가 없었다.

"새 역사 창조에…… 바치겠다……."

알 수 없는 신고 문자. 읽을 수 없는 신문. 이거 혹시 꿈인가? 우영은 잠에서 깨어 시간을 확인할 때처럼 주머니에서 휴대폰을 꺼냈다. 안테나 옆에 작고 빨간 X 표시가 떠 있었다.

서비스 불가 지역

……뭐야.

한 발은 현실을, 다른 한 발은 꿈을 딛고 선 기분이었다. 어느 쪽을 골라 나머지 한쪽 발을 옮겨 디딜지는 우영의 선택에 달려 있었다. 그대로 돌아서 문을 닫고 나갈 수도 있었다. 열세 살의 우영이 그랬던 것처럼. 그때, 뭔가가 날아와 우영의 발치에 떨어졌다. 그게 뭔지 들여다보기 위해 우영은 허리를 굽혔지만, 사실 뭔지 이미 알고 있었다. 귀가 밝으니까.

압정.

압정 하나가 우영의 발치에 떨어져 있었다. 누가 *사람한테*…… 고개를 들기 무섭게 안쪽에서 무수히 많은 압정이 동시에 날아들었다.

"뭐…… 뭐…… 뭐야…… 뭐……."

놀라서 압정을 아래팔로 막으며 피했더니 안쪽에서 노인의 목소리가 들렸다.

"몇 개 쐈지?"

"사무용 압핀 행거팩. 한 팩에, 어디 보자, 80개요."

이번엔 여자의 목소리.

"다 피한 거지? 쓸 만하네."

"나 무시해요? 하나 맞혔거든요?"

가만히 있는 사람한테 압정 던져서 맞혀놓고, 뭐? 우영이 성질이 나서 나서려는데 이번엔 압정 정도가 아니라…….

"뭐야, 저게."

공기덩어리가 빙글빙글 돌며 날아왔다. 처음엔 야구공만 하게, 그다음엔 축구공, 배구공, 농구공만 하게, 그다음엔 타이어만 하게, 그다음엔— 느티나무만 한 태풍이 되어 우영을 향해 날아왔다. 우영은 비명도 지르지 못하고 수풀 사이로 몸을 던졌다. 잠깐, 수풀? 고개를 들어 주위를 살폈다. 분명 역술원 문을 열고 실내로 들어왔는데 눈앞에 펼쳐진 건—

"용뫼산 둘레길……."

그걸 알아차리기 무섭게 몸을 피해야 했다. 공기덩어리가 빙글빙글 돌면서 우영의 바로 곁을 스쳐 지나갔다. 그 자리에 비죽비죽 자란 나뭇가지들이 벼린 칼로 베어낸 것처럼 바닥으로 떨어졌다. 우우우— 바람이 우는 소리가 났다.

"조심하게. 오늘은 월천의 기분이 안 좋으니까."

두 번째 공기덩어리가 허공으로 떠올랐다. 우영의 귀가 옆머리로 바짝 붙었다. 어디야, 왼쪽? 몸을 피하기 무섭게 세 번째 공기덩어리가 날아왔고. 이번엔 3시 방향.

이번엔 7시 방향. 이번엔 11시.

그렇게 12시간씩 두 번, 24시간 시침 운동을 했더니 공격이 멈췄다.

"오, 반사 신경 좋으시네. 귀 덕분인가?"

여자가 말했다.

"미안하네. 어쩔 수 없었어."

이번에는 노인이 말했다.

"미안해요. 우리도 그쪽 실력을 봐야 해서."

여자가 우영에게 손을 내밀었다. 우영이 눈을 가늘게 뜨고 쳐다보자 여자가 피식 웃었다.

"악수예요. 그냥 악수."

우영이 맞잡은 여자의 손바닥 안쪽은 부드러웠다. 희고 고운 가루들이 여자의 손에서 떨어지는가 싶더니 이내 안개처럼 피어올랐다. 아니, 안개가 아니었다.

나비.

나비가 날개를 펄럭이자 영롱한 구슬 소리가 났다. 뒤이어 하얀 나비들이 일제히 날갯짓을 하며 뿌연 눈사태를 일으켰다.

바닥이 확 꺼지면서 몸이 떨어졌다. 갑작스러운 추락에 우영은 비명도 지르지 못했다.

"곧 봐요."

저 위에서 여자가 말했다. 소리가 아득하게 멀어졌다.

"……배, 선배, 괜찮아요?"

정신을 차리자 도신이 제 멱살을 잡아 흔들고 있었다.

"뭐야, 뭐……."

"20분 지나도 안 나오면 들어오라면서요. 왔더니 사람이 넋 놓고 서 있어서 좀 털었습니다."

노인도, 여자도, 사진도, 신문 스크랩도 없었다. 멀미가 나듯 속이 울렁거렸다. 뱃속에 나비 100마리가 든 것 같았다.

문을 열고 나오자 익숙한 풍경의 용뫼산 둘레길이었다.

"여기 아까 역술원 아니었냐?"

우영이 도신과 함께 열고 나온 문은, 무슨 무슨 법인이 유치권을 행사 중이라는 가건물 입구였다.

4

조선 시대 '달거리마을'이라고도 불린 월촌동을 감싸 흐르
는 월천 변에서는 서쪽으로 떠오르는 달을 제일 먼저 볼 수 있
었다. 사람들은 월천 변에서 안쪽으로 들어간 마을을 '내월촌
동'이라 불렀고 바깥쪽에 있는 마을을 '외월촌동'이라 불렀다.

내월촌동 중앙에는 월촌주공아파트와 상가가 있고, 상가
에는 지역 배달 앱에 맛집으로 소개되는 반찬 가게가 입점해
있다. 월촌주공9단지 상가 1층 103B호, 월촌반찬. 나이 지긋한
남자 사장이 운영하는 이곳은 작은 가게지만 좋은 재료를 쓰
고, 가격이 합리적이고, 밑반찬과 명절 음식이 훌륭하다는 리
뷰가 달렸고 월촌주공에 사는 사람이라면 누구나 '만 원 이상
구매 시 스탬프 1개, 스탬프 10개 모으면 반찬 한 팩 공짜'라고
쓰인 월촌반찬의 쿠폰을 하나씩은 가지고 있었다. 반찬 가게를

이용하는 사람이 월촌주공 주민만은 아닌지, 여느 음식점에나 있는 '맛집 명예의 전당'—그러니까 계산대 옆 벽면에는 유명 인사들의 사인과 사진, 신문 스크랩이 빼곡히 차 있다.

상가 뒷문은 아파트 후문과 연결되는데 월촌주공9단지 후문은 내월초등학교, 내월중학교, 내월고등학교, 그리고 스카이 입시의 등용문이라는 스카이포스 빌딩 학원가로 통한다.

내월촌동을 가로지르는 월촌중앙로를 따라 쭉 올라가면 '용이 내려앉은 모양'이라 이름 붙은 용뇌산이 있다. 용뇌산은 그 형상 때문인지 터가 좋다 하여 조선 시대에는 나라님이 직접 그 산의 샘 자리에 제사를 지냈다. 미신 타파 운동으로 제사를 지내던 사당이 헐렸고, 마을 개발 때 샘 자리가 메워졌다가 후에 어느 법인이 매입했다. 법인은 샘 자리에 가건물을 놓고 '유치권 행사 중'이라는 플래카드를 내걸었는데, 헛헛한 산 중턱에 가건물 하나가 덜렁 있을 뿐이라 도대체 무슨 유치권을 어떻게 행사하겠다는 건지는 아무도 몰랐다. 종종 월촌동 주민 모임에서 유치권이고 나발이고 빨리 좀 행사하고 치우라며 채근하기도 했지만 가건물은 계속 그 자리에 있었고 행사 중인 유치권은 누구의 방해도 받지 않았는데, 사람들이 뭔가 의도를 가지고 그 건물에 다가가면 꼭 집에 가스불을 켜두고 오지는 않았는지, 차의 사이드브레이크를 제대로 채웠는지, 정기 적금이 제대로 이체되었는지와 같은 사소한 무언가가 떠올라

돌아섰기 때문이다.

가건물 아래쪽에는 사당의 옛터를 짐작게 하는 안내문이 새겨진 표지석이 있다.

'이곳 용뫼산 제사터는 정천신앙을 상징하는 월촌동의 유서 깊은 곳이다. 우리 조상들은 천(川), 정(井), 지(池), 하(河) 등을 신령한 존재가 있는 곳으로 여겨 제례를 행했다. 그중 우물은 인간의 생명을 유지하는 물을 제공하는 공간이자 다양한 신화적 상징성을 담은 성소로 여겨졌다. 월촌동 사람들은 용뫼산 우물에서 샘굿을 했으며 정월 보름에 우물고사를 지냈다. 제사를 모신 사당은 일제강점기 미신 타파 운동으로 헐렸고 우물은 1980년대 중반까지 남아 있었으나 마을 개발 공시 때 메워져 지금은 그 터만 남았다.'

표지석에는 주마다 한 번씩 누군가 명태와 탁주, 담배를 두고 간다. 인근 학교 학부모 단체에서 학교와 주민센터에 민원을 넣었는데 도대체 누가 학생들에게 유해한 술과 담배를 아파트 단지 위쪽에, 그것도 불이 번지기 쉬운 산 초입에 상시로 방치하는지는 알 수 없었다.

때때로 내월초등학교 아이들도 올라와 학교 과제로 지역사회 조사 활동을 한다며 표지석 사진을 찍고 내려가고는 했다. 사진을 찍고 내려간 아이들은 표지석에서 선득한 무언가를 보았고 그게 사진 귀퉁이 어딘가에 찍혔다고 호들갑을 떨곤 했지만⋯⋯. 눈을 가늘게 뜨고 들여다보면 선득해 보이는 나뭇가지거나 그늘일 뿐이었다. 하지만 아이들은 나뭇가지나 그늘이 아닌 뭔가를 분명히 보았다고 주장했고, 유서 깊은 동네라면 유서 깊은 귀신 이야기도 한두 개쯤 있어야 한다고 생각하는 어른들은 아이들의 말에 연극적인 맞장구를 쳤다. 심지어 월촌동에서 태어나 평생을 살았다는 노인은 오래전 그 자리에 있던 우물에선 대낮에도 귀신이 나온다고 했다며 아이들의 믿음에 불을 지피며 장작을 넣었다.

주택단지부터 가건물 앞 표지석, 월천까지 이어지는 용뫼산 둘레길은 한여름에도 그늘지고 서늘한 냉기가 도는 탓인지 사람의 발길이 잘 닿지 않았다. 그 때문에 표지석에는 낙엽과 산 먼지가 거뭇거뭇 내려앉아 이제는 그 글귀조차 잘 보이지 않았다.

둘레길 아래쪽에는 요즘 말로 '자원 회수 시설'이라 불리는 소각장이 있다. 소각장 근처에는 '노후 소각장 이전하라!'라는 플래카드가 고성을 지키는 군대의 깃발처럼 펄럭였다. 자원 회수 시설에서 더 아래로 내려가면 한때 용이 나는 물이었다지만 지금은 사람들이 '푹 고아낸 다이옥신 사골'이라 부르는 월천이다. 월촌동 사람들은 소각장이 내뿜는 다이옥신이 월촌동 사람들의 평균 수명을 10년씩 깎아 먹는다고 불평했다. 월촌 주민 카페에는 산책을 좋아하는 반려견이 용뫼산 둘레길에만 가면 낑낑거리면서 꼬리를 말고 도망치려 든다는 글이 올라온다. 사람들은 '개들도 다이옥신이 안 좋다는 걸 아는 거'라고 답한다. 그런 글은 결국 '노후 소각장 이전'으로 끝을 맺는다.

둘레길 인근에서는 가끔 강아지의 털이나 뼈가 발견되기도 한다. 누군가는 그 뼈를 보며 월촌동 전봇대마다 붙은 〈가족을 찾습니다〉 전단을 떠올리기도 하지만…… 한때 두부나 체리, 모모라는 이름으로 불렸을 강아지로는 보이지 않았고 오직 뼛조각뿐이었기에, 두부나 체리, 모모는 〈가족을 찾습니다〉 전단과 함께 잊혀졌다. 잊혀진 게 어디 반려견뿐일까.

어떤 날은 철모르는 이가 낚싯대를 가지고 월천 변 수심이 깊은 자리에 횟감을 찾아 흘러들기도 했다. IMF 시절까지만 해도 성인 남자 팔뚝만 한 잉어가 잡히기도 했다는데 지금 월천은 영 맹탕이었다. 주민들은 소각장이 들어선 이래로 월천 민물고기 씨가 말랐다고 언성을 높였지만……. 낚시꾼이 드리운 줄과 그물에 가끔 잉어 뼈나 대가리가 걸리는 것을 보면 아주 씨가 마르지도 않은 것 같았다. 날카로운 엄니에 찍힌 자국이 있고, 내장만 파먹힌 잉어를 건져 올린 낚시꾼은 생각했다.

'곰이라도 있나? 도심 한복판에 설마…….'

월천 자원 회수 시설에서는 매일 600톤의 타는 쓰레기를 소각한다. 자원 회수 시설 옆 지역난방공사에서는 소각열로 데운 물을 인근 지역에 난방과 온수로 공급한다. 매일 아침이면 초록색 쓰레기 수거 차량이 일개 소대처럼 도로를 타고 자원 회수 시설로 들어오고 나가는 모습을 볼 수 있다. 악취를 맡은 사람들은 인상을 찌푸리며 쓰레기차는 그 이름과 냄새에 걸맞게 밤에 좀 다닐 수 없느냐고 민원을 넣는다.

그 자원 회수 시설 앞 공원에서 용뇌산 둘레길로 이어지는 초입, 우영과 도신은 우두커니 서 있었다.

"잘못 봤나 보죠."

"나만 본 거면 잘못 본 거지. 근데 너도 봤잖아."

"제가 뭘요?"

"너 이씨……. 잠깐만."

우영이 주머니에서 휴대폰을 꺼냈다. 작고 빨간 X 표시와 함께 '서비스 불가 지역'이라고 떠 있던 휴대폰은 언제 그랬냐는 듯 안테나 네 칸을 보여주었다. 우영이 문자 수신함을 열었다.

[여자 화장실이라면 더 깨끗할 것 같았는데 다를 것도 없네. 생리대 자판기랑 수거함 있는 거 빼고는. 하하.]

[물어뜯어야지.]

[알고 싶나?]

[내월촌로 249, 용뫼산 사당터]

"피싱 같은데요. 070이면 해외 발신일 거예요. 거진 사기꾼
들이고."

도신이 말했다.

"그냥 잊어버려요. 오늘 하루 종일 피곤해하더니 갑자기 점
을 보겠다고 하질 않나. 가서 좀 쉬세요."

그런가.

우영은 생각했다. 도신 말이 맞다. 하루 종일 피곤했고, 하
루 종일 재수가 없었고, 하루 종일 묘한 감이 널을 뛰었다. 퇴
근해서 맥주 한잔한 뒤 노곤하게 잠에 들어야 하는 날이었다.
패딩이 아니었다면 우영은 정말 그렇게 했을 것이다. 가을 세
일 기간에 새로 산 패딩이었고 아직 할부금도 다 갚지 않은 새
패딩, 오늘 오후 볼펜이 터져 잉크가 묻은 탓에 우영이 기어코
'지랄이네 진짜'라고 욕을 하게 만든 그 패딩 왼쪽 소맷부리에
압정 하나가 박혀 있었다.

5

[알고 싶나?]

알고 싶다. 아무튼 그게 탈이다.

오래전 폐가에서 그 손잡이를 잡아 돌린 것도, 지금 그 문자 발신인에게 전화를 거는 것도.

"이우영 형사?"

그 노인이었다. 월천의 기분이 좋지 않으니 조심하라던 목소리. 그리고…….

"월촌반찬 사장님 맞으시죠? 뭡니까, 이거."

우영이 이 주에 한 번 방문하는 월촌반찬의 주인장.

月村반찬

〈CLOSED〉

手製 반찬 專門점

祭祀 음식/季節 안주/어린이 간식

대량 주문은 3일 전에 넣어주세요.

10:00am~8:00pm

　월촌주공9단지 상가 1층 103B. 가게 안으로 들어가자 유리문에 달린 종이 딸랑, 가벼운 소리를 내며 울었다. 노인이 젖은 손을 앞치마에 슥슥 문지르며 조리실에서 나왔다.

　"어서 오게."

　"하······."

　"우리 구면이지? 그래도 명함 하나 줄게."

　그의 명함이라면 우영도 이미 가지고 있었다.

　[월촌반찬. 대표 손희성. 서울시 월촌구 내월촌로 4 월촌주공9차 상가 1층 103B호.]

　"있어요, 이거. 스탬프 여덟 개 모았어요."

　우영이 명함을 돌려 그 쌈박한 뒷면을 보여주며 말했다.

　[만 원 이상 구매 시 스탬프 1개. 스탬프 10개 모으면 반찬

한 팩 공짜!]

"자네가 8만 원어치를 사 먹는 동안 나는 자네를 못 알아봤단 말이지…….."

희성이 중얼거렸다.

"뭘 못 알아봤다는 겁니까?"

딸랑, 유리문에 달린 종이 다시 울렸다. 그리고 여자가 들어왔다. 꿈속의 여자. 정확히는 꿈속에서 우영에게 압정을 날린 여자가.

"아, 벌써 와 계셨구나. 반가워요. 하신재예요."

여자가 말했다. 그리고 명함이랍시고 뭘 내밀었는데, 월촌 반찬 쿠폰보다 더 걸작이었다.

[♥진로 주간 나의 꿈 그리기♥

내월초등학교 학생 여러분,

나의 미래 명함을 만들어보아요.

나의 꿈은 멋있는 <u>초등학교 선생님</u>입니다!

미래의 나에게 하고 싶은 말 :생기부는 미리미리 쓰자.]

"사실 감각자가 하나 더 있는데. 걔는 아직 어려서요."

신재가 덧붙였다.

"자네는 경찰이지?"

희성이 뒤이어 말했고.

"제가 경찰이라는 거 어떻게 아셨어요? 반찬 가게 쿠폰 만들 때 직업 적는 것도 아닌데. 제 휴대폰 번호는 또 어떻게 아셨고요?"

"차차 알게 될 거야. 일단 이거 돌려주겠네."

희성은 우영의 지갑, 그리고 그 위에 얹은 신분증을 돌려주었다.

"클 우(旴) 자에 바다 영(瀛) 자를 쓰는구먼. 좋은 이름이야. 한 생애 잠깐 쓰고 버리기에 아까울 만큼."

……경찰 주머니를 땄어?

"언제 가져갔어요, 이거."

"우리 선생님이 워낙에 손이 빠르셔서."

신재가 말했다.

"저번엔 다짜고짜 공격해서 미안했어요. 큰 바다 씨. 근데 우리도 시험을 해야 했거든."

"시험? 뭔 시험?"

"그 역술원이요. 평범한 사람들 눈에 거긴 입구도 없는 가건물로 보여요. 들어가는 문도 잘 안 보이겠지만 혹시라도 괜한 호기심으로 기웃거리지 않게 잠꿈들을 뿌려놨죠. 켜놓고 나온 가스불이라든가 자동차 사이드브레이크라든가 아무튼 뭔가

급한 일이 떠오르도록. 감각이 있거나 초대를 받은 사람한테만 입구가 보여요. 감각이 있는 사람이라도 주의 깊게 보지 않으면 놓쳐버리지만요. 원래 사람은 자기가 보고 싶은 대로 보고 듣고 싶은 대로 듣잖아요. 사람들은 거기서 저마다 다른 풍경을 봐요. 보통 초대받은 손님의 꿈을 반영하는데, 이우영 씨는 뭘 봤어요?"

"……감각?"

"자네는 귀가 밝잖아."

희성이 말했다.

"다른 사람 속엣말이 들리고, 사람들한테서 잔잔하게 흘러나오는 생각들이 들리고, 꿈이 들리고, 꿈을 잡아먹는 괴물도 들릴 거야. 아니, 보인다고 해야 하나? 자네는 고래처럼 소리를 파형으로 느낄 테니까."

"그게 무슨……."

'괴물은 어디 있지? 현관에 있나? 아니면 식탁? 그것도 아니면 냉장고에 있냐?'

반찬 가게의 늙은 사장이 우영을 향해 몸을 기울였다.

"우리도 감각자라네."

＊ ＊ ＊

안쪽이 들여다보이는 유리문이 달린 업소용 냉장고. 냉장고에 층층이 쌓인 플라스틱 통. 그 통에 담긴 반찬들. 그중에서도 특히 명물이라 불리는 명태조림. 매장과 조리실을 나누는 계산대. 계산대 위 벽걸이 달력. 달력 옆, 어느 음식점에나 하나씩 있는 '맛집 명예의 전당'.

새 歷史 창조에 身命 바치겠다. 憂國衷情으로 亂局 속 領導力 보여.

우영이 읽지 못하는 한자가 들어간 신문 스크랩. 그리고 사진들. 전 여당 대표, 거물급 정치인, 스포츠 스타, 한류 견인차라 불리는 연예 기획사 대표…… '국민의 꿈이 곧 저의 꿈입니다.' '항상 감사합니다.' '늘 신세 지고 있습니다.'…… 여당 대표가 반찬 가게에 신세 질 일이 뭐가 있을까.

우영은 그제야 무심하게 들고 났던 가게 구석구석을 살펴보았다. 반찬 가게 안내문에까지 한자를 써놓는 레트로 감성을 고수하는 사장님치고 계산대는 꽤 신식이었는데('카카오페이, 네이버페이, 삼성페이 됩니다.') 그래도 현금 보관은 계산대 아래에 고정해 놓은 다이얼식 금고에다 하는 것 같았다. 카카오페이, 네이버페이, 삼성페이가 되는 시대에 현금이 얼마나 쓰일지는 모르겠지만.

계산대 너머 안쪽에는 희성을 위한 작은 휴식처가 꾸며져 있었다. 쿠션감 있는 안락의자와 발판, 협탁, 방금까지 읽었던 것처럼 협탁 위에 뒤집혀 놓인 책『루쉰魯迅 ― 외침吶喊, 방황彷徨』, 그리고―

"거기 편히 앉게."

가죽으로 마감된 가방형 라디오가 있었다. 주파수를 맞출 수 있는 다이얼 창과 루프 안테나, 밴드 스위치, 금속 버클 위에 새겨진 모델명…….

"제니스?"

우영의 목소리가 한 옥타브 튀어 올랐다.

"이거 진짜 제니스예요? 제니스 트랜스 오셔닉 600?"

"1954년 모델이야. 아직 쓸 만해."

"쓸 만한 정도가 아니죠, 이건……."

우영은 황홀한 기분으로 로그 차트를 쓰다듬었다. 지금은 사라진, 전 세계 단파방송사의 주파수 정보가 거기 붙어 있었다. 트랜스 오셔닉. 큰 바다 너머까지 통하는 단파 라디오. 카카오페이, 네이버페이, 삼성페이가 되는 시대에 1954년산 제니스 600 단파 라디오라니. 오디오 거래 사이트에서도 찾아보기 힘든 민트급이었다.

"최상이네요. 수리 보신 거예요?"

"오리지널 그대로야. 뒤에 옥스 단자 달아놓은 것만 빼면."

"채널도 잡히고요?"

"들어보면 알지."

희성이 다이얼을 돌리자 라디오는 깊은 잠에서 깨어나듯 지직거렸지만, 곧 안정된 목소리로 속닥였다.

[WBS라디오가 11시를 알려드립니다. 깊어지는 밤, WBS 단잠라운지에서 단잠지기 인사드립니다…….]

윙, 하는 낮은 소음이 베이스처럼 깔렸고 진공관 라디오 특유의 훈훈한 소리가 그 위에서 왈츠를 췄다. 음파가 그득하게 공간을 채웠다. 그 흡족한 울림을 듣고 있으려니 우영은 한쪽 귀에 꽂고 있던 노이즈 캔슬링 이어폰이 한심하게 느껴졌다. 공간도 울림통도 맥락도 없이 귀에 쑤셔 넣은 채 몰래 듣는 음악이라니. 우영이 왼쪽 귀에서 이어폰을 빼내는 모습을 희성은 물끄러미 바라보았다.

"요즘엔 주로 중파방송을 듣거나 단자를 연결해 음원을 틀지. 나 때엔 이걸로 단파를 잡아 미국 뉴스랑 팝송 채널을 들었어. 천국이 따로 없었는데……. 가끔 이 녀석 말 연습이나 시킬 요량으로 몽골의 소리나 이란이슬람공화국의 단파방송을 틀어놓는 정도네."

"요즘도 단파방송이 있습니까? 단파방송은 냉전 시대에 비밀 지령을 보낼 때나 쓰는 건 줄 알았는데요. 북한 간첩이 단파방송을 이용했잖아요."

"그랬지. 단파는 파장이 짧고 에너지가 높고 메시지는 은밀한, 그런 전파였지. 하지만 이젠 아니야. 요즘은 모든 사람이 모든 전파를 취하는 시절 아닌가. 웃기지도 않는 일이지. 단파 라디오 청취를 금할 때는 모두가 단파에 실리는 소리를 궁금해했는데 단파가 열리고 나니 아무도 듣지 않아. 단파의 개방이 단파를 죽였지. 단파만 그런 게 아니라 라디오 방송국도, 라디오 프로그램도 살아남은 게 얼마 없네. 라디오라는 기계도 말이야. 요즘 나오는 라디오를 들어봤나? 생긴 것만 번드레하지. 앰프며 스피커는 싸구려를 쓰고 외관만 바꿔대니 감도도 소리도 다 떨어졌어. 흐리멍덩해. 제일 마음에 안 드는 건 팟캐스트니 프리셋이니 하는 것들이야. 주파수를 저장해 놓고 듣는다고? 휴대전화로 라디오를 들어? 제 손으로 주파수도 못 맞추는 둔한 귀가 라디오를 들을 수는 있나? 소리의 감도도 조정하지 못하는 그 정도 감각으로 라디오를 틀어놓아 봤자 소음처럼 흘리기나 하겠지. 그건 라디오에 대한 모욕이야. 직접 주파수를 맞추고 감도를 조정하면서 감각과 신경을 기민하게 움직이는 것, 그게 라디오의 본질 아닌가. 이건 진짜라네."

희성이 연인의 어깨를 감싸듯 제니스의 몸체를 어루만졌다. 자랑스러워 보였고, 자랑스러울 만했다. 우영이 그 자리를 박차고 나가지 않았던 건 그들과의 기묘한 첫 만남 때문이기도 하지만 그 클래식한 기계도 한몫했다. 1954년산 제니스 진공

65

관 라디오.

라디오는 귀가 둔한 아버지 몰래 집에서 즐길 수 있는 우영의 유일한 유희였다. 라디오를 들을 때면 세상의 소리를 잊을 수 있었다. 몸체와 앰프가 좋은 라디오는 폭신하고 우아한 소리로 소음을 덮는다. 공간 전체를 울림통으로 만들며 아우라를 뿜낸다. 세상과 연결된 우아한 음향 기기. 그중에서도 빈티지 제니스라니.

우영은 거기 앉아서 그렇게 들었다. 이어폰을 빼고, 이어폰 속 옹색한 세계에서 빠져나와 귀를 열고, 진공관 라디오의 편안하고 오래된 소리와 함께 반찬 가게를 들었다. '두 번째 칸에 있는 건 주문받은 거니까 건들지 마라'는 사장님의 소리. 윙— 냉장고의 소음. 그 소음이 여기저기 부딪히는 소리. 소리가 우영의 귓속에서 공간을 스캔했다. 냉장칸은 다섯 개. 다섯 개 칸에 각각 채워진 플라스틱 반찬 통. 대용량 스테인리스 김치 통. 그중 하나에는 물이 들었고, 물이 진동하는 소리……. 물김치인가? 나박김치? 그 와중에 희성에게 '네, 네, 알았어요. 우리 선생님 반찬 팔아서 건물 사시겠네'라고 빈정거리는 신재의 대답.

신재가 우영의 맞은편에 자리를 잡고 앉았다. 궁금한 게 많았는데 정작 우영의 입에서 나온 질문은 궁금한 것 중 가장 실없는 거였다.

"저기요."

"네."

"저거 뭐라는 겁니까? 새 역사 창조에…… 뭐요?"

우영은 까막눈을 뽐내며 계산대 위에 붙은 오래된 신문을 가리켰다.

새 歷史 창조에 身命 바치겠다. 憂國衷情으로 亂局 속 領導力 보여.

"새 역사 창조에 신명을 바치겠다. 우국충정으로 난국 속 영도력 보여."

"내가 아예 못 읽는 건 아니고 경찰 시험 준비할 때 한자 공부도 했는데 오래 안 쓰니까 까먹어서 그래요. 앞부분은 읽었잖아요. 우국충정…… 난국 속 영도력…… 이제 기억이 나네."

"네, 물론 그러시겠죠."

우영은 머쓱해져서 괜히 신문의 발행일을 중얼거렸다. 한자 공부를 다시 하리라고 생각하면서.

"1980년 8월……."

이번에는 희성이 말했다.

"택시 운전사가 유니폼을 입고 브리사를 몰면서 '짐은 트렁크에 보관할까요, 사장님?'하고 묻던 시절 신문이야. 이 제니스의 감도가 한창 민감하던 시절. 요즘엔 세상이 망하려는지 여자도 택시를 몰지만."

"그거 성차별 발언이에요."

신재의 말에 희성이 어깨를 으쓱했다. 반찬 가게에서도 카카오페이, 네이버페이, 삼성페이가 되는 시대에 그는 여전히 택시 운전사가 유니폼을 입고 브리사를 몰면서 사장님 짐은 트렁크에 어쩌고 하는 시절을 살고 있는 것 같았다. 둘이 설전을 벌이는 동안 우영은 명예의 전당에 붙은 신문 스크랩을 들여다보았다.

"하나만 더 물어봅시다."

노(老)사장과의 설전에서 만족스러운 승리를 거둔 신재에게, 우영이 물었다.

"저기 사진, 저 사진 속 국회의원은 여기 지역구도 아니잖아요."

"네."

"그런데 뭐가 감사하다는 거예요?"

"아아……."

신재가 힐끗 희성을 보았고,

"여기 단골이야. 명태 반찬을 자주 사가. 명태는 독을 눌러주거든. 독이 쌓이는 일을 하고 있으니 주기적으로 눌러줘야지."

희성은 무심하게 답했다.

"자네도 명태조림을 좋아하지? 여기 와서 사간 반찬 8만 원
어치 중 6만 원어치는 명태조림이었잖아."

독을 눌러주는 명태. 우영은 아버지의 장례식장에서 홀린
듯 비웠던 명태조림을 떠올렸다. 허기도 맛도 아닌 다른 것 때
문이었나. 가만, 명태조림…… 명태…….

"제사단 표지석에 명태 올려두신 분이 사장님입니까?"

"빨리도 알아채는구먼."

"탁주랑 담배도요?"

"그렇지."

희성이 바로 그 명태조림을 플라스틱 접시에 담아 내왔다.
월촌반찬의 명태조림이라면 우영도 이미 6만 원어치나 사 먹
었기에 맛이 좋다는 걸 알고 있었다. 월촌주공에 사는 사람이
라면 누구나 알았다.

"명태는 어둠을 밝히는 큰 생선이라 하여 예부터 제사상에
놓았어. 동의보감에 의하면 삿된 마음이 부르는 저주까지 눌러
준다고 하지. 그 밝고 큰 기운으로 어두운 것들을 눌러달라고
매주 정성을 다해 공양했는데 이젠 다 쓸모없게 됐네."

"러시아산을 써서 효과가 없었나……."

"국산은 씨가 말랐어. 예전엔 개가 물어가도 쫓지 않는다고
할 정도로 명태가 흔했는데."

"제니스 라디오의 감도가 한창 민감하던 시절, 택시 운전사

가 유니폼을 입고 브리사를 몰면서 '짐은 트렁크에 보관할까
요, 사장님?'하고 묻던 시절에 말이죠.'

신재가 덧붙였고, 반찬 가게 늙은 사장은 고개를 끄덕였다.
신재는 명태조림 한 도막을 손으로 한 움큼 잡아 그대로 입에
넣었다. 희성이 신재를 보고 눈살을 찌푸렸다.

"젓가락을 써라. 손님도 있는데 나이 찬 여자가 남부끄럽
게."

"그것도 성차별 발언이에요."

"자네 경찰이지? 노인네한테 따박따박 말대답하는 얘 좀
잡아가게. 내 시절엔 계집이 이렇게 굴면 경찰이 나섰으니까."

"우리 선생님 또 큰일 날 소리 하시네. 그리고 왜 손님이에
요. 손님이 아니라 동료지, 같은 감각자인데."

"감각자, 감각자 하는데 뭡니까, 그게?"

우영의 말에 여자와 노사장은 투닥이다 말고 동시에 멈췄
다. 그리고 우영을 보았다.

"몰라요?"

"모른다고?"

"……."

"숨어 있었던 게 아니라 진짜 몰랐던 거예요?"

그렇게 묻는 신재의 눈에 하얀 막이 한 꺼풀 떠올랐다가 사
라졌다. 우영은 묘한 기시감을 느꼈다. 전에 분명 그 눈을 본 적

있는데…….

"혹시…… 월촌역 생리대?"

우영이 묻자 신재가 고개를 끄덕였다. 그 충격적인 기억을 공유하는 사람을 단번에 떠올리지 못했다는 게 이상했지만 신재의 얼굴은 기묘할 정도로 특징이 없었다. 눈동자 위로 하얗게 떠오르던 한 꺼풀 막이 아니었다면 끝까지 기억하지 못했을 터였다.

"'물어뜯어야지'라고 했었죠, 그 남자."

"……."

"알고 싶어요?"

알고 싶었다. 아무튼 그게 탈이었다.

＊ ＊ ＊

"우리는 꿈을 감각해요. 그래서 감각자라고 불려요. 당신은 듣죠?"

신재가 우영을 보며 말했다.

"나는 봐요."

신재의 눈에 하얗게 막이 생기더니 깜빡, 하고 원래의 빛을 되찾았다. 피가 낭자한 지하철역에서 우영이 잘못 본 거라 착각했던 바로 그 눈이었다.

"감각자들은 다른 사람들이 못 보는 것을 느껴요. 감이 남보다 좋아서 예민하게 세상을 느끼는 사람도 있지만 감각자는 그 이상이에요. 기본적으로 오감이 꿈을 감지하도록 강화되고, 거기에 특정 감각이 더해져요."

"특정 감각?"

"감각자의 개별 특기가 생기는 거죠. 가지고 있던 감각이 강화되기도 하고, 자기장을 느끼는 새나 자외선을 보는 박쥐처럼 사람에겐 없는 감각이 생기기도 해요. 설이는 그걸 가지고 '드림 센스'니 뭐니 하며 간살을 떨었……. 아, 얼마 전에 내가 가르치는 아이 하나가 감각자로 각성했어요. 아이의 귀 뒤에 더듬이가 생겼죠. 걔는 아주 신이 났는데, 사실 감각이 마냥 좋은 것만은 아니에요. 보기 싫은 꿈까지 보고 느껴야 하니까. 감각은 라디오처럼 껐다 켤 수도 없어요. 적응하면서 익숙해지는 거지."

"감각……."

우영이 말을 입안에서 굴리듯 되새겨 말했다. 희성이 그런 우영을 보며 미소 지었다.

"라디오파를 수신한다고 생각하면 돼. 장파, 중파, 단파, 초단파. 세계 곳곳에 파장이 흐르지만 사람들은 듣지 못하지. 하지만 우리 감각자들은 그 파장을 느껴. 물론 감각자의 능력에 따라 반응하는 주파수도 다르고 민감도도 다르네. 자네는 미개

봉 제니스600이야. 성능 좋고 클래식하지만 창고 밖으로 한 번도 나와보지 않은 감각자."

희성이 말을 이었다.

"파장은 전기처럼, 물처럼 세계를 흘러. 주로 살아 있는 것에 달라붙어 머물지만 때로는 물건이나 터가 그 소리통이 되기도 하네. 저주받은 인형이나 귀신 들린 폐가 같은 거 말이야. 세상이 귀신이라 부르는 것 대부분은 이루지 못한 꿈의 현신이야. 잘 세탁해서 거풍하고 환기를 여러 번 시키면 꿈도 빠져나가네만…… 원체 타고난 기운이 강한 터가 있어. 용뫼산과 월촌동이 그렇네. 저 아래 월천은 본디 용이 나는 등용문이라 하여 길하게 여기던 곳이고, 저 위 우물 자리는 월천으로 드는 물의 시작이지. 그러니 얼마나 터가 세겠나. 택지 개발을 한답시고 여러 번 갈아엎었는데도 타고난 기운이 워낙 강해. 이렇게 센 터에 소각장까지 들어섰으니……."

"소각장이 왜요?"

"용뫼산 사당터가 옛날엔 제사 지내던 곳인 건 알고 있지?"

월촌동에 사는 사람이라면 모두가 안다.

"제사에는 소지 의식이 있어. 제물을 불에 태워 보내는 의식이지. 불은 삿된 기운을 깨우기도 하고 달래기도 하는 가장 강력한 주술이니까. 지방이라든가 종이돈을 태우기도 하지만 주로 망인이 생전에 사용한 물건을 태우네. 그런데 저 소각

73

장 말이야. 저 소각장에서 태우는 쓰레기 중 그런 게 없을 것 같나?"

"소각장에서 태우는 건 제사에서 태우는 거랑 다르지 않나요?"

우영은 오를 승에 빛날 화 자를 쓴다던 화장터를 떠올리며 물었다.

"그게 문제라는 거야. 치성을 드려야 하는 걸 쓰레기로 태우고 있으니."

"하지만 소각장은 사람들에게 필요한 시설이잖아요."

"소각장만 문제가 아니야. 소각장과 월촌동이 합쳐져서 문제라는 걸세. 기운이 강한 것 두 가지가 합쳐졌으니 아주 큰 문제지. 그러니 내가 여기 소각장은 안 된다고 말했건만."

"사장님 말고도 여기 사는 사람 다 그렇게 말해요. 다이옥신이……."

"그런 이유가 아니래도!"

희성이 왈칵 화를 냈다. 문득 희성의 눈에 화기가 돌며 그 모습이 무척 낯설게 느껴졌는데…… 그건 아주 잠깐이었고 다음 순간 그는 다시 우영이 아는 반찬 가게의 늙은 주인장으로 돌아왔다.

"여느 집의 길흉을 점치려거든 찬간을 보라 하지. 찬간에 뭐가 있나. 아궁이와 우물, 불과 물이 드는 통로가 있지. 여기 월촌동에는 다 있네. 아궁이와 우물. 불과 물. 그리고 찬 가게.
여기는 월촌동의 찬간이야. 음식을 염장하며 마음의 염도 장으
로 묵혀 삭히는 자리. 하지만 찬이 있는 곳에 벌레가 꼬이듯, 요
즘 들어 숭하고 삿된 것들이 기승이네. 그나마 두억시니 정도
라면 우리가 힘으로 막을 수 있으니 다행이지만."

"두억시니?"

이번에는 신재가 답했다.

"꿈을 먹고 사는 괴물들. 감각자는 꿈만 느끼는 게 아니라
꿈을 탐하는 괴물도 느껴요. 두억시니는 워낙 흔해서 그쪽도
알 텐데?"

'도와줘.'

"그건 어디서 오는 겁니까?"

"통로가 있어. 세계 곳곳에 흩어져 있지. 종종 비행기나 배
가 사라졌다가 한참 뒤에 텅 빈 채로 나타난다는 괴담이 들리
지 않나. 버뮤다 삼각지대 실종 사건이라던가, 메리 셀레스트
호 사건이라던가. 감각자들은 그 통로를 지키기 위해 애를 쓰
지만 세상이 흔들리면 어디선가 또 새로운 구멍이 생기곤 하
지. 저기, 용뇌산에도 지반이 약한 구석이 있고."

"거기가 혹시……."

"맞아."

희성이 고개를 끄덕였다.

"그 가건물. 자네가 보았던 역술원. 과거에는 사당이 있던 자리였어. 그 주변에 잡꿈들을 뿌려놓았다고 했지? 라디오로 치면 일종의 전파 납치인 셈이야. 같은 대역 주파수에서 더 큰 출력의 전파를 쏘는 거지. 마침 그걸 잘하는 감각자가 있어서 말이야. 감각이 없는 평범한 사람들이 가건물에 다가서면 가스 불을 켜놓고 왔다든지, 자동차 사이드브레이크를 안 채웠든 지 하는 잡생각이 떠올라 걸음을 돌리게 돼. 사람이라면 누구 나 불안을 자극하는 원시의 꿈을 갖고 있는 법이니까. 하지만 감각이 있거나 초대를 받은 사람이라면 그 문을 열고 자신의 불안과 마주할 수 있네. 자네는 거기서 뭘 보았나?"

폐가와 괴물, 그리고 자신의 비겁함. 우영은 입술을 우물거 리며 대답을 미뤘다. 희성은 더 묻지 않았다.

"통로가 열리지 않게 건물 주변에 잡꿈을 뿌려놓고 명태며 탁주며 담배를 갖다 두며 치성을 드리고 있네만."

"거기가 열리면 어떻게 되는데요?"

"어떻게 될 것 같은가?"

"……월촌역의 그 남자."

우영이 중얼거렸다.

"사람들이 그 남자처럼 되는 겁니까?"

76

"아직은 아니야."

희성이 말했다.

"그 남자는 두억시니와는 달랐지. 차원을 비집고 나오는 것들이 두억시니 정도라면 해볼 만해. 그저 힘으로 억누르면 되니까."

"두억시니 말고 다른 게 또 있어요?"

"꿈에서나 상상할 법한 온갖 어두운 것들이 있지."

희성이 말을 이었다.

"그중 지금 내가 두려워하는 건 이무기야. 승천하지 못하고 지상에 남아 한과 원으로 똘똘 뭉친 이무기. 이무기가 깨어난 것 같네. 가건물 안쪽을 두드리며 흔들고 있어. 다시 재워보려 아무리 치성을 드려도 소용이 없어."

"이무기라면, 뱀입니까?"

"뱀이라는 게 본디 사악한 것이네. 한데 그토록 사악한 것이 용의 꿈을 품고 뭉쳤다가 좌절하였으니 얼마나 더 사악하겠나. 교활함에 욕망이 더해져 삿되디삿된 존재로 타락했어. 월천이 용이 나는 자리라 했지. 용이 나는 곳에 이무기도 들끓는 법. 용자리는 곧 뱀자리이네."

말을 마친 희성이 라디오 볼륨을 높였다. DJ의 목소리가 감각자들의 비밀스러운 대화를 가려주었다.

[……님의 사연입니다. 단잠지기님, 저는 요즘 밤을 헤매고 있는 것 같아요. 지금 이 어두운 밤이 끝나고 해가 뜨면 저도 제 길을 찾을 수 있겠죠?]

"이무기에 홀린 사람은 괴물이 되어 다른 사람을 씹어 삼키다 결국 그 자신도 지하에 몸을 던지게 되지. 월촌역의 그 남자, 자네가 느끼기엔 어떻던가?"

어땠냐고?

기괴했다.

고장 난 수도꼭지처럼 생각이 줄줄 새고. 혼이 빨린 사람처럼 동공이 풀렸고. 뭔가에 씐 것처럼.

[……네, 밤은 끝나지 않을 것 같아도 결국 끝나게 되어 있더라고요. 밤이 너무 길고 앞이 보이지 않는다면 차라리 위로 날아오르는 건 어떠세요. 밤을 날아서 아침에 닿을 수 있기를 바라며 신청곡, 이문세의 '깊은 밤을 날아서' 보내드립니다……]

이문세가 고운 그대 손을 잡고 밤하늘을 날아서 궁전으로 가겠다며 노래를 불렀다. 클래식 진공관 라디오로 이문세의 노래를 듣는 사치라니. 이런 말도 안 되는 이야기 없이 그 사치를 온전히 누릴 수 있다면 좋았으련만.

"이무기는 탐욕을 부리며 지나간 자리의 모든 것을 먹어 치우지. 이무기의 주식은 잉어와 쥐와 개라고 알려져 있네만 사실 이무기가 가장 좋아하는 먹이는,"

희성이 우영에게 훅 다가왔다. 그의 몸에서 재 냄새가 났다.

"사람이야."

그 말과 동시에 월촌반찬의 불이 꺼졌다. 이문세가 노래를 멈췄고 가볍게 윙, 하던 냉장고의 소음이 가라앉았다. 희성과 신재가 동시에 고개를 들었다. 깜빡, 하는 순간 전기가 다시 들어왔다. 불이 켜졌고 이문세는 다시 노래를 불렀고 덜컥, 윙—하는 소음과 함께 냉장고가 다시 작동했다.

"용뫼산에 깃든 기운이 점점 커지고 있어. 처음엔 잉어나 끈을 놓친 반려견을 잡아먹는 수준이었는데 기어코 사람에게까지 그 화가 미치더군. 우리가 나서지 않으면 이무기에게 잡아먹힌 사람들이 점점 늘어날 거고, 결국엔 세상 전체가 이무기를 위한 한 상차림이 될 거야.

"……."

[네, 이문세의 '깊은 밤을 날아서'였습니다. 다음 사연 청해 듣겠습니다. 단잠지기님…….]

79

"아직은 시간이 있어. 아직은, 직접 닿은 사람에게만 그 화가 미치고 있거든. 그 사람을 숙주 삼아 다른 이에게 전염되기는 하지만. 이무기는 아직 여기까지 못 내려오네."

"여기까지 못 내려온다고요?"

희성이 턱으로 저 위쪽을 가리켰다.

"사당터가 있잖아. 가건물 자리. 그 땅의 기운이 어찌어찌 통로를 눌러주고 있으니까."

우영은 역술원, 그러니까 가건물이 있던 자리를 떠올렸다. 그 자리에 묶인 플래카드가 바람에 날리던 소리를 떠올렸다. 플래카드…… 유치권…….

"그러니까 그 유치권이라는 게……."

"맞아."

"그 땅을 매입한 겁니까? 그 자리에 문화재 표지석이 있는데 가건물을 세우는 허가는 어떻게……."

"그게 뭐가 중요한가? 중요한 건 거기가 감각자들의 요새라는 거야. 적어도 사당터 기운이 그 자리를 지키고 있는 이상 이무기는 월촌동으로 못 내려와."

희성이 말했다.

"하지만 이무기의 기운이 점점 더 세지고 있네. 사당터가 얼마나 더 버텨줄지 모르겠어. 터가 버텨주는 동안 자네는 이무기에 대적할 정도로 힘을 길러야 하네. 신재야, 네가 이 형사

80

훈련을 좀 맡아줘야겠다. 앞으로 이 형사는 신재랑 시간을 맞춰서 감각을 벼리는 훈련을 하게.”

“네.”

“에?”

희성의 말에 신재가 태연히 답했다. 우영이 기가 차서 끼어들었다.

“잠깐만요, 누가 누구 훈련을 맡는다고요?”

“내가, 그쪽을요. 하신재가 이우영 씨 훈련을.”

“하신재 씨, 초등학생 가르치는 사람이라면서요.”

우영은 신재에게서 받은 핸드 메이드 명함을 들어 보였다.

“네. 그래서요?”

“하신재 선생님. 저 경찰입니다. 해병대 출신이고요. 아시죠? 귀신 잡는 해병.”

“네.”

“해병대에서도 독보적이었어요. 외줄 오르기 에이스.”

“그래요. 그럼 독보적인 실력 기대할게요.”

“하, 참 내……. 어디 두고 봅시다.”

“네, 네, 그래요, 그래요. 나 보는 거 잘해요. 시력이 좋아서.”

어린애 어르듯, 신재는 태연하게 우영을 도발했다. 우영은 그 도발에 껌뻑 넘어갔다.

아니, 넘어가 준 거였다. 봐준 거고 들어준 거였다. 그 뛰어
난 감각을 한 수 접어가면서. 왜냐고? 신재가 우영을 '손님이
아니라 우리 같은 감각자'라고 불렀으니까. 우리 감각자. 우리
라고. 장난도 병도 아닌 감각이라고. 그래, 우리 같은 감각자라
니. 듣기에 좋았다. 괜찮은 소리였다. 거기다 제니스 600으로
이문세의 노래까지 곁들였으니.

"그럼 우리, 잘해봐요."

신재가 마지막 카운터 펀치를 날렸다. 게임 끝이었다.

6

[WBS 라디오가 11시를 알려드립니다. 깊어가는 밤, WBS 단잠라운지에서 단잠지기 인사드립니다…….]

남자는 휴대전화를 두드려 라디오 앱을 껐다. 라디오 DJ의 음성마저 가신 밤은 아득하고 적막했다. 그가 둘레길을 올랐다. 몇 걸음 가지 않아 플래카드와 가건물이 눈에 들어왔다.

유치권 행사 중. 장파, 중파, 단파의 오만가지 잡꿈이 남자의 머릿속을 파고들었다. 가스불. 전등. 사이드브레이크. 전화. 컴퓨터 전원. 5로 맞춰놓고 나온 전기장판…….

"시끄러워."

그가 말했다. 남자를 공격하던 잡생각들이 힘을 잃고 바닥으로 떨어졌다. 남자는 떨어진 잡꿈들을 밟고 지나갔다. 사람들이 다니기 좋게 다져진 둘레길에서 벗어나 플래카드를 손으로 젖히며 안쪽으로 들어섰다. 가건물 문손잡이를 돌리며 밀자 철문이 찢어지는 듯한 소음을 내며 열렸다. 남자가 가건물 안으로 발을 디뎠다. 하지만 그는 곧 떠밀리듯 문밖으로 튕겨 나왔다. 건물 안쪽의 봉인들이 아슴아슴한 빛을 뿌렸다.

남자는 자신을 막아서는 몽롱한 어둠을 바라보았다. 어둠이 그의 악몽을 읽고 모습을 바꾸었다. 가건물의 베니어합판은 병원 천장이 되었고 바닥에선 환자복을 입은 노인이 꾸물꾸물 고개를 들었다.

"그 사람을 찾았어."

그가 어둠에게 말했다. 어둠은 숨죽여 그의 말을 들었다.

"감각자를 모으고 있더라. 우리한테 했던 것처럼."

어둠이 고개를 끄덕였다.

"조금만 기다려. 내가……."

그는 뒷말을 고민하는 것처럼 인상을 썼다. 내가, 내가 뭐?

일단 문을 조금만 더 열어주겠니? 내가 나갈 수 있게.

어둠이 속삭였다.

그가 문을 활짝 열고 비켜섰다. 그러자 어둠 속에서 벽을 긁는 기척이 나더니 세 마리의 두억시니가 문틈을 비집고 나왔다.

"가. 가서 맘껏 날뛰어."

두억시니가 밤의 장막 위를 날아올랐다. 까아아아악— 두

84

억시니의 울음이 용뫼산 하늘을 찢으며 울려 퍼졌다.

[……네, 밤은 끝나지 않을 것 같아도 결국 끝나게 되어 있
더라고요. 밤이 너무 길고 앞이 보이지 않는다면 차라리 위
로 날아오르는 건 어떠세요. 밤을 날아서 아침에 닿을 수 있기
를 바라며 신청곡, 이문세의 '깊은 밤을 날아서' 보내드립니
다…….]

"너는 근무 중에 스마트폰으로 꼭 라디오를 들어야겠냐?
이어폰도 없이 시끄럽게."

"무섭잖아요."

형광 조끼를 입은 경찰 둘이 '사장님이 미쳤어요'라고 붙은
외월촌동 염가 할인 매장과 식자재 마트 사이를 경광봉으로 비
췄다. 한 명은 손에 경광봉을 들었고 다른 한 명은 스마트폰을
들었는데, 스마트폰 라디오 앱에서 '깊은 밤을 날아서'가 흘러
나왔다.

"그 노래 들으니까 더 무섭다."

무서울 법도 한 것이, 외월촌동 상가 점포 두 군데 걸러 하
나는 매직으로 '폐업'이라고 써 붙인 채 텅 비어 있었다.

"김 경장님, 저거……."

"어?"

스마트폰으로 라디오를 듣던 박 순경이 경광봉을 든 김 경

장을 불렀다.

"저기 뭐가 있었는데……."

"있긴 뭐가 있어. 너 자꾸 어두운 데서 폰 보다가 불 꺼진 상가 쳐다보니까 헛것 보는 거 아니야. 그거 좀 끄라고 내가……."

불 꺼진 상가에서 커다란 짐승이 튀어나왔다. 그냥 짐승이 아니었다. 생선 머리에 도롱뇽의 몸, 지네의 다리, 끈적한 촉수 같은 날개까지 달린 괴물이었다. 하지만 김 경장과 박 순경이 느낀 건 그저 어둠보다 더 어두운 그림자와 강한 힘, 그리고 비린내였다.

"저게 뭐야?"

밤의 월촌대로를 운전하던 하루배송 기사가 눈을 가늘게 떴다. 처음에는 피곤해서 헛것을 보는 건가 싶었지만 분명 무언가가 전방에서 꿈틀거렸다.

"저게 뭔……."

그때 도로 한가운데서 꿈틀대던 그것이 날아오르더니 하루배송 차량을 덮쳤다. 놀란 기사가 핸들을 꺾었다. 배송 트럭이 갑자기 3차선으로 방향을 틀자 차량의 행렬이 흐트러졌다. 트럭은 그대로 미끄러져 신호등에 처박혔다. 미처 속도를 줄이지 못한 승용차가 트럭 뒤에 부딪혔다. 그 뒤로 또 한 대의 승용차

86

가 충돌했다. 운전자가 이마를 클랙슨에 박기라도 했는지 가운데 긴 승용차가 비명을 지르듯 길게 울었다.

"안녕히 가세요!"

야간 보충 수업을 마치고 학원 차에서 내린 중학생이 외쳤다. 빨리 집에 들어가서 씻고 누워야 내일 아침 등교 시간에 맞춰 준비할 수 있었다. 가슴팍에 자수로 새겨진 '이설'이라는 이름이 발이 뛰는 박자에 맞춰 가볍게 오르내렸다. 아파트 통행로의 보도블록을 두드리던 설의 컨버스 운동화가 천천히 느려졌다. 멀리서 클랙슨 소리가 길게 이어졌다.

운동화가 멈춰 섰다. 귀 뒤에 돋은 감각기관이 꿈틀거렸다.

"……뭐야?"

아파트 베란다 위를 자유롭게 유영하던 꿈들이 달아나고 있었다. 베란다 샷시 속으로 돌아가 문을 닫고, 에어컨 실외기 너머에 몸을 숨기고, 두려움 가득한 소리를 내며 울었다. 아득한 밤하늘에서 뭔가가 하얗게 팔랑대며 떨어졌다. 설이 손을 내밀었다. 손바닥에 내려앉은 건 낙엽처럼 말라붙은 나비였다. 나비의 날개가 설의 손끝에서 부서지더니 가루가 되어 흩어졌다.

7

    외월촌동 지구대 경찰 두 명이 순찰을 하다 습격을 당했다는 소문은 금방 퍼졌다. 습격당한 경찰들은 정신을 잃은 채로 발견되었는데 큰 외상은 없었지만 충격이 심한 듯했다. 김 경장이라는 사람은 멍한 채 말문을 닫았고 박 순경은 온몸을 덜덜 떨면서 헛소리를 했다. 박 순경의 조끼에 달려 있던 바디캠 영상이 경찰 내부망에 올라왔다. 하지만 바디캠 영상에서 확인할 수 있는 건 그들의 비명과 움직임, 그리고 스마트폰 라디오 앱에서 흘러나오는 이문세의 노래뿐이었다. 그래서 오히려 더 말이 많아졌다. 차라리 없으면 모를까, 희끗대는 단서는 사람들의 상상력에 불을 지폈다. 들개다, 도심에 들개가 어디 있냐, 물려서 광견병이라도 걸린 거 아니냐, 무슨 소리냐, 병원에서 광견병 아니라고 했다, 그럼 주취자다, 괴한이다, 순찰 도는 경찰이 주취자 하나 제압 못 하는 게 현실이다……

하지만 우영은 알아보았다.

사장님과 여자가 뭐라고 불렀지? 두억시니라고 했던가?

생선 머리에 도롱뇽의 몸, 지네의 다리, 끈적한 촉수 같은 날개가 달린 그것들은 먼저 소리로 다가온다. 웅웅대고, 갉갉거리고, 길게 포효한다. 그 뒤엔 냄새가 범람한다. 생선을 묵혀 썩인 듯한 비린내. 그다음엔 그것들의 그림자, 그것들의 힘, 그것들의 모습이 차례로 감각을 장악한다. 처음 느꼈을 때 우영은 오줌을 쌌다. 바지에 지리며 혼절을 했더니 아버지는 어머니 탓을 했고 어머니는 할머니 탓을 했다. 우영은 아버지와 어머니가 싸우는 게 싫었다. 어머니가 자신의 손목을 꽉 쥐고 '안 들리지? 아무 소리도 안 들리지?' 묻는 게 싫었다. 아버지가 '못된 장난, 못된 병'이라고 하는 게 싫었다. 그래서 안 들린다고 했다. 어떻게든 외면하려 했다. 볼륨을 10으로 높인 헤드셋을 쓰고, 이어폰을 끼고, 고개를 돌리고. 그나마 다행이었던 건 괴물이 생긴 것과 달리 매너가 있었다는 거다. 괴물은 사람의 몸에서 흘러나오는 기운만 조금 빨아먹고 사라졌다. 놈들이 사람을 공격하는 모습을 본 건 딱 한 번뿐이었다.

'도와줘.'

그것들이 다시 사람을 공격한다. 이번에는 우영도 모른 척하고 싶지 않았다. 모른 척할 수 없었다. 그게 병이 아닌 진짜라는 걸 알았으니까.

"남편이랑 같이 근무하셨다고요."

"네. 그…… 한 5년 전에 근무했는데 경장님은 기억 못 하실 수도 있겠네요. 아, 같이 온 이 친구 이름은 김도신입니다. 제가 근무하는 월촌서 통합1팀 후배. 도신아, 인사해라."

외월촌동에서 습격을 받은 김태원 경장과는 전혀 모르는 사이였지만 그 속을 알 리 없는 태원의 부인은 남편의 직장에 대한 묵은 불만들을 쏟아냈다.

"그러니까 외월촌동 근무는 위험하다고 그렇게 말렸는데……."

"사고에 대한 설명은 못 들으신 거지요?"

"설명이요? 서얼며엉? 제 남편이 경찰에 헌신한 게 몇 년인데, 동료라는 사람들이 한 번 들여다보고는 끝이에요. 병원비도 우리 주머니에서 나가고 있고요. 파출소장이 와서 들개가 습격한 건 아닌지 의심스럽다는 말을 지껄이고 가더라고요. 도심에 들개가 어디 있냐니까 외월촌동 뒷골목에 건강원이랑 보신탕집 납품하는 사육장이 있었다는 거예요. 사육장이 망하면서 개를 풀어놓고 도망갔다나. 그러니까 외월촌동을 아주 싹 다 갈아엎어야 하는 건데. 아, 그러고 보니 두 분 형사님 혹시 외월촌동에 사시는 건 아니죠?"

90

"아, 네……. 거기 안 삽니다."

"다음 선거 때 외월촌동을 밀어버리자는 공약을 내는 후보가 있으면 그게 공산당이라도 찍겠어요. 저는 이 사달을 낸 게 건강원으로 가야 했을 들개가 아니라 그 동네 자체라고 생각해요. 어쩜 같은 월촌구에 있는데도 동네 물이 이렇게 다른지. 저기 소각장도 외월촌동으로 갔어야 해요. 거기 쓰레기 같은 사람들이 워낙 많으니까…… 아, 저기 외월촌동 쓰레기도 여기 내월촌동에서 태우는 거 아세요? 그런 건 경찰이 어떻게 못 막아주나요?"

부인의 불만은 남편의 직장에서 시작해 외월촌동을 한 바퀴 휩쓸고 시댁 식구들에게까지 옮겨붙었다. 우영이 '바람 좀 쐬고 오시라'는 말을 두 번이나 한 뒤에야 부인은 말을 멈추고 자리를 비워주었다.

"저도 마침 아파트에 일이 좀 있네요. 제가 입주민 대표거든요. 그럼 말씀들 나누세요."

침대에 앉은 태원은 말씀을 나눌 상황이 아니었다. 멍하니 앞을 응시하고 있는 태원의 낯은 노르스름했고 바짝 마른 입가에는 피를 닦아낸 듯 붉은 자국이 비쳤다. 월촌역에서 입질을 하고 다니던 남자가 떠올랐다. 태원과 그 남자는 꼭 쌍둥이처럼 닮아 보였다.

"경장님. 월촌서 통합1팀 이우영입니다. 외월촌동 순찰 중

91

에 습격을 당하셨다고요."

"……."

환자용 침대에 바짝 다가갔다. 역시나 고장 난 수도꼭지처럼 생각이 줄줄 새고 있었다. 낮은 수압으로, 하지만 충실하게.

너는근무중에스마트폰으로꼭라디오를들어야겠냐이어폰도없이시끄럽게자네는무슨일을이렇게하나무섭잖아요그노래들으니까더무섭다당신은진짜왜그래김경장님저거내가나혼자잘되자고이러는거냐고다같이잘살자고이러는건데어저기뭐가있었는데다낡은아파트깔고앉아있으면뭐가저절로되는줄알지아주이동네다집값오르는데우리집만깡통차도그소리나오나어디봐입좀닥쳐라상년아주민대표그게뭐라고남편한테까지지랄이야하기야뭐집에들어와야집의소중함을알지있긴뭐가있어너자꾸어두운데서폰보다가불꺼진상가쳐다보니까헛것보는거아니야그거좀끄라고내가…….

"말씀하실 상태가 아닌 것 같은데요."

도신이 말했다.

"조사 들어갔을 거예요. 다른 사람도 아니고 경찰이 근무중에 습격당한 거니까. 선배가 나서지 않아도……."

"경장님."

우영은 태원을 붙잡았다. 턱을 잡고 초점 없이 멍한 눈과 마주치려 애쓰며 물었다.

"괴물이었죠?"

우영의 손 아래 태원의 턱이 단단하게 굳었다.

"괴물이 경장님이랑 박 순경을 빨아먹었잖아요."

"으……."

태원이 움찔하며 낮게 신음했다.

"혼이 빨려 나가는 기분이었을 거예요. 그렇죠?"

"으…… 으……!"

태원이 우영의 손을 뿌리치려 몸부림을 쳤다. 우영은 버둥거리는 태원의 팔을 붙잡고 말을 재촉했다.

"경장님, 혹시 그 괴물을 자극하셨어요? 어지간해선 먼저 공격하지 않을 텐데. 아니, 공격이 문제가 아니라 감각이 없는 사람은 느끼지도 못했을 텐데. 그게 왜 두 분을 공격했을까요."

우영은 태원의 귀에 입을 바짝 들이대고 물었다.

"혹시 경장님도 감각……."

"선배!"

어깨를 강하게 잡아채는 손에 이끌려 우영은 태원에게서 떨어졌다.

"그만해요. 환자가 놀라잖아요."

찬물을 맞은 듯 제정신이 돌아왔다. 우영은 제가 뭘 한 건가 싶었다.

두억시니. 감각자. 월촌반찬.

한꺼번에 너무 많은 세계가 쏟아져 들어온 탓에 잠깐 이성을 잃었다. 우영은 정신을 붙잡으려 애쓰며 고개를 숙였다.

"……죄송합니다."

우영은 침대에 축 늘어진 태원에게 사과했다. 어차피 알아듣지도 못했겠지만.

너는근무중에스마트폰으로꼭라디오를들어야겠냐이어폰도없이시끄럽게자네는무슨일을이렇게하나무섭잖아요그노래들으니까더무섭다당신은진짜왜그래김경장님저거내가이거출근하면서좀버려달라고했잖아그게그렇게어려워어저기뭐가있었는데맨날까먹지맨날그거기억력문제가아니라성의문제야뭐긴뭐가있어물……. 너자꾸어두운데서폰보다가불꺼진상가쳐다보니까헛것보는거아니야그거좀끄라고내가…….

흘러나오는 꿈 사이 형광펜을 칠해놓은 듯 한 단어가 도드라져 들렸다.

"……물?"

물……. 너자꾸어두운데서폰보다가 물이 끓어 넘친다.

94

불꺼진상가쳐다보니까헛것보는거아니야그거좀끄라고내
가…….

"물…… 달라고요?"

물……. 너자꾸어두운데서폰보다가 물이 끓어 넘친다.
불꺼진상가쳐다보니까헛것보는거아니야그거좀끄라고내
가……. 끓는 물이 넘친다…….

"뭐라고요? 뭐가 넘쳐요? 경장님. 잠깐 일어나 보세요."
하지만 태원은 다시 정신을 놓은 뒤였다.

＊ ＊ ＊

"안 물어보냐?"
우영이 도신에게 물었다.
"뭘요?"
"아까 내가 이상하게 군 거."
"선배는 항상 이상한데요."
"아, 뭐래, 새끼가."
"……."

잠깐 침묵하던 도신이 다시 입을 열었다.

"다짜고짜 병원이랑 호실 알아보라고 하고. 알아봤더니 면회랍시고 와서 이상한 소리 하고. 근데 선배 이상한 게 어디 한두 번이었어야죠."

"내가 전에 그랬지. 귀가 예민해서, 세상 시끄러운 게 싫다고."

우영이 말했다.

"내 귀가 정말 너무 밝아서 남들은 못 듣는 걸 듣는다고 하면 어떡할래? 남들이 못 듣는 걸 듣고 못 느끼는 걸 느낀다고. 나 같은 사람들이 또 있고, 그 사람들이 모여서 뭘 하고 있다고 하면?"

"뭘 하는데요?"

"음…… 뭐…….'"

도신이 우영을 마주 보았다. 여상한 얼굴이었지만 그 눈에 은은하게 경멸 비슷한 기운이 스치는 걸 우영은 그 좋은 감으로 느낄 수 있었다. 꼭 아버지 앞에 선 열세 살짜리가 된 기분이었다.

"장난치는 거예요, 아니면 어디 아파요?"

"……."

"그것도 아니면 '실례지만 기운이 좀 좋으세요' 그런 말 하는 사람들 만났어요? 그 사람들한테 계좌번호나 비밀번호 불러준 건 아니죠? 경찰들 은퇴하고 사기 많이 당한다던데, 선배는 너무 잘 믿어서 탈이에요. 지난번에 사주로 사기 친 그 사짜가 선배한테 손가락 점이 어쩌고 할 때 아닌 척하면서 귀담아 들었잖아요."

우영은 뜨끔했다. ……이 새끼 귀신 같네. 감이 좋아.

"아무거나 믿지 마요, 좀."

"나 원래 잘 믿는다. 내가 너도 믿잖아. 너 칼 맞을 거 같으면 내가 대신 맞아준다고 한 거 안 잊어버렸지?"

"네. 그런데 지금 하는 거 보면 저보다 선배가 먼저 칼 맞을 거 같아서요."

도신이 입고 있던 롱패딩을 다시 한번 여미며 중얼거렸다. 더운지 얼굴이 붉었고 땀에 젖은 이마에 머리카락이 달라붙어 있었다.

"병원 난방 때문에 더운데 여기서도 그렇게 패딩을 입냐."

"……."

"벗어, 인마. 땀 나는구만."

"그러고 보니까 선배 이제 에어팟 안 하네요?"

"아…… 어……. 그러네."

우영은 그제야 자신이 에어팟을 꽤 오랫동안 사용하지 않았다는 것을 깨달았다. 에어팟을 어디에다 뒀는지, 충전을 했는지도 잊고 살았다.

"차 빼놓을 테니까 빨리 오세요. 여기 병원, 면회객은 시간당 주차비 내야 해요."

앞장서 걸어 나간 도신은 병원 로비의 대리석 기둥과 수납창구, 사람들 너머 배경이 되어 흐려졌다. 우영은 도신이 답지 않게 경멸을 비치던 모습을 되새기듯 떠올려보려 했지만……기억이 나질 않았다. 도신이 감정을 보였다는 사실만 남고 어떻게 화를 냈는지는 도무지 기억이 나지 않았다. 맹물 같았다. 돌아서면 흐릿해지는 이목구비. 목소리도, 말투도, 걸음걸이도, 행동도, 죄다 흐리멍덩한 놈. 그런 놈이…… 아까 화를 냈던가?

8

月村반찬

〈CLOSED〉

"청컨대 화포(火砲)로써 이를 물리치소서."

신재가 말했다. 손에서는 달그락달그락, 압정 부딪히는 소리가 났다.

"조선왕조실록에 나오는 말이에요. 괴이한 것이 출몰하니까 화포를 쏘아 없애자는 거죠. 물리적 퇴마. 별수를 다 써도 안 떨어지는 귀신은 물리가 답이에요. 호러 영화 보면 귀신 나오는 집에 출동 나간 경찰이 귀신한테 당하잖아요. 그거, 총부터 쐈으면 안 당했을걸요."

"무슨 영화입니까? 그 경찰은 귀신 잡는 해병대 출신이 아니었나 보네."

"그쪽은 다를 거 같아요?"

"당연하죠. 내가 만약 귀신 나오는 집에 출동을 갔다? 그러면 귀신이 나오기도 전에 그냥 빡⋯⋯."

빡.

신재가 날린 압정이 9시 방향, 11시 방향, 6시 방향에서 터졌다.

"허읔."

"물론 그 정도로 빨리 총을 잡을 수 있었을 때의 얘기지만."

우영을 맞히지 못한 압정들은 조리대 위에 놓인 스테인리스 대야를 할퀴고, 도마에 박히고, 플라스틱 그릇을 떨어뜨리며 신명 나는 타악을 연주했다.

"예고도 없이 공격하는 게 어딨습니까?"

"예고하고 하면 그게 공격이에요?"

두 번째 압정이 날아왔다. 11시 방향. 팅! 4시 방향. 슉! 2시 방향. 두둥! 7시 방향. 탁! 압정은 '카카오페이, 네이버페이, 삼성페이 됩니다'라고 써 붙인 종이를 긁고 바닥으로 떨어졌다.

"전에도 느꼈지만 반사 신경 진짜 좋으시네."

"저 체력 검정 만점 받았습니다. 외줄 오르기 1등이었고요. 인간 개조의 용광로, 해병대 에이스."

"아, 그러세요?"

9시 방향. 이번엔 팅이나 슉이 아닌 빡 소리가 났다.

"에이스, 아웃!"

신재가 야구 심판이 아웃 사인을 보내듯 우영 앞에 주먹을 들어 보였다.

"아오, 씹⋯⋯."

잔뜩 약이 오른 우영이 낮게 욕을 씹었다.

"허술해요. 방금 끝난 줄 알았죠? 끝났다 싶을 때 한 번 더 들어요. 그 좋은 귀를 왜 놀려, 들어야지."

숨이 가빴고 머리가 욱신거렸다. 뒤통수를 문지르던 우영은 문득 깨달았다. 자신에게 들으라고 하는 사람은 처음이라는 걸. 다들 우영에게 듣지 말라고, 귀 기울이지 말라고, 모른 척하라고 말했는데. 그걸 깨달았더니,

"자, 다시 한번—."

기분이 좋아졌다.

잘하고 싶어졌다.

우영은 심호흡을 했다.

차라리 눈을 감자. 눈을 감고 내가 가장 잘 쓸 수 있는 감각에 집중하자.

듣자.

귓바퀴가 움찔거렸다. 휘릭. 휘릭. 딸깍. 공기의 흐름이 느껴졌다. 공기 속에서 신재가 팔을 들고, 골반을 뒤틀고, 손목에 스냅을 걸고, 신재의 집게와 엄지손가락 사이에 걸친 압정이 탄력을 받아 허공을 가르는 것까지— 움직이는 모든 것이 한 템포 속도를 줄이고 느릿하게 고막을 두드렸다.

지금.

한 발로 중심을 잡은 채 다른 발을 높이 걸어 올려 압정을 신재 쪽으로 차 냈다. *먹혔다!* ……싶었는데,

신재는 민첩하게 압정을 손날로 받아쳤다. 하지만 우영이 먼저 피했고 압정은 우영의 몸에 닿지도 못한 채 허무하게 날아갔다.

"핫핫핫핫! 못 맞혔죠? 핫핫핫핫! 허술하기는 하신재 씨도 마찬가지네. 스트라이크 존을 아주 제대로 피해 가시는 게……."

"……변화구."

"변화구? 뭔 변화구?"

빡!

호선을 그리며 되돌아온 압정 등에 제대로 통수를 맞았다.

"투 아웃."

아…… 그 변화구…….

✳ ✳ ✳

"우는 거 아니죠?"

"안 웁니다."

"그럼 눈가의 그건 땀인가."

"……압정으로 공격하는 건 누구한테 배운 겁니까?"

"꼭 배워야 아나요. 우리 반 애들은 리코더를 무기로 쓰던데요. 아, 참고로 제 무기 중에 배구공이랑 분필도 있어요. 학교 비품실에서 구할 수 있는 게 그것뿐이라. 원하면 나중에 한 번 보여줄게요."

"됐습니다."

굳이 확인하고 싶지 않았다. 스리아웃을 맞은 뒤통수가 압정 등의 지름만큼 천천히 부풀어 오르는 게 느껴졌다. 오늘 밤에는 아무래도 모로 누워 자야 할 것 같았다.

"뭐 하나 물어봅시다."

"네."

"나는 들어요. 하신재 씨는 봐요. 그럼 손희성 사장님의 감각은 뭡니까?"

"사장님은 무슨 사장님. 동네 반찬 가게 할아버지지. 그냥 영감님이라고 불러요."

신재는 대답은 안 하고 킬킬대기만 했다.

"아니, 웃지 말고. 그분 감각은 뭐냐고요."

"선생님의 감각은 한마디로 딱 잘라 설명하기 힘들어요. 선생님의 감각은 얕게 두루 발달했어요."

"특정 감각이 특기처럼 생긴다면서요. 드림 센스인지 센스 드림인지 그렇다면서요. 시각, 청각, 후각, 미각, 촉각…… 오감 중 하나이긴 할 거 아닙니까."

"굳이 따지자면 시각. 하지만 완전히 시각이라고 보기도 힘들어요. 선생님의 감각은 얕고 넓어서……."

"아, 그래서 그분 감각이 뭐냐고요."

"선생님은 과거와 미래, 현재를 동시에 봐요. 시간 지각, 그게 그분 감각이에요."

"세상에 그런 감각도 있어요?"

"봐요, 설명해도 못 알아들으면서."

신재는 집게손가락으로 자신의 머리를 톡톡 두드렸다.

"뇌 안에는 시간을 느끼는 신경 회로들이 있대요. 가장 잘 알려진 게 돌기 신경세포인데 이 세포는 감각신경계를 타고 올라오는 신호를 받아 사건을 시간 순서대로 통합해서 기억해요. 선생님의 감각은 돌기 신경세포 쪽에 발현한 것 같아요. 선생님은 사건을 시간 순서대로 기억하지 않아요. 동시에 느끼지."

"시간을 동시에 느끼는 게 가능합니까? 어떻게 느끼는데요? 뭐, 시야가 삼면으로 나눠집니까? 아니면 과거가 영화의

회상 장면처럼 슬로모션으로 펼쳐져요?"

"말로는 설명 못 해요. 이우영 씨는 어떻게 듣는지 설명할
수 있어요? 그냥 느끼는 거잖아요, 나한테 감각이 발현했을 때
나를 찾아준 사람이 선생님이었어요. 내가 발현할 걸 알고 있
었던 거예요. 꿈으로 치면 예지몽이랄까. 이무기가 깨어날 걸
예고한 것도 선생님이고. 월촌역에서 그 사건이 있을 걸 나한
테 미리 알려준 사람도 선생님이에요. 알려줬다기보단…… 보
여줬죠. 나한테 잠깐 감각을 빌려줬거든요."

"감각을 빌릴 수도 있어요?"

"감각자들끼리 유대가 깊어지고 정서적으로 엮이면 감각
이 중첩돼요. 우리의 감각은 완벽하지 않아요. 불완전한 감각
으로 세상을 살아가려면 감각을 모아 함께 느끼고 이해해야 한
다고, 선생님이 그랬어요."

납득이 가는 말이었다. 우영은 고개를 끄덕였다.

"근데 말입니다. 사장님이 미래와 현재와 과거를 동시에 본
다면, 나쁜 꿈이 현실이 되는 걸 막을 수는 없습니까? 미래를
바꾼다거나."

"그게 되면 내가 학기 말마다 생기부를 밀리지 않을 텐데
요. 미래의 나에게 하고 싶은 말, 생기부는 미리미리 쓰자!"

"아이, 장난치지 말고요. 지하철역에서 미친놈이 사람들을
물어뜯기 전에 나서거나, 지금 우리가 막으려는 이무기를 사

105

장님이 젊었을 때 미리 막는다거나 하는 거 안 되냐고요."

"모든 일에는 시기가 있잖아요."

"그럼 우리가 바로 그 시기의 감각자들입니까?"

"그런가 보죠."

"그러면 이런 훈련을 하지 않아도 막을 수 있는 거 아닙니까? 그렇게 정해진 거라면……."

"정해진 건 없어요. 가능성일 뿐이지. 나쁜 꿈이 현실로 이뤄지는 걸 감각자가 전부 막을 수 있다면 좋겠지만……. 일어날 일은 일어나기 마련이니까."

"일어날 일은 일어나기 마련이다……. 그러면 우리는 왜 이러고 있는 겁니까?"

"가능성을 좀 더 나은 쪽으로 끌고 가기 위해서."

신재가 쓸쓸하게 웃었다.

"모든 것을 막을 수 있다면 난 감각자로 발현하지도 않았을 거예요. 월촌역 사건도 그날 일어날 수 있는 여러 가지 가능성 중 하나였어요. 사건이 안 일어났을 수도 있었고, 기껏 연가 내고 그 자리를 지키던 내가 허탕을 쳤을 수도 있어요. 그럼 그냥 나쁜 꿈을 꿨나 보다 하고 잊어버리는 거죠. 세상에는 나쁜 꿈도 있고 좋은 꿈도 있으니까. 하지만 여러 개의 꿈 중 하나를 고를 수 있다면 더 나은 꿈을 선택해 이루고 싶지 않아요? 우린 그걸 할 수 있어요. 감각이 없는 사람들도 할 수는 있죠. 하지만

106

그들과 달리 우리는, 먼저 느낄 수 있어요. 세상이 꾸는 꿈을."

"······."

" '꿈꾸지 않는 사람은 죽은 사람이다'라는 말을 선생님은 자주 해요. 사람은 모두 죽을 걸 알면서도 살잖아요. 죽음을 미룰 수 있을지는 몰라도 피할 수는 없죠. 하지만 죽을 때까지 주어진 시간을 충실히 살 수는 있어요. 감각자는 그 시간을 지켜 주는 사람이라고, 선생님이 그랬어요. 그러니까 최대한 정성을 들여 우리가 원하는 방향으로 꿈을 끌어와야 한대요."

우영이 동의한다는 의미로 고개를 끄덕이자 신재가 씩 웃었다. 미소가 시원했다.

"자, 그럼 다시 훈련합시다."

신재가 자리에서 일어난 순간, 블라인드가 쳐진 채 잠긴 월촌반찬 유리문이 흔들렸다. 유리문 위쪽에 걸린 종이 흔들리며 딸랑— 경쾌한 소리를 냈다. 위쪽에 걸어놓은 잠금쇠가 덜컹거렸다.

"사장님, 사장님, 오늘은 장사 안 하세요?"

신재와 우영은 동시에 숨을 죽였다.

"······오늘은 웬일로 휴무래."

유리문 너머에서 발소리가 멀어지고, 그제야 신재는 숨을 내쉬었다.

"밖에 팻말 봤으면 그냥 가지, 좀. 왜 문을 흔들어보는 거야.

열렸으면 뭐, 들어와서 반찬 가져가려고?"

우영이 신재를 향해 집게손가락을 들어 보였다. *쉿— 하나
더 있어요.* 가벼운 쉿소리를 내자 신재가 다시 입을 다물었다.
유리문이 다시 한번 가볍게 흔들렸다. 덜컹, 소리와 함께 잠금
쇠가 부딪혔다. *가라, 좀. 가라고.* 신재가 소리 내지 않고 입술
을 뻐끔거렸다. 하지만 유리문 저편의 손님은 갈 생각이 없어
보였다. 두 번, 세 번 잠금쇠가 부딪히는가 싶더니—

"쌤! 안에 있죠?"

앳된 목소리가 들렸다.

"신재 쌤. 저 설이에요. 문 좀 열어주세요."

* * *

네 번째 감각자는 내월중학교 교복 위에 후드티를 껴입은
새파란 중학생이었다. 신재가 가르치는 아이가 발현했다는 걸
우영도 들어서 알고 있었지만 실제로 보니 너무 어려서 기가
찰 정도였다. 신재는 끝까지 문을 열지 않으려고 버텼지만—

"홀리지 마!"

"……에?"

"쟤가 또 사람 홀리잖아요. 야, 너 자꾸 말 걸지 마."

문 바깥쪽에서 구시렁거리는 소리가 들렸다.

"그러니까 그냥 열어주시면 되잖아요."

우영은 신재가 미쳤나 보다 했다. 하지만 미친 건 우영인지, 이상하게 자꾸 문을 열고 싶었다. 우영이 뭐에 홀린 듯 일어나려니까 신재가 우영의 손목을 꽉 잡았다.

"쟤가 지금 말 걸죠? 꺼지라고 해요."

"에?"

"쟤 꿈에다가 말 걸어요. 무의식에다 속삭여서 사람 홀린다고, 최면처럼. 그게 쟤 감각이에요."

숨죽여 귀를 기울이자 정말로 소리가 들렸다. 무의식 주파수에 볼륨 1로 맞춰진 어린 감각자의 목소리가.

열어요. 열라니까.

"꺼지라고 해요."

너보고 꺼지라는데?
아이 씨, 진짜.

꿈을 의식하고 있으면 홀리는 공격에 저항할 수 있는 것 같았다. 자의식이 강한 사람이 최면에 안 걸리는 것처럼.

신재는 끝까지 문을 열지 않으려고 버텼지만 실패했다. 그 애가 꿈에다 말을 걸었기 때문이 아니라 그 애가 반찬 가게 문을 계속 흔들어대는 통에 울리는 종과 덜컹거리는 잠금쇠 소리가 너무 시끄러웠기 때문이었다.

"우와, 네 번째."

"네 번째는 너야."

신재가 건조하게 말했다.

"아, 왜요, 쌤. 제가 먼저잖아요."

"이 나라에는 장유유서라는 게 있단다. 도덕 시간에 안 배웠니? 어디 세금도 안 내는 게 먼저니 네 번째니 찾고 있어."

또 한 번 구시렁구시렁. 보다 못한 우영이 말을 얹었다.

"학생. 선생님을 돕고 싶은 마음은 이해하겠지만 보니까 학생은 아직 공부에 집중해야 할 나이인데……."

"저 공부 잘해요. 영재반이고."

"영재반 한 번 떨어졌다가 추합으로 붙은 거잖아."

신재의 말에 그 중학생 애가 입술을 삐죽 내밀었다.

"'그 중학생 애' 아니고 이설이에요."

그 중학생 애…… 아니, 이설은 기가 막히게 우영의 속을 읽고 받아쳤다. 세 감각자 중에서 감각이 제일 강한 것 같은데 네 번째랍시고 끼워주지도 않으니 열받을 만하겠다고, 우영은 생

110

각했다. 거기까지 생각이 미치자 우영은 뭔가를 깨달은 듯 입을 열었다.

"너, 가건물 터에다가 잡꿈들 뿌려놓은 거 너지? 사람들이 근처에 가면 집에 가스불 켜놓은 생각나게 한 거."

"네."

"그럼 그걸로 영재반도 들어갈 수 있는 거 아니야?"

"영재반에 감각자 전형은 없어요."

"아니, 그거 말고……."

답답하기는.

"영재 선발 교사들을 홀리면 되잖아. 홀릴 수 있지?"

"홀릴 수 있죠, 설이는."

우영의 질문에 대답한 건 신재였다.

"하지만 그러지 않았고요. 중요한 건 그거예요."

"그럼요."

설이 씩 웃으며 고개를 끄덕였다. 그러고는 덧붙였다.

"……아예 생각을 안 한 건 아니지만."

신재의 표정이 단박에 어두워졌다.

"너 이번에 학원에서 성적 우수상 받았다는 거 설마……."

"아니에요! 그거 제 실력 맞아요!"

"성적 우수자가 나돌아다니는 꼴 보니까 그 학원 수준 알 만하다. 수업 안 가니?"

"수업 폐강됐어요."

"어?"

"심화반 애들 여덟 명 중에 다섯 명이 입원했거든요. 감기, 빈혈, 신경성 두통……."

"……."

"우리 학원 심화반 다니는 월촌고 언니 하나가 저번 달에 월촌역에서 귀를 물렸어요. 뉴스에도 나왔는데……."

"월촌역에서…… 귀를 물렸다고……."

놔, 놔, 아파, 놔, 아악, 놔!

우영은 머리채를 잡힌 채 비명을 지르던 여학생의 모습을 떠올렸다. 여학생은 귓바퀴를 물렸고, 무사하다고 했었지만…….

"그 뒤로 병이 돌아요. 우리 반에도 퍼졌고요. 내월초 애들은 괜찮아요?"

"……."

"이번엔 두억시니 정도가 아니잖아요. 감이 빡 오던데. 쌤, 저 위에 뭐 있죠?"

신재가 팔짱을 낀 채 태연하게 되물었다.

"있으면 뭐?"

"있으면 같이 싸워야죠!"

"같이 같은 소리하네."

사각형 조리대 앞에 세 감각자가 한 모퉁이씩 차지하고 앉았다. 6시 방향에 신재. 9시 방향에 설. 3시 방향에 우영. 12시 방향은 비어 있었다.

"할아버지는 어딨어요?"

설이 비어 있는 12시 방향을 보며 물었다.

"산에."

"거기 뭐 있죠?"

"몰라도 돼."

"그럼 제가 직접 알아보죠, 뭐."

"이설."

아무리 강한 감각자라도 아직 아이였다. 신재가 목소리를 낮추자 설이 몸을 움츠렸다.

"설이라고 했나? 자꾸 어른들 하는 일에 끼고 그러면 안 돼. 이건 어른들이 할 일이야."

"어른들이 아니라 감각자들이 할 일이죠. 저도 감각자고요. 저만 빼놓고 하는 게 어딨어요?"

설은 한마디도 지지 않았다.

"너만 빼놓는 게 아니라 네가 아직 어리니까. 아직 한창 친구들이랑 어울릴 나이에 어른들하고⋯⋯."

우영은 뭔가를 깨달은 듯 말을 멈췄다.

"너 친구 없구나."

"⋯⋯하나도 없는 건 아니에요."

오호라.

한마디도 지지 않던 어린애가 쭈굴해졌다.

"하나는 있어? 잘해줘야겠네. 그 친구랑 가서 놀지, 왜."

"걔 지금 아파서 입원했어요. 선생님, 6학년 때 우리 반이었던 도윤이요, 김도윤. 문병 갔는데, 꿈이 안 읽혀요. 계속 같은 소리만 들리고."

"같은 소리⋯⋯ 무슨 소리?"

신재의 눈에 하얀 눈꺼풀이 한 겹 올라왔다 사라졌다. 우영의 귀가 삐죽 섰다. 설은 두 사람의 반응에 당황한 듯 눈을 깜빡이더니 이내 진지한 표정을 지었다.

"뭐가 넘칠 거래요."

"뭐?"

"넘쳐서 끓어오를 거래요. 터질 거래요. 계속 그 소리만 들려요. 그게 뭐예요? 무슨 일이 벌어지고 있는 거예요?"

태원에게서 우영이 들은 그 소리였다.

"⋯⋯근데요. 아저씨는 친구 많아요?"

"내가 너만 하던 때는 친구 많았어. 동네에서 애들이랑 담

114

력 체험할 때 대장도 했다."

"지금은요?"

"어른은 원래 친구 없는 거야."

"으응, 친구가 없으시구나."

우영은 미소로 화답하려 했지만, 어쩐지 입이 썼다.

있겠냐? 사람 속이 다 들리는데.

9

이곳 용뫼산 제사터는 정천신앙을 상징하는 월촌동의 유서 깊은 곳이다. 우리 조상들은 천(川), 정(井), 지(池), 하(河) 등을 신령한 존재가 있는 곳으로 여겨 제례를 행했다. 그중 우물은 인간의 생명을 유지하는 물을 제공하는 공간이자 다양한 신화적 상징성을 담은 성소로 여겨졌다. 월촌동 사람들은 용뫼산 우물에서 샘굿을 했으며 정월 보름에 우물고사를 지냈다. 제사를 모신 사당은 일제강점기…….

한때 이곳에는 어리석은 민(民)의 출입을 금한다는 금표가 있었다. 번듯한 사당과 제단, 제악과 제기, 제사를 주관하는 무녀들……. 임금이 직접 용단지를 모시고 불을 놓았다. 하지만 지금은 표지석만이 한때 이곳이 무엇이었는지를 짐작게 한다.

희성은 표지석 위에 은박 돗자리를 깔았다. 타포린 백에서 일회용 접시 세 개를 꺼내서 돗자리 위에 놓았다. 접시 하나엔 쌀 한 줌, 다른 하나엔 팥 한 줌, 나머지 하나에는 명태. 제사상에는 양념을 하지 않은 황태포를 올려야 하지만 이건 독을 품은 이들을 먹이기 위한 것이니 특별한 양념을 더했다. 명태에 고추장 한 큰술, 맛술 한 큰술, 물엿, 들기름, 설탕, 후추, 깊은 잠 한 큰술, 망각 한 큰술, 꿈가루 한 큰술…… 좋은 꿈 꾸길. 그리고 감히 깨어날 생각일랑 말기를. 종이컵에는 탁주 한 잔. 담배에 불을 붙여서 한 모금을 빨고는 담뱃재를 털었다. 연기와 향냄새, 재 냄새 사이로 아른아른 꿈이 피어올랐다. 어린 감각자가 뿌려놓은 악몽은 희성에게도 통했다. 희성의 악몽이 다정하게 말을 걸었다.

[담뱃재 턴 자리 잘 봐. 건조해서 불이 잘 붙으니까.]

"불 안 나. 보고 한 거야."

희성이 답했다.

[아쉽네. 불이 붙은 걸 알면서도 어쩌지 못해 뒈지길 바랐는데.]

악몽이 속살거렸다.

[산불은 1분에 15m를 간대. 불티가 강풍을 타면 2km까지도 간다는데. 불이 난 걸 알아차리는 순간 이미 네 반찬 가게까지 가 있을 거야. 너도, 네 가게도, 활활 타서 재가 되면 얼마나

117

고소할까. '불현듯'이라는 말이 있지? 걷잡을 새 없이 일어난다는 말. 그 말이 '불을 켠 듯'이라는 말에서 나왔다는 거 알아? 산불이 일어나는 것처럼, 1분에 15m씩 나락으로 떨어진다는 거지. 네가 그렇게 되었으면 좋겠어. 불현듯 그렇게 되어버렸으면 좋겠다고.]

악몽은 제 말에 취한 듯 계속 떠들었다. 말은 종이컵 가득 찰랑거리다 기어코 장력을 이기고 흘러넘쳤다.

[글쎄, 산불의 중심 온도는 1000도까지 올라간다는 거야. 1000도면 얼마나 되는지 알아? 용광로 온도 정도 되지. 저 아래 소각장이나 화장장 용광로.]

쏴아 ─ 바람이 건조한 산을 훑고 지나갔다. 담뱃재가 화장터의 유골처럼 날렸다. 화장장 용광로의 온도는 1000도. 희성도 알았다. 1000도의 불에 안긴 사람은 담뱃재처럼 한 줌의 가루가 된다는 것도. 산골을 하던 손 위로 연기처럼 흩어지던 재. 재가 된 몸은 중력의 굴레에서 벗어나 아래로 떨어지지 않고 위로 날렸다. 살아오면서 희성은 얼마나 많은 재를 하늘로 보냈던가.

"오래 묵은 기운을 누르기엔 담배가 너무 순하네. 요즘 나온 것들은 다 이래. 예전 감각을 흉내만 내는 거야. 쌀도, 팥도, 명태도, 탁주도. 심지어 소리도 예전만 못하다니까. 요즘 소리는 흐리멍덩해. 아니. 사실은 그대로인데 내 감각이 흐려진 건

118

가. 나이를 먹으면 맛도 소리도 냄새도 무뎌진다고 하니."

[사람이 갈 때가 되면 감각이 약해지면서 자기 안에 갇히지.]

악몽이 거들었다.

[갈 때가 되면 다들 추해져. 나도 그랬어.]

"너는 안 추했어."

희성이 말했다.

"너무 곱게 가서 남은 사람이 잊지를 못하지. 좀 추하게 갔으면 쉽게 잊을 텐데. 아직도 아쉬워서 이렇게 꿈으로 남았고."

희성에 말에 악몽은 은은하게 미소 지었다.

"괜찮게 자랐더구면. 생각보다 빨리 받아들였어. 그렇게 오래 자기가 감각자인 걸 모르고 살았던 것치고는."

[좋은 애니까.]

"좋은 애인 건 어떻게 알아? 자라는 걸 보지도 듣지도 못했으면서."

[꼭 보고 들어야 아는 건 아니잖아.]

악몽이 말했다.

[잊었나 본데, 나도 감각자야. 내 신수가 그 애를 택했지. 신수에게 빌고 또 빌었어. 내 몫을 그 애가 살게 해달라고.]

"……."

[그 애는 나 같은 실수를 하지 않을 거야. 좋은 애니까.]

119

희성이 고개를 주억거렸다.

"그래. 많이 뜨겁던가? 1000도에서 불타 재가 될 때."

[별로. 평생을 감각자로 살았지만 죽고 나서는 아무것도 안 느껴지더라.]

악몽은 무척 재미있는 농담을 한 것처럼 웃었다. 희성도 웃음을 터뜨렸다. 희성은 한참을 악몽과 함께 웃었다.

"나도 그러면 좋겠구먼."

[아니. 넌 그러면 안 되지.]

악몽이 말했다.

[네 감각을 무기 삼아, 대의라는 명분을 방패 삼아, 얼마나 많은 업을 쌓았니. 너는 그러면 안 되지. 네 업보를 고스란히 받고 가야지. 감각자라는 이름에 걸맞게, 모든 감각으로 고통을 느끼며 가야지.]

쏴아— 다시 한번 바람이 불었다. 희성의 손에 들린 담배 연기가 흩어졌다. 악몽은 바람에 날려 사라졌다. 희성은 악몽이 날려간 자리를 시선으로 더듬듯 오래 바라보았다. 어쩔 수 없었어, 라는 변명은 희성의 목구멍에 걸렸다. 희성이 표지석 위에 놓은 탁주병을 들었다. 그리고 가건물 주변에 남은 탁주를 뿌렸다. 문 아래 탁주를 뿌리던 희성의 손이 멈칫했다. 흙이 쓸린 흔적이 있었다.

누군가 가건물의 문을 열었다.

……누가?

* * *

설이 집으로 돌아왔을 때, 설의 어머니는 현관에서 9단지 입주자 대표 순영이 돌리는 회람판에 서명을 하고 있었다.

"이번에야말로 주민들이 단결해서 소각장을 이전해야 해요."

"혹시 소각장 이전하면서 공원이랑 체육센터까지 같이 없애는 건 아니죠? 체육센터에 수영 다니고 있는데. 소각장에서 나오는 열로 수영장 온수를 공급한다고 하더라고요. 물이 따뜻해서 겨울에도 수영하기 좋아요."

"그 온수가 열수송관 통해서 외월촌동에도 가요. 월촌구 전체에 열수송관이 쫙 깔렸거든. 소각장 옆에 끼고 다이옥신 마신다고 우리만 덕 보는 게 아니라 월촌구 전체가 다 지역난방 덕 봐요. 그러니까 꼭 우리 동네에 소각장이 있을 필요는 없다는 거예요."

순영의 말에 설이 엄마의 눈이 휘둥그레 뜨였다.

"월촌구 전체가 다 덕을 본다고요? 피해는 우리가 제일 많이 보는데?"

"그러니까 이번 기회에 제대로 압박해서 이전하자는 거죠.

이전만 하면 우리 동네 집값도 더 오를 거예요. 안 그래도 리모
델링 질질 끄는 마당에 소각장이 옮겨주면 큰 호재죠."

"이전이 되기는 할까요?"

"시청이랑 의원실에서는 기다려보라고만 해요. 소문에 구
의원도 시장도 실거주하는 집이 따로 있대요."

"월촌동에 안 산다고요?"

"그러니까 자기들은 속 편하게 기다리라고만……."

"—다녀왔습니다."

설이 엄마는 설을 향해 손을 한 번 휘휘 저어 보이고는 순영
과의 대화로 돌아갔다.

"하는 김에 그 흉물스러운 가건물도 같이 좀 옮겼으면 좋겠
는데. 무슨 유치권을 천년만년 행사한다는 건지. 가서 그 가건
물 좀 들여다보려고 하면 그때마다 무슨 일이 생각나는 통에
제대로 못 봤네요."

"그것도 같이 민원 넣었어요. 거기가 뭐 제사 지낸 터라고
건드리면 안 된다는데 언제 적 미신을 갖다가 아직까지 난리인
지."

설은 순영을 향해 고개를 한 번 숙여 보이고는 방으로 들어
갔다.

"아, 그러고 보니 남편분은 좀 어떠세요?"

"안 그래도 그 인간 생각하면 내 속이 다 문드러지는 것 같

아. 그 병도 소각장 때문이라는 말이 있어요. 쓰레기 태울 때 나오는 이황화탄소라는 게 신경계에 문제를 일으켜서 사람을 미치게 한다는 거예요."

"어머! 다이옥신 말고 문제가 또 있어요? 이황화탄소는 뭐예요?"

"그게 80년대 저기 2단지 쪽 부지에 있던 레이온 공장에서도……."

방문을 닫자 순영과 설이 엄마의 목소리가 칼로 자른 듯 끊어졌다. 설이 엄마가 신경 써서 시공한 공부방 방음문은 효과가 좋았다.

＊ ＊ ＊

"할머니에게 간 이후란 말이죠?"

"네. 덕분에 척수염을 앓고 감각을 얻었죠. 왼쪽 다리에 척수염의 흔적이 남아서 걸을 때 다리를 살짝 절기는 하는데 뭐, 괜찮아요. 신검도 1급 받았고 해병대에서는 외줄 오르기 에이스였어요."

"감각이 대물림된다는 이야기를 들은 적은 있어요. 실제로 보는 건 처음이지만."

"감각도 신경 뭐 그런 거니까 대물림되는 게 자연스럽지 않아요? 그쪽은 아니에요?"

"나랑 설이는 신수의 선택을 받아서 감각을 얻었어요. 후천적 형질이죠. 그쪽은 타고난 거고요. 선천적 형질."

"그럼 사장님은요?"

"선생님은…… 모르겠네. 아마 후천일 거예요. 선천적 감각자는 희귀하거든요. 감각자들은 사랑을 하기가 좀 어려워서요."

"왜요?"

"좀 예민하기도 하고…… 아무튼 그래요. 할머니께서 이우영 씨 감각에 대해 별말 안 했어요?"

신재가 월촌반찬 문을 잠그며 물었다. 설 덕분에 훈련도 끝이었다.

"그 뒤로 못 뵈었어요. 돌아가셨다는 이야기도 나중에 들었고요. 요양 병원에 입원해 계셨는데 화재가 있었대요."

"장례식에도 안 갔다고요?"

"아버지가 질색을 하셔서요. 자기가 보고 듣는 것보다 남들 눈과 귀를 더 신경 쓰는 그런 사람 있잖아요. 그게 우리 아버지였어요. 헛소리하지 마라. 오지랖 부리지 마라. 나서지 마라. 그게 아버지 신조였죠. 아버지는 나를 모자란 놈이라고 불렀어요. 나한테 이야기할 때는 목소리를 높이고 단어 사이사이를 띄우며 말했고요. 그렇게 하면 모자란 놈한테도 통할 거라 생각하신 건데, 내 귀가 모자라기는커녕 넘치도록 밝다는 걸 평생 모르다 가셨죠. 아버지 앞에선 그 뜻대로 귀를 막고 살았어요. 이어폰으로 귀를 틀어막고, 고개를 돌리고. 어떻게든 외면하고 다른 소리로 덮어보려고 했는데 뭐…… 잘 안됐죠."

"어머니는요?"

"어머니는…… 평범한 가정을 이루는 게 꿈이었대요. 할머니가 평범하지 않았으니까요. 무당이었거든요."

우영은 말을 하다 말고 멈칫했다.

"그러고 보니,"

손희성 사장님이 초대한 그 역술원, 기억 속 할머니 집을 닮았어요— 우영은 고민하다 말을 삼켰다. 하지만 신재는 우영이 미처 하지 못한 말을 들은 듯 자못 심각한 표정을 지었다.

"무당이자 감각자였다고요. 이우영 씨 할머니가."

"네. 그러니 감각이라는 걸 몰랐을 땐 신병(神病), 뭐 그런 건 줄 알았죠."

우영이 쓸쓸하게 웃었다.

"남의 속을 엿듣는 건 엿 같은 일이에요. 제일 엿 같았던 건 아버지의 꿈을 느낀 거였어요. 아버지의 꿈에서 나를 보았을 때."

우영은 어쩐지 콧등이 시린 것 같아 킁, 하고 코를 한 번 삼켰다. 30여 년의 시간을 거슬러 열세 살의 우영이 쭈뼛쭈뼛 목

125

구멍 사이를 비집고 나오려는 듯했다.

"아버지 꿈속의 나는 난데, 내가 아니었어요. 아버지를 닮은 나였어요. 아버지가 바라는 나. 감각만 아니었다면, 소리가 들리지 않았다면 나도 그렇게 아버지가 꿈꾸는 자식이 되었을까. 모르죠, 진짜 나는 아버지의 꿈처럼 자라지 못했으니까. 나는 아버지의 나쁜 꿈이에요. 그래도 어떻게 좀 살아보려고, 현실에 붙어 있으려고, 감각이 느껴질 때마다 주먹을 꽉 쥐었어요. 덕분에 끝내주는 전완근을 갖게 됐답니다. 내가 괜히 외줄 오르기 에이스가 된 게 아니라니까. 크……. 봐요, 여기."

"긍정적이라 보기 좋네, 아주."

"긍정적인 거 말고 전완근을 보라니까."

우영이 걷어붙인 소매를 내리며 말을 이었다.

"나한테는 현실이 잡고 버텨야 하는 외줄 같았거든요. 감각은 그걸 흔드는 바람이었고."

"……"

"차라리 할머니와 이야기할 수 있었다면 어땠을까. 그러면 뭐가 달랐을까. 궁금하기도 해요. 할머니가 감각에 대해 말해주었다면, 그래서 감각에 대해 좀 더 일찍 알았더라면, 더 좋은 쪽으로 쓸 수도 있었을 텐데."

"좋은 쪽이라면 예를 들어?"

"뭐…… 나쁜 놈을 잡는다든가 누굴 돕는다든가. 영화에 나오는 초능력자나 영웅 같은 거."

우영은 머뭇거렸다. 폐가에 대해, 어린 우영의 비겁함에 대해 이야기해도 괜찮을까. 우영이 고민하는 사이 신재가 입을 열었다.

"나쁜 놈 잡고 누굴 돕고. 월급 받으면서 하는 일이 그거 아니에요?"

"그건 밥벌이죠. 영웅은 밥벌이 안 해요. 나는 영웅이 아니고 밥벌이는 해야 하니까, 적어도 허무맹랑한 신고가 들어왔을 때 거기서 본드라도 한 건 아니냐고 되묻는 그런 경찰은 되지 말아야지 했는데, 그것도 마음처럼 되는 게 아니더라고요. 하지만 좋은 것도 있긴 해요. 경찰 시험에 합격했을 때 처음으로 아버지가 날 보고 웃었던 게 기억나요. 공제회도 있고 대출 우대도 받을 수 있는 데다가 아버지도 웃으니까 뭐…… 좋더라고요."

"나랑 비슷하네."

신재가 말했다. 우영의 두 귀가 마치 자기 의지를 가진 듯 저절로 쫑긋거렸다.

"하신재 씨도 그래서 고른 거예요? 지금 하는 일이요. 월급 따박따박 나오고 공제회도 있고 대출 우대로 받을 수 있는 직업이라?"

"그런 것도 있고……. 나는 어렸을 때 발견됐어요. 감각자

127

로 발현하자마자 선생님이 찾아주셨고요."

신재가 말을 이었다.

"선생님이 그랬어요. 감각자는 투명해야 한다고. 있는 듯 없는 듯 세상에 녹아들어야 한다고. 감각자의 팔자란 두 갈래로 나뉘니 한 갈래는 가늘고 길게 가는 게 좋다고. 그래서요. 평범하다 못해 존재감 없는 직업으로 공무원, 딱이잖아요. 공무원 팔자가 굵어봤자 극세사지."

"반찬 가게도 그런 이유로……?"

"아마도요. 하지만 다른 이유가 더 있을 수도 있겠죠. 선생님은 철저한 사람이니까. 누구보다 먼저 알고 대비하는 사람이니까."

신재가 고개를 끄덕였다.

"선생님은 타고난 감각자예요. 감각을 다루는 법, 감각자가 하는 일, 감각자가 싸워야 하는 적……. 다 선생님한테 배웠어요. 선택하고 말고가 없었어요. 어렸을 때부터 쭉 그렇게 배웠으니까 그냥 받아들인 거지."

신재가 우영을 보았다.

"받아들였다고 생각하는데도 가끔은 싫더라고요. 아까 엿 같다고 그랬죠? 맞아요. 세상이 이렇게 엿 같은데 감각만 발달해 봤자 뭐 하겠어요. 보기 싫고 듣기 싫은 나쁜 꿈만 실컷 느끼지. 나는 설이 그 애가 걱정돼요. 감각자로 발현해 버렸으니까

128

감각에 대해 알려줘야 했지만 감각자로 사는 건, 글쎄요…….
설이 같은 아이가 남의 꿈을 지키는 그림자로 사는 게 맞는 걸
까. 그 애가 그림자가 아닌 빛이 되겠다 하면 난 그걸 말릴 수 있
을까. 적어도 그 아이가 자라서 감각자의 삶을 받아들일지 말
지 스스로 선택할 수 있었으면 좋겠다……. 그런 생각을 해요.
그런데 또 이우영 씨 이야기를 들으니까,"

"……."

"외로웠겠네요. 혼란스러웠을 거고."

우영의 귀가 달아올랐다. 귀 안에서 베이스 드럼이 난장을
벌이는 듯 고막이 진동했다.

"그런 시가 있거든요. '하늘을 나는 새가 아니고서야 어찌
알겠는가. 광대무변한 세계의 즐거움이 당신의 오감에 가로막
혀 있다는 것을.'"

신재가 말했다.

"뭐야. 하신재 씨, 시도 써요?"

"내가 아니고 윌리엄 브레이크라는 사람이 쓴 시예요."

"그 사람도 감각자예요?"

"모르죠, 나는."

"뭐야."

"감각자인지 아닌지는 모르겠지만 날카로운 시선을 가진
사람인 건 확실해요. 사람들은 감각으로 세상을 느끼지만 동시

에 감각에 갇혀 있기도 하잖아요. 우리는 딱 감각이라는 테두리 안에서만 느낄 수 있어요. 우주가 광대무변해도 사람이 느끼는 건 자기 감각까지예요. 감각이 세계를 만들고 존재를 결정하는 거죠. 시야와 가청주파수와 촉각의 범위에 갇혀 있는 사람들 속에서, 누군가 그 이상을 느껴요. 혼자서 두 개의 세계에 발을 걸치고 있는 거예요. 그 사람은 외롭겠죠. 혼란스러울 거고요. 태양이 지구를 돈다고 믿는 사람들 사이에서 혼자 지구가 태양을 돈다고 믿는 사람처럼."

"잘은 모르지만 그 사람, 법정에서 말 바꾸지 않았어요?"

"혼자였으니까."

"그 사람도 감각자인가……."

"이우영 씨 진짜……. 아주 세상 사람 다 감각자라고 하죠?"

"그럼, 좋죠."

"뭐가 좋아요?"

"안 외롭잖아요."

"……."

"이런 거 나만 듣고 나만 느끼는 건가 했는데, 나랑 똑같이 느끼는 사람이 있다는 거 알면 안 외롭잖아요. 그래서 나 지금 되게 좋아요."

신재가 걸음을 멈췄다. 우영도 따라 멈췄다. 밤 10시도 안 되었지만 사람들이 옷깃을 여미며 귀가를 서두르는 날씨였기에 거리엔 쓸쓸할 정도로 사람이 없었다. 대신 아파트 베란다마다 새어 나오는 불빛이 따뜻하게 상가를 감싸고 있었다. 신재는 사람들이 만드는 빛을 등지고 우영을 향해 섰다.

"숨 쉬면서 힘 빼봐요."

신재는 우영의 손을 잡지 않은 다른 손으로 우영의 눈을 가렸다. 갑자기 신재의 손바닥이 다가와 시야를 가리자 우영이 흠칫 놀라 몸을 뒤로 뺐다.

"괜찮아요. 잠깐만 감았다가……."

손바닥의 온기를 느끼며 눈을 감았다.

"눈 떠요."

우영은 어리둥절한 채로 눈을 떴다. 신재의 손바닥이 가렸던 풍경의 베일을 벗겼다. 눈앞에 별세계가 펼쳐졌다.

"우와―."

우영은 볕 좋은 날 유원지에 막 입장한 소년처럼 입을 벌리고 섰다. 아파트 베란다 사이로 쏟아지는 건 형광등 빛이 아니었다. 반딧불이 같은 작은 빛이 중력을 거슬러 위로 떠올랐다. 빛은 떠오르며 조금씩 색을 바꾸었다. 따뜻한 노란색, 안쪽에서부터 여물어 차오르는 주홍색, 생기가 감도는 초록색……. 저도 모르게 손을 뻗어 손바닥을 펼치게 되는 광경이었다. 노란색과 주홍색이 섞인 빛 조각이 우영의 손에 닿더니 피부를 통과하여 떠올랐다. 뻐근한 온기가 남았다. 우영은 어쩐지 눈물이 날 것 같아서 혀뿌리에 힘을 주었다.

신재가 손을 놓았다. 혹시나 신재와 떨어지면 꿈이 사라질까 싶었지만 그러지는 않았다.

"이것 좀 봐요."

신재가 어느샌가 제 발치에서 나타난 괴상하게 생긴 짐승을 우영에게 보였다.

"맥이에요. 나한테 힘을 준 내 신수."

신재가 맥의 등을 쓰다듬자 맥이 신재의 발등에 코를 비볐다.

"하하, 그래, 그래."

신재가 그 커다랗고 괴상한 짐승을 아이 보듯 얼렀다. *저거 지금 애교 부리는 거야? 저렇게 생긴 게 애교도 부릴 줄 알아?*

"감각자는 다 신수가 있습니까? 선천적이든 후천적이든?"

"보통은요. 하지만 신수는 남에게 모습을 잘 보여주지 않아요. 또 신수와 연결이 끊어진 감각자도 있다고 하고요. 나랑 설이는 신수가 같아요. 감각자들끼리 긴밀하게 연결되면 신수가 겹치기도 하거든요. 다른 감각자의 신수와 연결되는 건 특권이에요."

신재가 말했다. 맥은 우영을 돌아보더니 코를 찡긋거렸다. 우영은 저게, 아니 저 신수가 제 발치에도 코를 비빌까 싶어 긴

장했지만…… 맥은 조금씩 희미해지더니 그대로 사라졌다.

"맥이 이우영 씨를 믿나 봐요."

신재가 웃었다.

"우리를 믿어줘서 고마워요."

저 여자는 왜 또 저렇게 웃어, 속 시끄럽게. 가슴이 뛰었다. 속 시끄러운 만큼 귀도 시끄러웠다. 심장의 드럼질에 뭔 등신 같은 러브송 멜로디가 얹혔다. 주제에 또 듣기는 좋았다. 사실 그저 듣기 좋은 정도가 아니었다. 꿈만 같았다. 이런 꿈속에서는 뭐든 잘 풀릴 것 같았다. 꿈이니까. 그래서 우영은 용기를 냈다. 어쩌면 자신의 감각도 신재에게 닿을지 몰랐다.

"저기, 하신재 씨도……. 잠깐만요."

어쩌면. 우영의 두 손바닥이 신재의 양쪽 귀를 지그시 감쌌다. 그러고는 귓속의 밴드가 만드는 리듬에 맞춰 천천히 손을 뗐다. 신재는 생경한 음악에 집중하듯 눈을 가늘게 뜨더니……

"우와―."

볕 좋은 날 유원지에 막 입장한 어린아이의 표정을 지었다. 그제야 신재의 얼굴이 제대로 보였다. 강줄기처럼 시원하게 뻗은 눈썹과 눈. 신재의 시선은 깊고 넓었다. 우영을 보는 듯하면서도 밤하늘을 보는 듯했고 꿈을 더듬는 듯하면서도 현실을 직시했다. *어? 또 웃는다.* 신재의 눈이 휘어지며 가늘게 웃었다. 손을 뻗어 만져보고 싶은 웃음이었다. 눈이 부신데, 또 눈을 뗄

수 없는 웃음. 어째서 저 눈을, 이 얼굴을 기억하지 못했을까.

"들려요?"

"뭐…… 그럭저럭 들을 만하네요."

"네, 뭐, 그럭저럭……."

어린 감각을 숨기는 어른들의 솔직하지 못한 말들. 두 사람은 입을 다물었다. 그리고 잠시 그렇게 유원지 티켓을 끊은 소년 소녀처럼 서서 꿈을 느꼈다.

"세상의 소리를 엿듣는 건 엿 같은 일이라고 했는데요. 그래도 오래 보고 귀 기울여 들으면…… 맞아요, 그럭저럭 들을 만한 것도 있었어요. 괜찮은 소리도 있고 훌륭한 소리도 있고 눈물 나게 아름다운 소리도 있어요. 공들여 느껴야 하지만요."

"그래서 이우영 씨가 감각자인 거예요. 그걸 못 느끼는 사람은 감각자가 될 수 없어요."

신재가 말하는 동안 감각의 베이스 스피커가 낮게 웅웅거렸다. 거대한 짐승이 내는 울림 같았다. 신재는 눈을 감고 울림을 느끼더니—

"고래 같아……."

베이스 스피커 소리를 내는 거대한 동물을 입에 담았다.

"선생님의 신수는 고래래요. 참고래. 그거 알아요? 고래는 악구와 테마가 있는 노래를 불러요."

우영도 어디선가 들어본 적 있는 이야기였다.

"노래하는 동물은 많잖아요. 우는 동물도 많고."

"아니, 다른 동물들의 노래라는 건 그냥 소리예요. 선형적으로 흘러요. 반복되는 시퀀스나 중첩되는 코드도 없고요. 하지만 고래는 달라요. 고래의 노래에는 시퀀스가 있고 코드가 있어요. 반복되는 운율도 있고요. 왜인 줄 알아요?"

"왜요?"

"기억하기 위해서."

신재가 웃었다.

"의미를 기억하기 위해서. 사람이 그러는 것처럼요."

신재는 덤덤하게, 하지만 단어 하나하나를 힘주어 말했다. 그 덤덤한 소리가 우영에게 제법 묵직하게 닿았다.

"어떤 소리는 의미를 머금고 우리가 발견해 주기를 바라면서 자리를 지키고 있을지도 몰라요. 당신이라면 발견할 수 있을 거예요. 테마와 코드와 시퀀스가 있는 꿈의 소리를요. 발견하게 되면 꼭 붙잡아요. 계속 붙잡고 있어요. 이우영 씨 외줄 오르기 에이스라면서요."

"붙잡는 거 하나는 기가 막히죠."

"정말이지 겸손이라고는 감각자의 눈으로도 찾아볼 수 없군요."

우영이 다시 한번 전완근을 내보이자 신재가 고개를 저었다. 그렇게 농담을 주고받다가 두 사람은 피식 웃었다.

"이무기가 깨어나고 두억시니가 날뛰고 우리는 싸워야 하고. 별로 좋은 시기는 아니지만 어쨌든, 감각자의 세계에 온 걸 환영해요."

세계 역시 우영을 환영한다는 듯 부드러운 바람과 안개를 보였다. 아니, 안개가 아니라 나비였다. 하얀 나비가 꿈처럼 날았다. 아름다웠다.

* * *

희성은 불현듯 느껴지는 신수의 기운에 산 아래를 내려다보았다. 신재인가?

저 아래 월촌동에서 나비 무리가 안개처럼 자욱이 피어올랐다. 한때 희성도 저런 꿈을 꾸었다. 저런 꿈을 함께 느끼던 사람도 있었다. 그러고 보니 신수와 연결이 끊어진 지 얼마나 되었더라?

희성은 잡생각을 떨구듯 고개를 털었다. 그러고는 가건물 손잡이를 잡아 돌렸다. 철문이 찢어지는 소리를 내며 열렸다. 희성은 어둠에 잠긴 가건물에 고개를 집어넣고 안쪽의 서늘함을 느꼈다. 비린내를 느꼈다. 소리를 느꼈다.

안에서 벽을 긁어대던 두억시니들이 빠져나갔다. 하지만 가장 삿된 것은 아직 거기 있었다. 통로 안쪽에서 쉭쉭— 위협

136

적인 소리가 났다. 갉갉갉갉— 까드득까드득— 벽을 긁는 듯
한 진동도 느껴졌다.

"나가려고 했었나?"

쉭— 안에서 다시 한번 위협적인 울음이 들렸다.

"누구야?"

희성이 말했다.

"누가 이 문을 열었어?"

쉭— 쉭— 위협적인 소리와 함께 비린내가 더욱 진해졌다.

10

패딩을 벗고 가벼운 반팔을 입을 무렵 우영은 신재가 날리
는 압정을 젓가락으로 잡아내고 에어블래스트를 프라이팬으
로 쳐낼 정도가 되었다. 반년이 꿈처럼 지나갔다. 우영은 도신
에게 덥지도 않냐며 싸맨 것 좀 벗으라고 타박을 놓았고, 통합
1팀 팀장에게는 요즘 얼굴이 폈다며 애인이라도 생긴 거냐는
소리를 들었다. 달이 차고 기울고 차고 기울고, 계절이 머물렀
다가 물러났다.

추석 연휴 월촌반찬에는 '휴무' 안내판이 붙었고 유리문은
블라인드로 가려졌다. 하지만 가만히 귀를 기울이면 그 안에서
희성이 차린 찬과 명절 음식을 두고 노닥대는 감각자들의 소리
를 들을 수 있었다. 설은 늘 그렇듯 속없는 이야기를 늘어놓았
고 신재는 그런 설을 혼냈고 우영은 괜히 불똥을 맞아 한 소리

얻어들었고 희성은 미소를 띤 채 모두를, 이 모든 것을 지켜보았다. 좋은 시절이었다. 우영은 많이 먹고 많이 웃었다. 고향에 돌아온 느낌. 딱 그랬다. 이무기고 두억시니고 간에 적어도 그 순간은 평화로웠다. 뭔가 잊은 것 같다는 찜찜한 기분은 명태조림과 함께 씹어 삼켰다.

날은 다시 차가워졌다. 라디오에서는 빠른 비트의 댄스곡 대신 차분한 발라드와 팝송이 나왔다. 소리가 변하고 풍경이 변했다. 그렇게 다시 겨울이 올 무렵, 신재와의 훈련도 막바지에 이르렀다.

"피하기만 하는 정도로는 부족해요."

신재는 좋은 선생님이었다. 좋은 선생님답게, 만족하지 않았다.

"그럼 뭐, 공격이라도 해요?"

"……."

"공격? 내가? 하신재 씨를?"

우영이 어이없다는 듯 되묻자 신재는 표정 하나 안 변하고 고개를 끄덕였다.

"한 대라도 치면 인정."

기가 차기도 하고, 자존심이 상하기도 하고, 이런저런 기분에 우영이 쳐다보고만 있으려니 신재가 하품을 했다.

"아, 나 자연사하기 직전에 공격할 생각인가."

그러면서 신재는 냉장고에서 플라스틱 케이스에 소분해 놓은 5천 원어치 명태조림을 들고 와 뚜껑을 열었다. 방금 전 공격하라고 말한 우영 앞에서. 평소에는 맛있다 못해 어쩐지 슬퍼지기까지 하는 그 매콤한 양념과 짭조름한 명태 냄새가 그렇게 사람을 약 오르게 할 수 있다는 걸 우영은 처음 느꼈다.

"준비되면 해요. 난 맥주 한 잔 마시고 있을 테니까."

"하신재 씨가 먼저 공격하라고 한 겁니다."

"그럼요. 그럼요."

"신고하지도 말고. 피차 직장에서 곤란해지니까."

"쓸데없이 혀가 기시네."

"그럼, 갑니다."

"가긴 뭘 가요. 예고하고 하면 공격이 아니라니까."

"하나, 둘⋯⋯."

셋— 하는 순간 명태조림을 덮었던 플라스틱 뚜껑이 우영의 얼굴로 날아왔다. 뚜껑 테두리에 우영의 뺨이 긁혔는지 따끔한 감각과 함께 옅게 피가 비쳤다.

"이거 하신재 씨가 선빵 날린 겁니다?"

"최고의 수비는 공격이다."

신재는 최고의 수비수였다. 날아오는 직구와 변화구에 우영이 스리아웃을 당하는 와중 신재는 명태조림을 한 통 다 비우고 맥주까지 한 캔 마셨다.

다음 훈련 날 우영은 뺨에 밴드를 붙이고 팔뚝에 보호대까지 차고서 월촌반찬을 찾았다. 그런데 신재는 없었다. 대신 희성이 조리대를 지키고 있었다.

　"하신재 씨는……."

　"거기 의자 갖고 와서 앉게."

　"오늘 훈련은요?"

　"훈련은 이제 끝났어. 신재가 자네를 칭찬하더군. 타고났다며. 지난 훈련에서는 압정 한 통 80개를 다 피하고 받아치기까지 했다지?"

　"아직 공격은 좀 약합니다."

　희성은 그게 뭐 큰 문제냐는 듯 손을 내저었다.

　"오늘 자네한테 내가 따로 할 말이 있다고 신재는 오지 말라고 했네."

　우영은 팔뚝에 찬 보호대를 풀었다. 보호대까지 차고 온 호들갑이 조금 민망했고 그보다 더 조금이지만 아쉬웠다.

　"감각을 처음 얻은 즈음에 대해 뭐 기억나는 것 없는가?"

　우영이 어깨를 한 번 으쓱해 보이자 희성은 한숨을 쉬었다. 묘하게 실망한 표정이었다.

　"자네 할머니에 대해 정말로 기억나는 게 하나도 없어?"

　우영은 뭔가 말하려다 그만 멈칫했다. 우영은 희성에게 할머니 이야기를 한 적이 없었다.

"보신 거예요? 제 과거를?"

"아니. 보진 않았어. 보이지도 않고. 자네에게 직접 듣고 싶었네. 정희가 어떻게 감각을 공유하고 물려주었는지를."

"정희……."

"그래. 민정희."

우영은 할머니의 이름조차 몰랐다. 하지만 반찬 가게 늙은 사장의 주름진 입술 사이로 새어 나온, 오래 묵은 듯 고소한 냄새가 나는 그 이름이 할머니의 것이라는 걸 단박에 알아챘다.

"저희 할머니를 아세요?"

"감각자는, 세상을 오래 본다네."

희성은 대답 대신 딴소리를 했다.

"신수의 선택을 받아 세상을 지켜야 하니까. 세상을 오래 짊어지고 있으라는 거지. 한 세기 너머 이 땅에 살면서 얼마나 많은 꿈을 보았는지."

……오래?

한 세기?

한 세기 너머짜리 빈티지라기엔 손희성 사장의 외관은 너무 민트급이었다.

"시간이 지나면 감각은 우련해지기 마련인데 왜 감각자는 그것조차 못 하는지. 기억과 감각을 기약 없이 끌고 가는 건 고통일세. 난 그게 일종의 형량 같은 거라 생각했는데 정희의 생각은 달랐어. 아름다운 것을 오래 느낄 수 있으니 얼마나 좋으냐며 웃었지. 처음 정희를 찾았을 땐 정말 벅찼어. 감각자는 감각의 수인이 아니고 세상은 감옥이 아니라는 걸 정희를 통해 배웠네. 감각의 공유라는 것도 정희를 통해 알게 되었고."

"그러니까 제 할머니가……."

"나는 많은 감각자들을 찾아냈어. 그게 내 일이었거든. 그 중에서도 정희는 특별했지. 정희가 떠났을 땐 나도 큰 충격을 받았네."

희성이 고개를 숙였다.

"정희가 그런 식으로 자네에게 감각을 넘긴 줄은 몰랐어. 게다가 자네는 자기가 감각자인 줄도 모르고 있었지 않나. 감각이라는 것은 감각자가 세상을 느끼는 도구지만 감각의 폭만큼 세상도 감각자를 느끼게 되지. '그대가 심연을 들여다보면 심연 또한 그대를 들여다볼 것이다'라는 말, 들어봤지? 능숙한 감각자는 감각을 숨기고 자신의 꿈도 갈무리할 수 있다네. 심연이 알아채기 전에 고개를 돌리고 딴청을 부릴 수 있어야 능숙한 감각자라 할 수 있어. 자네는 한 번 들은 것은 좀처럼 잊지 않는데도 신재나 나를 알아볼 때 시간이 걸리지 않았던가?"

그랬다.

"막 발현한 제자에게 꿈을 읽힌 뒤로 신재는 제 속을 꼭꼭 갈무리하고 다니거든. 우리 같은 감각자들이 감각을 숨기고 꿈을 갈무리하는 건 오랜 훈련 덕분이야. 꿈을 갈무리하면 다른 사람들에게 인상을 남기지 않을 수 있지. 감각자가 아니더라도 사람들은 다른 이의 꿈과 생각에 간접적으로 영향을 받거든. 그런데 꿈을 갈무리한 사람은 보호색을 쓰듯 풍경에, 사람에 녹아들 수 있다네."

희성이 말했다.

"하지만 감각자로 훈련을 받지 않은 자네는 분명히 티가 났을 텐데. 이상하게 내 감각에 안 걸리더란 말이야. 정희의 꿈이 자네를 보호하고 있었던 탓이겠지. 내가 전에 말했던 그 전파 방해의 원리로. 아니면 뭐, 처음 만났을 때 자네가 왼쪽 귀에 끼고 있던 그 이어폰의 원리일 수도 있고. 노이즈 캔슬링이라던가? 감각과 반대되는 파동을 만들어 자네를 찾지 못하게 숨기는 거지."

"왜요?"

우영이 물었다.

"왜 할머니가 저를 보호합니까? 빨리 다른 감각자들을 만나는 게 좋지 않나요?"

"자네는 나를 믿나?"

대뜸 희성이 물었다.

"……네?"

"나를 믿어?"

두 사람은 꽤 오랫동안 서로를 마주 보았다. 먼저 시선을 피한 쪽은 우영이었다.

"질문을 바꾸지. 알고 싶나?"

알고 싶었다. 아무튼 그게 탈이었다.

우영이 다시 희성과 시선을 마주했다. 그리고 그의 눈 속으로 빨려 들어갔다.

11

썬 채 눈을 떴다.

우영은 희성 안에 있었다. 희성의 눈으로 풍경을 바라보고 있었다. 덜 닦인 유리창 너머를 내다보는 것처럼 사위가 뿌옜다. 고개를 내리자 희성의 손과 발이 보였다. 어지러웠다.

여기가 어디인지 알겠나? 머릿속에서 희성의 목소리가 울렸다. 우영이 다시 고개를 들었다. 어지럼증이 가시자 익숙한 풍경이 보였다.

"용뫼산 둘레길……."

그래. 여기가 바로 꿈이 드나드는 통로라고 했지? 두억시니며, 꿈을 해하는 온갖 삿된 것들이 호시탐탐 뚫고 나오려 하는 입구기도 하고. 앞으로 가게. 11시 방향.

우영이 희성의 말대로 움직여 가건물 앞에 섰다.

얼마 전 누군가가 이곳 사당터에 침입을 시도했네. 성공하지는 못했지만 문이 열린 탓에 두억시니들이 빠져나와 사람들을 공격했어. 자네도 이미 알고 있겠지만.

"감각이 있거나 초대를 받은 사람한테만 입구가 보인다고 하지 않았어요? 사람들이 괜히 기웃거리지 않게 뭘 뿌려서 막아놨다고……."

맞네.

"그렇다면 문을 연 그 '누군가'는……."

희성이 한숨을 쉬었다. 그의 한숨에 우영의 골이 울렸다. 우영은 오른손으로 귓바퀴를 꾹 누르며 중얼거렸다.

"한숨 쉬지 마요. 머리통에 지진 난 것 같으니까."

아, 미안하네.

미간을 찌푸리며 혼잣말하는 지금 제 모습을 누가 본다면 저 아래 소각장에서 나오는 다이옥신을 너무 마셔서 머리가 돌아버린 사람이라고 생각하겠지.

우리는 꿈을 감각하고, 그 꿈을 노리는 삿된 것들과 싸우며 세상을 지키네. 하지만 우리 일에 반대하며 맞서는 감각자도 있어. 꿈은 그냥 놔둬야 한다고. 싸워가며 꿈을 지킬 필요 없이 그저 흘러가게 놔두라고 말하는 자들이네. 정희도, 원래는 내 사람이었지만 어느 순간 변심해서 자취를 감췄지. 겨우 찾아낸 정희는 감각도, 건강도, 젊음도 다 잃고 죽을 날 받아놓은 노인

이 되어 있더군.

우영의, 아니 우영이 씐 희성의 손이 떨렸다. 그는 분노하고 있었다. 할머니가 감각을 잃은 데 어쩐지 자신의 탓도 있는 것 같았기에, 우영은 알 수 없는 죄책감이 들었다.

꿈은 그냥 놔둬야 한다는 말을 자네는 믿나? 가만 놔두면 세상이 올바르게 돌아간다고? 꿈은 아름답지만 규칙이 없어. 꿈이 흐르는 길을 바르게 정돈하고, 꿈을 붙잡아 규칙을 부여해야 해. 그걸 위해 감각자들은 연대하고, 견제하고, 감시하며 서로를 지켜야 하네. 혹시라도 잘못된 꿈을 꾸는 감각자가 나타나 통로를 훼손해 현실을 뒤섞고 삿된 것을 풀어놓으면 어쩔 텐가? 두억시니를 길들여 사람을 공격하면 어쩔 거야? 그때 가서 후회해 봤자 무슨 소용이 있겠어?

“두억시니를…… 길들일 수 있어요? 다른 사람을 공격하게 할 수 있어요?”

……*이를테면 그렇다는 거지.*

코가 시큰했다. 희성의 손이 코를 한 번 쓸었다. 눈을 깜빡이자 시야가 명멸했다. 우영 안의 인간 거탐이 경고음을 울렸다. 손희성이 아니라 다른 만만한 상대였다면 ‘지금 누구한테 공사를 치십니까’라고 할 만큼 강한 경고음이.

중요한 건 싸움과 희생 없이는 아무것도 이룰 수 없다는 사실이야. 애초에 감각이라는 것도 숨탄것들이 세상에 맞서 자신

을 지키고자 한 노력에서 비롯한 것 아닌가. 감각도 꿈도 없는 원시의 동물들은 모두 멸종했네. 희성이 말을 이었다.

감각은 과거와 미래를 느끼는 기제야. 감각이 아주 비루했을 때, 존재가 느낄 수 있는 건 자신의 생체 신호뿐이었지. 그러다 후각이라는 것이 생기고 촉각이라는 것이 생기고 시각이라는 것이 생기고 청각이라는 것이 생겼어. 존재는 감각을 통해 자신 너머의 세상을 느낄 수 있게 되었네. 과거와 미래를 계산할 수 있게 되었고. 멀리서 다가오는 포식자를 보며 '아, 저것이 잠시 후에 나를 공격하겠구나'라고 생각해 몸을 피할 수 있게 되었어. 내가 공격당할 미래를 예측하게 된 거지. 감각이 있는 모든 존재는 불완전하게나마 과거와 현재와 미래를 동시에 본다네. 그리고 여러 개의 감각이 합쳐질 때 사고가 변화하고 인식은 완전해지지.

깜빡, 한순간에 풍경이 바뀌었다. 눈앞의 풍경은 월촌동이지만 월촌동이 아니었다. 폐허가 된 월촌동이 거기 있었다.

"이건…… 이건 뭡니까?"

우리가 지키지 못한 월촌동이네. 내가 보는 여러 가지 가능성 중 하나. 내가 미래의 가능성을 감각할 수 있다는 건 신재가 이미 설명했겠지.

빨리 감기 버튼이라도 누른 것 같았다. 폐허가 된 월촌동이 눈앞에서 빠르게 흐르더니 저 멀리 시야 끝에 걸린 소각장 굴뚝에서 붉은 연기가 솟았다. 잠깐 해가 다시 뜨는 것 같았다. 굴뚝을 타고 올라온 화염이 소각장을 집어삼키고 포효했다. 하늘이 검붉은색으로 변하더니 땅을 강타하며 우영을 덮쳤다. 비명을 지르기는커녕 숨을 머금을 새도 없었다. 뜨겁다― 그리고 우영은 희성의 꿈에서 튕겨 나왔다.

똑…… 똑……. 개수대에서 물이 떨어지는 소리.
윙―냉장고의 컴프레셔에서 나는 소음.

다시 월촌반찬이었다. 어지러웠다. 열감과 탄내가 잔상처럼 맴돌았다. 눈앞의 희성이 우영의 손을 꽉 잡았다. 신열이 채가시지 않는 피부에 닿은 그의 손이 뱀처럼 서늘해서 우영은 하마터면 비명을 지를 뻔했다.

"불현듯…….."
희성이 속삭였다.
"걷잡을 새 없이 일어난다는 말이지. 그 말이 '불을 켠 듯'이라는 말에서 나왔다는 거 아는가? 불이라는 게 그렇지. 모든 것을 집어삼켜. 산불은 1분에 15m를 간다네. 한번 불이 붙으면 제아무리 기세 좋은 감각자라도 막지 못해."
"불이든 물이든 꿈이든, 어떻게 쓰느냐가 중요한 것 아닙니까?"

"그렇지. 어떻게 쓰느냐가 중요하지. 그 불씨는 제대로 된 감각자가 쥐고 있어야 하고."

"제대로 된 감각자가 누군데요?"

"꿈 같은 세상에 사는 사람들은 꿈의 소중함을 몰라. 그들은 청맹과니나 마찬가지니까. 하지만 우리는 다르지."

우리…….

희성은 라디오가 놓인 협탁에 뒤집어 둔 책을 집어 들더니 펼쳐진 장을 보며 말했다.

"쇠로 만든 방이 있네. 창문이라곤 없고 절대 부술 수도 없어. 그 안엔 수많은 사람이 깊은 잠에 빠져 있고, 머지않아 숨이 막혀 죽겠지. 허나 혼수상태에서 죽는 것이니 죽음의 비애 같은 건 느끼지 못할 거야. 그런데 말이야, 잠들지 않은 감각자 하나가 고래고래 소리를 질러 사람들을 깨우는 거야. 쇠로 만든 방을 부술 수 없다면 적어도 소리는 지르지 말아야지. 사람들에게 죽음의 고통만 안겨줄 테니까. 그런데 자꾸만 사람들을 깨우려 드는 감각자가 있다면 어쩔 텐가? 물지도 못하면서 짖기만 하는 개를 그냥 놔둘 건가? 그런 개는 일찍이 숨통을 졸라 없애는 게 다른 청맹과니들에게도 좋은 일이네."

"하지만 다 같이 힘을 모아 방을 부수면……."

"아니, 다 같이 힘을 모아 입을 닥치게 해야지."

희성이 책을 다시 협탁에 내려놓았다. 그리고 우영을 똑바로 보았다.

"감각자들은 연대해야 해. 서로의 감각이 미치는 범위에 머물며 서로를 견제하고 서로의 입을 다물게 하고…… 그래야 지킬 수 있어. 서로를 견제하며 세상을 들여다보는 자들. 그런 감각자들을 찾게. 그리고 그들과 감각을 합쳐."

"사장님이 말한 '우리'가 그런 뜻이었습니까?"

"자네는 꼭 정희처럼 말하는군."

희성은 물끄러미 우영을 바라보았다. 우영의 얼굴에서 우영 자신도 모르는 할머니의 흔적을 찾으려는 것처럼.

"정희는 내 꿈이었네. 세상을 평화로운 꿈에 담가놓고 정작 나는 꿈을 포기해야 했지만……."

마침내 그 흔적을 찾았는지, 희성이 웃었다. 주름진 입술이 반듯하게 펴지자 반찬 가게 노사장의 얼굴은 한 세기쯤 젊어 보였는데, 할머니를 꿈꾸던 시절의 희성이 어떤 모습이었는지를 상상하게 만들었다.

"과거와 미래를 감각할 수 있다면, 미리 행동할 수는 없습니까?"

우영은 신재에게 물었던 질문을 희성에게 다시 던졌다. 그러자 희성의 얼굴에서 미소가 사라졌고, 그는 다시 노인이 되었다.

"지금 우리가 하려는 게 바로 그것 아닌가."

"그렇다면 할머니가 떠날 것도 아셨을 텐데요."

"꿈은 친절하지 않아서 사소한 것까지 알려주지는 않는다네. 꿈은 일종의 나침반이야. 우리는 나침반을 보며 큰 흐름을 알 수 있네. 대세가 어디로 향하는지 감각할 수 있어. 큰 사고도 미리 느낄 수 있지. 하지만 그뿐. 나침반이 태평양을 건널 때야 유용하겠지만 냉장고에서 반찬 통을 찾을 땐 쓸모가 없는 것과 같다네."

"제 할머니는 사장님에게 사소한 것이었군요."

우영의 말에 희성은 충격을 받은 듯한 표정을 지었다. 이내 다시 웃음을 터뜨렸지만, 눈은 웃지 않았다.

"세상이라는 바다에서 감정은 잠깐의 사소한 물결이야. 어쩌면 꿈을 포기하는 것이 내 꿈이었는지도 모르겠네."

희성이 말했다.

"'이미 스러져 간 그 쓸쓸한 시간들을 정신의 실오라기로 붙들어 매어둔들 무슨 의미가 있으랴. 나로선 깡그리 잊어버리지 못하는 것이 괴롭다.'* 그래. 잊어버리지 못해 괴롭네. 취하지 못할 바엔 흘려보내야 하는 것인데……. 나를 보게. 나는 날 위해 어떤 것도 취하지 않았어. 내가 감각자로서 헌신하면서 유일하게 취한 기념품은 이 제니스 라디오뿐이야."

* 「루쉰전집」(루쉰전집번역위원회, 2010)의 〈외침〉 서문 중에서.

희성은 그렇게 말하면서 오래된 진공관 라디오를 쓰다듬었다. 그 라디오가 자신의 욕망 그 자체라는 듯이. 완전히 틀린 생각은 아니었다. 휴대전화를 몇 번 터치하는 것만으로 온갖 음악과 뉴스에 접근할 수 있는 시대에 더 이상 부품도 생산되지 않는 진공관 라디오는 필요가 아닌 욕망일 뿐이다.

"제니스 라디오는 6.25 때 미군의 보급품으로 한국에 들어왔네. 제니스뿐 아니라 라디오라는 게 다 그랬어. 라디오는 전쟁의 얼굴에 달린 입과 귀였지. 보급형 라디오는 독일에서 처음 만들어졌네. '괴벨스의 주둥이'라는 별명이 붙었고. 라디오는 음향 기기라기보다 군수품이야. 라디오를 볼 때마다, 이 다이얼을 만져 주파수를 조정할 때마다 나는 그걸 떠올린다네."

"저는 라디오에서 소리를 듣고 싶을 뿐인데요. 좋은 음악과 다정한 사연들요."

"좋은 음악과 다정한 사연들, 좋지."

희성이 고개를 끄덕였다.

"하지만 그걸 위해서는 대가를 치러야 하네. 대가는 작지 않을 거야. 내가 떠난 뒤에도, 저 위의 샘자리는 계속 꽉 닫혀 있어야 해. 어떤 꿈은 과거의 단파 라디오처럼 은밀해야 하지. 자네들은 어떻게든 저 자리를 지키게. 그러지 않으면 이곳 사람들이 그 값을 치르게 될 테니."

"무슨 값을 치른다는 겁니까?"

희성이 미소 지었다. 선득한 미소였다. 믿는 사람은, 믿는 바를 위해 자신을 내던진 사람은, 그렇게 순간순간 선득해지는 걸까.

"꿈의 값. 우린 모두 누군가의 꿈을 밟고 살지 않는가."

카카오페이, 네이버페이, 삼성페이 됩니다.

계산대 아래 붙은 안내문이 보였다. 그 아래, 금고가 보였다. 세상의 변화를 불신하는 소비자들이 내놓은 지폐를 모아두는 곳. 종이와 도료와 사람들의 피지가 뒤섞여 나는 비릿한 돈 냄새를 풍기는 세종대왕이, 퇴계 이황이, 신사임당이 거기 있을 터였다. 우영은 의심했다. 금고 안에 잠든 게 정말 세종대왕, 퇴계 이황, 신사임당일까? 어쩌면 그보다 더 비린 냄새를 풍기는 뭔가가 잠들어 있지는 않을까?

희성은 우영에게 '어서 오게'라고 말했다. 우영의 감각과 경험에 이름을 붙여주었다. 우영이 듣는 세계의 지도를 펼쳐주었다. 우영을 '우리'라고 불렀다. 입술을 앞으로 쭉 뺐다가 옆으로 길게 찢으면서 속삭이는 소리. 그 소리 하나에 고향에 돌아온 기분을 느꼈던 것을 우영은 기억했다.

하지만 그 고향에 비릿하고 구린 뭔가가 숨어 있다면? 훈훈해 보이는 고향집 지하실에 삿된 것보다 더 삿된 것이 똬리를

155

틀고 있다면?

　좋은 음악과 속삭이는 소리 사이, 비린내가 느껴졌다.

12

　월촌주공9단지 입주자 대표 순영은 920호 방문을 끝으로 입주자 성명서를 덮고 휴대전화를 꺼내 간병인의 문자를 확인했다.

　[환자분 유동식으로 식사 후 잠들었어요. 저는 이만 퇴근합니다.]

　외월촌동 순찰 중 습격을 받은 남편의 입원은 계절이 두 번 바뀌고도 끝을 모르는 듯 길어졌다. 남편. 아무짝에도 쓸모없는 인간. 남편이라는 인간은 항상 그랬다. 리모델링 조합을 만들 때도 공사비며 이주비는 어떻게 감당할 거냐며, 지금도 살 만한데 일 크게 벌여서 얻는 게 뭐가 있냐며 재나 뿌리던 인간. 중요한 시기에 입원해서 그렇지 않아도 바쁜 사람한테 제 병수발까지 들게 하는 인간. 곧 설인데, 남편이 앓아눕거나 말거나 순영은 명절 음식을 마련해야 했다. 피 한 방울 섞이지 않은 남편 집안의 기제사며 묘사며 시제를 모시는 건 순영이었다. 순영의 몸에서는 늘 기름 냄새가 났고 손에서는 물기 마를 날이 없었다. 죽은 이를 먹이기 위해 순영은 제 살아 있는 날들을 바쳤다. 월촌9단지 상가 반찬 가게 음식의 포장을 벗겨 상에 놓기 시작한 건 4년 전부터였다. 시댁 인간들은 말했다. 큰 아가, 네 손이 이제야 익었구나. 그들은 습진으로 다 벗겨진 순영의 손을 두고 '이제야 익었다'라고 했다. 저들은 손에 물 한 방울 묻히지 않고 그저 먹고 마시면서. 그 집 식구들을 먹이고 재우고, 외월촌동 빌라 월세 시절부터 꾸역꾸역 돈을 모아 내월촌동에 터를 잡은 손이 누구의 손이란 말인가. 망할 놈의 집구석. 망할 놈의 인간. 그 인간이 식사를 하든 말든, 유동식을 처먹든 무동식을 처먹든 알 게 뭐란 말이냐.

피곤했다. 순영은 고개를 들고 길게 한숨을 내쉬었다. 멀리 소각장 굴뚝이 빛났다. 번영한 동(洞)의 쓰레기장. 사람들은 새것의 기운이 다하면 버렸다. 잊으면 버렸다. 지겨워지면 버렸고 지루해지면 버렸다. 버리고 또 버렸다. 구하는 것은 꿈의 일이고 버리는 것은 사람의 일이니 자원 회수 시설 굴뚝은 늘 불을 밝히고 있었다. 순영은 빛에 홀린 나방처럼 멍하니 굴뚝을 바라보았다. 피곤했다.

이건 다 저 망할 소각장 때문이야.

두 개의 굴뚝에서 하얀 연기가 모락모락 피어올랐다. 그렇지 않아도 희뿌연 연기가 조명을 받아 더욱 뿌옇게 빛났다. 저들은 수증기라고 주장하지만, 모두가 안다. 저것은 사악한 것들을 품은 연기다. 주술이다. 저것이 곧 월촌동 사람들을 죽음으로 이끌 것이다.

"해가 바뀌기 전에는 옮겨야지. 옮기지 못할 바엔,"

터뜨리든가—. 순영은 마지막 말을 입 밖에 내려다 흠칫했다. 터뜨려? 뭐를?

사고 이후 남편은 물을 끓일 때마다 온몸을 떨며 발작을 했다. 끓는 물이 터질 거라고 헛소리를 했다. 그런 남편을 달래다가, 붙잡고 화를 내다가, 같이 울다가, 그러다가…… 물렸다. 남편의 몸에 똬리를 튼 바이러스인지 세균인지 울분인지 충격인지가 순영의 핏줄로 왈칵 넘어간 것 같은 기분이 들었는데…….

그 가건물부터 터뜨리자.

그것이 순영의 명치에서 속살거렸다.

어차피 없애버리려고 했잖아. 성명서에 서명을 받는 이유 중 하나가 그거 아니야? 집값 떨어뜨리는 흉물스러운 가건물.

이번에는 관자놀이에서. 목소리가 순영의 마음속에 있는

오랜 꿈을 대신 말해주었다. 골이 울렸다. 머릿속에 지진이 난 것 같았다. 순영은 오른손에 들고 있던 입주자 성명서 파일을 왼쪽 옆구리에 끼우고 오른손으로 귓바퀴를 꾹 눌렀다. 머리에 구멍이 뚫려 생각이 새기라도 하는지 찌르는 듯한 두통이 일었다.

지역구 의원 놈들이야 기다리라고 하겠지. 뭘 기다려? 그 놈들은 월촌동에 살지도 않잖아. 높으신 대가리들은 여기 없고 주민등록만 여기에 살지. 놈들이 하는 말은 신경 쓰지 마. 일단 터뜨리자. 다들 싫어했잖아, 그놈의 유치권인지 뭔지.

구멍을 비집고 기어들어 온 그것이 속삭였다.

"맞아."

순영이 홀린 듯 대답했다. 목소리가 맞장구치듯 웃었다. 웃음에서 비린내가 났다. 끼이이이익— 순영의 머리 위로 두억시니가 길게 울며 허공을 갈랐다.

월촌주공 상가에 입점한 가게들은 저녁 8시면 거진 셔터를 내렸다. 진즉에 유리문 안쪽 잠금쇠를 걸고 팻말을 'CLOSED'로 돌려놓았지만 희성이 반찬 가게 일을 마무리한 건 10시를 훌쩍 넘겨서였다. 시간은 무심히도 흘러갔다. 어느덧 계산대 위에 새 달력을 걸어야 할 때였다. 헌 달력을 떼어내고 새 달력을 걸 무렵이면 희성은 바빠졌다. 곧 정초고, 정초를 넘기면 보름이니 식재료를 넉넉히 주문해 두어야 했다. 전과 나물을 풍성하게 마련해야지. 설에는 가게 문을 닫겠지만 연휴를 앞두고는 명절 음식을 찾는 사람들로 정신없을 거고, 보름이 되면 부정을 씻고 건강을 소원한다며 아이들에게 나물과 부럼을 먹이려는 사람들도 있을 거다. 잊혀져 가는 풍습이지만 아직 월촌동의 부모들은 그렇게 했다. 아직은.

희성은 지나간 것들이 좋았다. 몸은 시간에서 비켜 있어도 감성은 시간을 타는지 옛날 것이 더 마음에 맞았다. '주파수를 맞추다' 혹은 '오늘의 신청곡'이 새로운 표현이던 시절이 좋았다. 탑튠쇼, 별이 빛나는 밤에, 밤의 디스크쇼, 예쁜 엽서 전시회, 음악다방, 세시봉, 들국화, 신촌블루스…….

시계가 11시를 가리켰다. 스물네 마디로 나뉘는 하루 중 희성이 가장 좋아하는 시간. 희성이 제니스의 전원을 켰다. 로고송과 함께 익숙한 목소리가 들렸다.

[WBS라디오가 11시를 알려드립니다. 깊어지는 밤, WBS 단잠라운지에서 단잠지기 인사드립니다…….]

피곤했다.

허공을 떠도는 주파수 중 태반이 삿되고 나쁜 기운을 품고 있었다. 희성은 머릿속을 파고드는 나쁜 꿈들을 몰아내고자 깊게 숨을 내쉬었다. 입에서 단내가 났다. 눈이 뻐근하고 뒷골이 쑤셨다. 마지막으로 깊게 자본 적이 언제던가. 희성의 수면은 얕고 미지근했다. 푹 잠기기는커녕 발목 근처에서 찰랑거렸다. 깨고 나면 더러운 잠꿈과 악몽의 찌꺼기가 부유물처럼 베개에 남았다. 베개를 털어낼 때면 킬킬킬, 기분 나쁜 웃음이 흩어졌다. 노루잠. 괭이잠. 토끼잠— 쫓기는 동물의 얕은 잠을 뜻하는 말들. 밤마다 쫓기는 것들의 잠을 잤다. 왜? 희성은 쫓는 쪽이 아니었던가.

……그리하여 맥베스가 잠을 죽였다. 희성은 맥베스를 이해하게 된다. 아, 그래서였구나. 가엾은 맥베스. 그도 어쩔 수 없었을 거다.

잠을 자는 게 싫어졌다. 라디오를 들으며 지새우는 밤이 많아졌다.

'선생님, 잠은 좀 주무세요?'

얼마 전, 신재가 물었다. 새로 들어온 감각자가 쓸 만한지 묻자 신재는 미소로 답했다.

"이우영 씨요? 타고났나 봐요. 어제는 80개 다 피했어요. 아직 공격은 좀 약해요. 압정을 잡아서 받아치는 것까지는 하는데 본격적으로 공격을 할라치면 멈칫해서 틈을 보여요."

"그리 성정이 약해서야."

닮았어. 그에게 감각을 물려준 이도 그랬는데.

"선생님, 잠은 좀 주무세요?"

신재는 혀를 차는 희성을 가만히 바라보다가 물었다.

"밥은 좀 드시고요? 남의 입에 들어갈 반찬만 만들고 선생님 입에는 아무것도 못 넣는 건 아니에요? 안 그래도 마른 양반이 아주 꼬챙이가 된 것 같아."

"……."

"혹시 고래처럼 서서 주무시는 건 아니죠? 남의 꿈을 지키느라 선생님은 꿈꿀 새도 없는 건 아닌지."

"노인네들은 원래 잠이 없어. 필요한 꿈은 젊어서 다 꿨다."

"꿈꾸지 않은 사람은 죽은 사람이라면서요. 제 앞의 선생님이 송장처럼 보이지는 않는데요."

신재의 농담에 다정한 걱정이 배어 나왔다.

"아니다, 이제 보니까 좀 송장 같기도 하네."

"이놈이."

희성이 종주먹을 들이대자 신재는 어린애처럼 웃었다. 희성 앞에서 신재는 종종 설이 신재에게 하듯 어린 티를 냈다. 마흔이 넘어서도 어린 티를 낼 모서리가 필요하다는 듯.

"저는 선생님이 걱정돼요. 온 세상이 꿈으로 차 있는데 정작 그걸 지키는 사람은 텅 비어버리는 것 같아서."

목소리에서 소금기가 느껴졌다. 상하지 않게 소금을 친 마음. 염이 없으면 마음은 문드러지고 썩어 종래는 없어져 버린다. 하지만 지나친 염은 오히려 마음을 상하게 한다. 신재의 염도는 습습하니 적당했다. 딱 맞았다. 아직은.

"미안하구나."

"미안한 줄 알면 오늘은 좀 주무세요."

신재는 조리대 곁에 놓인 제니스 라디오를 만지작거렸다.

"밤새 라디오 듣지 마시고요."

미안하구나.

그건 단지 신재에게 걱정을 끼쳐서 한 말이 아니었다.

신재도 종래엔 저와 같이 텅 비어버리고 말 테니까. 버석하게 말라 소금만 남은 염전이 되어버릴 테니까. 농담도 웃음도 꿈도 살 수 없는, 그 질기다는 고래 심줄조차 버티지 못하는 죽은 마음이 되어버릴 테니까.

미안하구나. 그런데 신재야, 감각자는 모두 고래야. 항상 깨어 있어야 하지. 너도 그래야 한다. 그래서 미안하구나.

희성이 정말로 미안한 건 그거였다. 하지만 미안해도 어쩔 수 없었다. 누군가는 해야 하는 일이니.

물기가 말라 까칠해진 마음을 채우려면 소리가 필요했다. 진공관 라디오가 내는 소리는 제법 괜찮은 충전재가 되었다.

[오늘은 '지나간 날들'을 테마로 꾸며볼 건데요. 첫 곡이 오늘 테마를 가장 잘 보여주는 것 같기도 하네요. 들국화의 '그것만이 내 세상'입니다.]

소리가 세월의 더께가 쌓인 묵은 기억을 두드려 깨운다. 희성의 시절에 '그것만이 내 세상'은 금지된 노래였다. 희성은 '창법 수준 미달 및 가사 전달 미숙'이라는 금지 사유가 우스웠지만 그러려니 했다. 그것이 세상의 흐름이었으니까. 흐름을 타지 못한 꿈은 휩쓸려 사라진다. 휩쓸림 속에 작은 희생 정도는 어쩔 수 없이 치르게 되는 법인데……. 아, 그즈음이었던가. 희성이 제 신수와 끊어진 것이. 신수와의 연결이 끊어지고 희성의 감각은 눈에 띄게 약해졌다. 그러니 더욱, 다른 감각자가 필요했다. 감각자들은 힘을 모아야 한다. 연대해야 한다. 기세를 타야 한다. 하지만 아, 감각자들이란 또 얼마나 어리석던가. 그 나약하고 어리석은 것들을 어르고 달래다 또 얼마나 피를 보았던가. 정희를 잃고 희성은 방법을 바꾸었다. 그들이 보고 싶은 것만 보여주면 된다. 그들의 눈에는 세상의 시를 읽히고, 그들의 귀에는 세상의 노래를 들려주고, 세상의 피와 악과 비명은 손희성 저의 몫으로 남겼다. 희성은 실로 감각자들을 애완하였다. 문제는 그들이 감각자라는 거였다. 희성이 뭘 숨기고 뭘 보여주는지, 그 간극을 예리하게 알아채는 감각자들

165

이 있었다. 하지만 한 세기가 넘도록 살아남은 것은 결국 희성이다. 신수와의 연결이 끊어지고 남은 미약한 감각으로도 가장 오래 살아남았다. 희성은 쫓는다. 결코 쫓기지 않는다. 그게 희성의 일이었다.

"나는 옳아."

희성의 혼잣말에 답하듯 보컬과 연주가 풍성하게 커졌다. **그것만이 내**— 딸랑, 노이즈가 섞였다. 유리문의 잠금쇠가 풀리는 소리. 덜컹, 하고 문이 열리는 소리. 딸랑, 하는 종소리.

"영업 끝났습니다."

"오랜만이네."

손님이 말했다. 손님의 팔에서 월촌주공 입주자 성명서와 반찬 가게 쿠폰이 툭 떨어졌다. 일주일에 세 번씩 들르는 입주자 대표였다. 희성이 있어 제사를 쉬이 넘겼다고, 돌아오는 명절 음식을 예약하고 싶다고 했었지. 이름이 순영이었던가? 순영이 번들번들한 낯으로 웃었다.

"끝났다면서 끝낼 생각이 없어 보이길래 내가 끝내주려고 왔어."

[들국화의 '그것만이 내 세상'이었습니다. 지나간 세상은 왜 이다지도 아름다울까요.]

제니스가 단잠지기의 목소리로 속삭였다.

"여기는 내 가게야. 영업을 언제 끝낼지는 사장이 정하는 거지."

"너한테는 이 세상 전체가 네놈 가게구나."

월촌반찬 안쪽에 딱 하나 켜져 있던 형광등이 터졌다. 조리대가 어두워지자 순영의 두 눈이 노랗게 빛났다. *씌었구나.* 희성이 눈을 감았다. 어둠 속에서 덜그럭거리는 소리가 들렸다. 고기 써는 칼과 뒤집개가 걸쇠에서 떠올랐다. 희성이 손을 뻗자 칼과 뒤집개가 제 의지를 지니기라도 한 듯 희성의 손바닥 안으로 날아왔다. 칼자루 모양으로 굳은살이 박인 손에 길이든 나무 손잡이가 감겼다.

희성이 눈을 떴다. 몸을 날려 제 쪽을 기습하는 순영을 피하며 뒤집개를 순영의 입에 물렸다. 순영이 입에 물린 뒤집개를 악력으로 우그러뜨렸다. 틈이 생긴 사이 순영의 송곳니가 희성의 오른쪽을 파고들었다. 희성은 순영의 턱을 가격하고 벽 쪽으로 몸을 붙였다. 물린 오른쪽 옆구리를 붙잡고 신음했다. 옆구리가 까맣게 물들며 지글지글 타들어 갔다. 이무기의 독이 순영의 몸에서 흘러 희성에게 옮았다. 독이 오른 이상 시간이 없었다.

희성이 몸을 낮췄다. 순영이 희성을 보며 길게 울었다. 순영의 부름에 화답하듯 두억시니가 울었다. 어둠 속에서 한 떼의 두억시니가 반찬 가게를 에워싸는 게 느껴졌다. 희성이 고기

167

칼을 휘둘렀다. 칼이 희성의 손안에서 카랑카랑한 쇳소리를 냈다. 칼날이 순영의 발목을 깊게 썰며 지나갔다. 순영은 아픈 줄도 모르는 듯 피가 흐르는 발을 디디고 다른 쪽 무릎으로 희성의 턱을 가격했다. 저 나이 든 여성의 몸 어디에 이런 힘이 숨어 있었을까. 순영의 혈관을 타고 흐르는 분노와 악의가 중년에 접어든 근육과 관절을 바짝 세웠다. 순영의 무릎에 얻어맞은 희성의 입에서 피와 함께 부서진 치아 조각들이 쏟아졌다. 손등으로 입을 훔치던 희성의 뒤통수로 나무 도마가 날아들었다. 묵직한 도마에 강타당한 희성이 바닥에 쓰러졌다. 쓰러진 희성의 옆구리에 회칼이 꽂혔다. 그 위로 다시 밀대가 날아들었다. 회칼, 밀대, 채칼, 냄비, 찜기, 웍, 팬……. 희성의 손에 익은 도구들이 적이 되어 희성을 공격했다. 무서우리만큼 희성을 잘 아는 도구들이.

"큭……."

희성이 신음했다. 추하게 가고 싶지 않았는데. 그나마 조리실 바닥에 타일이 깔려 있어 다행이었다. 타일 바닥에 묻은 피와 더러움은 물로 한 번 씻어내면 사라질 터였다.

희성은 열 평 남짓한 가게를 살뜰히 돌봤다. 쓸고 닦고 소독하고, 반짝반짝하게 유지했다. 재고관리에도 신경을 썼다. 좋은 재료를 썼다. 마땅히 그래야 할 일이었다. 산 자들만 입에 넣을 반찬이 아니었으므로.

언젠가 신재가 희성에게 물은 적이 있다.

"왜 하필 반찬 가게예요?"

"이 늙은이 손끝이 꽤 확실하단 말이다. 손이 빠르고 야무져서 찬 만들기 그만이지."

희성이 고기 써는 칼을 집어 들며 답했다.

"그리고 꿈을 지키다 보면, 제삿밥 챙길 일이 많아지거든."

씻고 다듬고 썰고 뒤섞고 염하고 삭히고 재우고. 그 정도로는 부족했던 걸까.

"그럼, 그걸로 될 줄 알았니."

채소 칼이 희성의 배를 그었다. 조리실 한쪽에 쌓아놓은 식재료에 핏물이 튀었다. 고사리, 호박고지, 가지고지, 시래기…… 깨끗하게 씻어 말린 보름나물들. 삿된 것을 잠재우기 위해 준비한 양념들. 꿈가루들.

"이를 어째. 귀한 절식 재료가 부정을 탔네. 기껏 정성을 들여 마련했는데. 하지만 괜찮아. 어차피 찬이 못 될 것들이니."

순영이 웃었다.

"시체가 어떻게 음식을 만들어."

순영이 조리실 타일 바닥 위에 섰다. 그러고는 헐떡이는 희성을 내려다보았다.

"손희성은 누구야?"

"반찬 가게…… 사장……."

"원래 누구였냐고."

"손에서 물기 마를 날 없는 입주자 대표님…… 기제사에 올릴 제수를 만드는 사람……."

순영의 낯에 언뜻 인간적인 감정이 서렸다. 하지만 다음 순간 다시 싸늘해졌다.

"이 땅에 빌붙어 살며 너는 몇 명의 삶을 훔치고 몇 개의 이름을 취했지?"

쌔액, 쌕, 가쁘게 숨을 이어가면서도 희성은 이무기를 노려보았다. 어차피 쓰레기처럼 버려질 이름. 재가 되어 사라질 존재. 소금 한 꼬집, 간장 한 큰술 정도의 희생. 그거 좀 취한 게 뭐 그리 문제라고. 희성이 아니었던들 누가 그 이름에 제삿밥을 챙겨줄까.

타일 바닥이 시려서 희성은 몸을 떨었다.

"영업을 끝낼 때가 온 것 같네, 정말로."

순영이 희성을 내려다보며 속삭였다. 희성은 회칼이 꽂힌 제 옆구리를 더듬었다.

"좋은 꿈 꿔. 그럴 수 있다면 말이지만."

순영과 눈이 마주친 순간, 희성은 제 옆구리에 꽂힌 회칼을 뽑았다. 그리고 상체를 세워 순영을 끌어안았다. 살뜰히 벼려진 회칼이 순영의 등을 파고들었다.

"……없었어."

회칼에 꽂힌 순영이 몸부림쳤다. 엄니를 드러내며 쉿쉿거리다가, 까드득까드득 이를 갈다가, 들숨에 악을 쓰고 날숨에 욕을 지껄이다가, 희성이 기억하는, 혹은 기억하지 못하는 얼굴들로 변했다. 희성에게 살려달라고 말하던 얼굴, 희성에게 어떻게 그럴 수 있냐며 따지던 얼굴, 희성에게 잘못했다고 빌던 얼굴……. 희성의 악몽과 희성의 죄책감이 회칼에 꽂힌 채 희성의 팔 안에서 그르렁댔다. 모든 게 희성의 업이었다. 쌓아놓은 식재료가 무너졌다. 양념통이 쓰러지며 그 안에 든 꿈가루가 허공에 날렸다. 날리는 가루 탓에 눈이 따가웠다. 숨이 막혔다. 악몽과 죄책감과 날리는 꿈 사이에서 희성은 순영을 끌어안은 채 왈츠를 췄다. 순영의 몸에서 핏물이 빠지듯 살기가 흘러내렸다.

"어쩔 수 없었어……."

희성의 팔에서 힘이 풀렸다. 순영은 그렇게 피를 쏟고도 아직 힘이 남았는지 희성을 밀쳐내고는 무릎과 팔꿈치로 타일 바닥을 엉금엉금 기었다. 그러더니 몸을 일으켜 도망치듯 가게 밖으로 뛰쳐나갔다. 순영이 뛰어나간 걸음마다 피가 고였다. 부유하던 희성의 눈동자가 순영이 떨어뜨린 입주자 성명서에 머물렀다. 피와 기름과 먼지로 얼룩진 탓에 이름들이 읽히지 않았다. 눈이 따가웠다. 더러워진 건 이름일까, 희성의 눈일까. 알 수 없었다. 알 수 없으면서도 희성은 고집처럼 중얼거렸다.

　"……나는 옳았어."

13

쿵.

캐비닛에서 꺼내 온 서류철의 두께가 상당해서, 책상에 내려놓자 육중한 진동이 일었다.

"베개로 삼아도 되겠다."

우영은 표지 겉면을 손바닥으로 쓸며 한숨을 쉬었다.

"그럼 베고 자세요."

"야. 이거 사건이야. 사람들이 엮인 사건. 이걸 어떻게 베고 자."

"그럼 베개로 삼는다고 하질 말든가요."

염병. 도신은 욕도 밍밍하게 했다. 글꼴로 치면 공문서에나 쓰일 맑은고딕체로. 도신이 맑고 반듯하게 흘리는 불만을 우영은 못 들은 척하며 서류철을 넘겼다.

'변사 사건 처리 결과 및 지휘 건의서' 중 무연고 사망에 해당하는 결과서만 꺼내 온 건데도 이름들은 쌓이다 못해 넘쳤다. 형사사법정보시스템이 구축되고 사건 처리 결과가 전산으로 보관되기 이전 자료였다. 주민등록제도가 생긴 건 1962년. 형사사법정보시스템이 개통된 건 2010년. 그사이 종이에 기록된 무연고 사망자. 우영이 확인하려는 게 바로 그들이었다. 그들과, 그들을 둘러싼 다정하지 못한 사연들.

"라디오 틀까요?"

"아니. 괜찮아."

"선배 서류 작업할 때 음악 들으면서 하잖아요. 그러고 보니까 요즘엔 통 안 듣네요."

"그러게. 라디오도 좋고 음악도 좋은데 요즘엔 잘 안 듣게 되네."

"제가 도와줄 게 있으면 말하세요."

맑은고딕체가 말했다.

"……뭐?"

"네?"

"뭐라고?"

"제가 도울 거 있으면 말씀하시라고요."

"……."

"또 왜요."

"너 그런 말도 할 줄 아냐? 이야, 선배한테 능갈도 떨 줄 알고. 다 컸네."

도신은 조용히 세 번째 손가락을 들었다.

조사가 더 필요할 것 같은 부분에 컬러 인덱스를 붙였더니 서류철이 온통 형광색으로 알록달록했다. 우영은 목이 뻐근해 고개를 들었다. 한숨을 내쉬며 눈을 감았다. 눈꺼풀 아래 인덱스의 형광색이 아른거리더니 이내 팍 꺼졌다. 형광등의 깜빡거림, 꿀렁거리던 배관 소리와 웅웅거리던 컴퓨터 소리까지 모두 가라앉았다. 적막 속에서 우영의 귀가 움찔거렸다.

불이 꺼져 어두운 형사과 통합1팀 사무실 저 끝에서 전화가 울었다. 도신이 옆에서 의자를 밀고 일어나는 기척도 느껴졌다.

"조심해. 부딪히면 다친다."

하지만 부딪히는 소리 같은 건 들리지 않았다. 도신이 어둠 속에서 장애물을 피해 전화를 받기까지 3초나 걸렸을까.

"네. 통합1팀 김도신입니다."

수화기 너머에서 누군가 비명을 질렀다.

14

[외월촌동 지하 열수송관 파열. 지원 바랍니다.]

[외월중학교 앞 2차선 포장로 열수송관 파열. 지원 바랍니다.]

[월촌중앙로 지하 열수송관 파열. 지원 바랍니다.]

[내월촌동 지하 열수송관 파열. 인명 피해 우려됩니다. 지원 바랍니다.]

15

여느 집의 길흉을 점치려거든 아궁이를 보라 했다. 아궁이. 불이 드는 곳. 월촌동에는 거대한 아궁이가 있다. 월천 둘레길 안쪽에 자리한 월촌 자원 회수 시설에서는 매일 600톤의 타는 쓰레기를 소각한다. 자원 회수 시설 옆 지역난방공사에서는 소각열로 데운 물을 열수송관을 통해 인근 지역에 난방과 온수로 공급한다. 열수송관은 월촌구 지하 구석구석에 혈관처럼 뻗어 있다.

그 열수송관이 지뢰가 된 건 한순간이었다. 후에 발표한 조사 결과에 따르면 노후화된 볼트가 풀렸기 때문이라는데, 마치 누군가 시간과 순서를 정해놓고 일부러 볼트를 푼 것 같았다.

시작은 외월촌동 빌라촌 앞 도로였다. 하나가 터지자 도미

노처럼 빌라촌 너머 2차선 도로에서 두 번째 파열이 일어났다. 이어서 외월중학교 앞 포장도로. 이어서 내월촌동까지. 콘크리트 바닥이 무너져 내렸다. 무너진 바닥 사이로 간헐천이 터졌다. 분출하는 열탕이 사람들을 덮쳤다. 시동이 켜진 채 버려진 자동차로 도로가 꽉 찼고, 도로를 막고 선 차는 바리케이드가 되어 살기 위해 도망치는 사람들을 막아섰다. 월촌구 곳곳에 용오름이 터지는 사이 전기까지 나갔다. 그 바람에 119 상황실과 112 지구대 연결이 먹통이 되었는데, 어째서인지 신고 전화가 통합1팀으로 연결된 거다. 무전을 통해 상황실과 지구대에 알리고 사무실에 있던 사람들이 출동했다. 하지만 대로가 끓는 물로 침수되어서 지원팀 차량도 진입할 수 없었다. 끓는 물이 덮친 도로는 물때를 만난 갯벌 같았다.

우영은 막힌 도로의 장애물을 비집고 냅다 뛰었다. 터진 열수송관을 수습하는 건 우영의 일이 아니었지만 월촌동 하늘을 찢어놓는 두억시니의 울음소리는 분명 우영의 일이었으니까.

수증기 때문에 소리가 제대로 들리지 않았다. 경적, 비명, 호루라기 소리가 믹서에 갈리듯 어지럽게 돌아갔다.

'끝났다 싶을 때 한 번 더 들어요. 그 좋은 귀를 왜 놀려, 들어야지.'

우영은 심호흡을 했다.

178

듣자.

경적, 비명, 호루라기, 사이렌, 소리, 소리, 소리들이 벽과 바닥에 부딪혀 우영의 귀에 닿으며 월촌동의 지도를 그렸다. 음파가 풍경을 조각했다. 우영은 마치 고래가 초음파로 지형을 밝히듯 수증기 너머 월촌동을 또렷하게 들을 수 있었다. 끓는 물이 해자를 이룬 상가 건물을 들었다. 달리는 사람들을 들었다. 자동차로 꽉 막힌 도로를 들었다. 그리고 두억시니들.

상가 앞에 두억시니들이 진을 치고 있었다. 놈들도 우영을 들었다. 먹이를 빼앗으러 온 적을 알아챈 듯 으르렁거렸다. 끓는 물을 품은 공기가 두억시니의 발아래에서 둥그렇게 덩어리를 이루더니 호루라기와 경적과 사이렌이 쌓아 올린 소리의 벽을 뚫고 우영을 겨냥해 날아들었다.

9시 방향.

공기들이 들렸다. 들리고 보였다.

1시 방향.

3시 방향.

신재의 훈련이 효과가 있었다. 공격은 느렸고 우영의 감각은 빨랐다.

우영이 그대로 뛰어올라 두억시니의 대가리를 때렸다. 머리를 얻어맞은 두억시니가 다른 두억시니 쪽으로 쓰러지자 우

179

영은 그 두 놈을 냅다 걷어찼다. 두억시니들이 우영의 발아래서 축 늘어졌다. 그때 뒤통수에서 불꽃이 일 듯 통증이 터졌다. 누군가에게 뒤통수를 얻어맞은 우영은 두억시니의 물컹한 거죽 위로 쓰러졌다. 우영이 몸을 일으키려는데 이번에는 우영의 얼굴로 발길질이 날아들었다. 우영은 날래게 그 발을 붙잡았다. 발이 잡힌 상대가 중심을 잃고 쓰러졌다. 우영이 몸을 뒤집어 그를 제압했다.

"……너 뭐야."

우영의 팔 아래 깔린 남자가 몸부림을 쳤다. 남자는 이빨을 드러내고 위협적인 소리를 냈다. 개나 늑대…… 혹은,

뱀처럼.

그 서슬에 놀란 우영이 팔을 뗐더니 남자가 비척비척 몸을 일으켰다. 갉갉갉갉, 까드득까드득, 이 가는 소리를 냈다. 표정이나 행동은 낯설지만 우영이 아는 얼굴이었다.

'찍죠. 잘 찍고 있어? 하하하.'

김상필.

지하철에서 목덜미를 물렸던 시청 주무관. 그는 이제 더 이상 헛웃음을 붙이지 않았다. 대신 쉭쉭대고 갉갉대고 까드득까드득하는 소리를 냈다.

이 가는 소리가 뚝 멎었다. 상필이 강한 힘으로 우영을 치받았다. 우영은 반사적으로 상필의 어깨를 있는 힘껏 차서 밀어

냈다. 상필은 상가 유리문에 부딪혔지만 곧 중심을 잡더니 우영을 보고 씩 웃었다. 미소에서 비린내가 풍겼다. 그 냄새를 맡자 우영은 단전에서부터 분노가 치밀었다. 순간 우영은 우영이 아니게 된 것 같았다. 감정과 꿈이 죄 끓는 물에 휩쓸려 지워진 것 같았다. 오직 분노만 남아, 우영은 상필을 죽도록 패고 싶었다. 패서 죽여버리고 싶었다. 그런데 마침 상필이 우영에게 달려들었다. *이건 다 저 인간 때문이다. 저 인간이 맞을 짓을 했으니 때리는 거다. 맞을 짓을 하고 있잖아. 그렇다면 사실 저 인간이 맞길 원하는 거다.*

상필의 배를 발로 차서 쓰러뜨리는데 신재의 훈련 같은 건 필요 없었다. 상필의 위에 올라타 얼굴에 주먹을 꽂았다. 오른 주먹 한 방. *뭐야이새끼야내가널한번구해줬잖아.* 다시 오른 주먹. *말놓으면서다른사람들을하대할때부터알아봤다네가뭐라도된줄알아?* 왼 주먹. *너같은새끼는그냥그때뒈지게놔뒀어야하는건데.* 오른 주먹. *처웃지마네가말끝마다붙이는그웃음진짜재수없어웃다가뒈져버려라.* 왼쪽. 오른쪽. 왼쪽. 오른쪽— 우영의 주먹에 뜨끈하고 미끄러운 액이 흘렀다. 우영의 것은 아니었다. 상필의 것이었다. 우영 아래에 깔린 몸이 축 늘어졌다. 사이렌 소리가 가까워졌다. 뜨거운 물을 헤치며 구조대가 다가오는 기척이 들렸다. 비명, 경적, 호루라기 소리. 소리가 정신 차리라며 우영의 뺨을 때렸다. 우영은 다시 자신이 지켜야 하는 세상으로 돌아왔다.

"어쩔 수 없었어……."

우영이 곤죽이 된 상필 위에서 몸을 일으켰다. 펄처럼 피부에 달라붙는 당혹감을 닦아내듯 이마를 쓸었다.

"어쩔 수 없었어."

그대로 돌아서 뛰었다. 발목에 튀는 물이 뜨거웠지만 그걸 느낄 새조차 없었다.

월촌주공9단지 상가 1층 103B. 월촌반찬 유리문은 활짝 열려 있었다. 가게 안쪽에서 제니스 라디오 특유의 건조한 소리가 들렸다.

"……사장님?"

조리실 안쪽으로 다가섰다. 칼, 도마, 냄비, 찜기, 물, 기름, 그리고 손희성이 거기 있었다, 피 칠갑을 한 채로. 희성이 우영을 보고 얼굴을 씰룩였다. 웃는 건지 찡그리는 건지 구분이 안 되는 미소였다.

"자네가 먼저 올 줄 알았어."

"뭐예요? 어떻게 된 거예요?"

"알았어. 자네가 올 거라는 걸. 자네는 감각이 강하니까. 나는 늘 큰 신수와 강한 감각자를 원했지."

"어떻게 된 거냐고요!"

"열렸어. 봉해둔 이무기가…… 풀려났…… 누군가 봉인을 풀고 이무기를…….”

희성이 기침을 토했다. 숨에 피가 섞여 나왔다. 내뱉는 단어 하나, 문장 하나마다 피에 푹 젖어서 비린내를 풍겼다.

"됐어요. 말하지 마세요. 119…… 밖에 119가 와 있으니까…….”

"나는 감각자야. 이게 119로 될 일인지 정도는, 윽, 누구보다 내가 더 잘 알아. 그리고 어떻게 설명할 건가? 썹…… 봉인해 둔 이무기가 풀려나 사람들을 홀린다고? 그걸 막으려다 공격받았다고?”

[하하하…… 정말 재밌네요.]

와중에 조리대 안쪽을 지키고 앉은 제니스 600은 충실히 제 할 일을 했다. 우스운 농담이라도 들었는지 제니스 속 단잠지기가 웃었다. 아니면 우영과 희성의 대화를 엿듣고 있었던 걸까. 온통 정전인데 무슨 지랄로 저 라디오만 멀쩡한 걸까.

"이무기가 사람들을 오염시키고 있어. 이대로 놔두면 안 돼. 사람들…… 사람들이 죽고…… 불…… 월촌동이 터지고 불에 타던 모습…… 자네도 봤지?”

"말하지 마요! 이야기는 나중에 해요.”

"감각자가 더 있다고 했지. 내가 놓친 그 감각자……
큭…… 그가…… 여기 있어. 곧…….'"

희성은 우영의 말을 듣지 않고 제 할 말만 했다. 라디오도
제 할 말만 떠들어대며 마지막 멘트를 내보냈다.

['지나간 날들'을 테마로 한 오늘의 마지막 곡, 카펜터스의
'Yesterday once more'와 함께 지금까지 여러분의 단잠을 지
켜주는 친구, 단잠지기 인사드립니다. 잘 자요.]

상가 복도에 가벼운 발소리가 들렸다.

"……선생님!"

"신재구나. 신재가 왔어."

우영의 팔에 안겨 있던 희성이 힘겹게 고개를 돌려 신재의
목소리를 찾았다.

"신재야…… 나는 너무 피곤하구나."

희성의 눈빛이 탁하게 가라앉았다.

신재가 월촌반찬을 박차고 들어왔다. 그녀가 조리대를 건
너 타일 바닥에 발을 디디는 순간이었다. 손희성은, 한 세기 넘
게 감각자로 살아왔다는 월촌반찬의 늙은 주인장은,

"이제야 좀 쉬겠어……."

우영의 팔 안에서 가루가 되어 흩어졌다. 수명이 다했음에

도 꿈의 관성에 억지로 붙잡혀 있던 몸이 잘게 부서졌다. 중력을 받지 않는 것처럼 위로 날려 흩어졌다.

"선생님⋯⋯."

부유하며 떠오르는 가루. *샤랄랄라— 워우워우워어—* 카펜터스의 감미로운 노래. 신재가 피와 기름으로 얼룩진 바닥에 주저앉았다. 희뿌연 막이 신재의 동공을 덮었다가, 열었다가, 덮었다가, 다시 열었다. *내 모든 추억들이 다시 살아나 나를 울리네요⋯⋯* 캐런 카펜터의 목소리 사이 우영은 희성의 마지막 말을 들었다. 그건 굉장히 낮고 깊게 울리는 소리였다. 지하에서 울리는 것처럼. 땅속에 갇힌 바람이 자갈을 두드리는 것처럼.

그를 찾아.

우영이 뭐라고 대꾸하려 했을 땐 소리도, 희성도 흩어진 뒤였다.

16

"사망 세 명. 부상 스물한 명. 멀쩡하던 도로에서 끓는 물이 넘치고, 진짜 뭔 일이냐."

통합1팀 팀장이 씨근거렸다.

"CCTV며 블랙박스가 다 허옇게 찍혀서 보이지도 않더라."

수증기의 벽이 모든 것을 덮었다. 현장의 CCTV에는 뿌연 안개와 얼씬거리는 기척만 남았다. 상필을 죽도록 패던 우영의 모습도 증기에 덮였다. 증기가 빠져나간 우영의 마음에는 찜찜하고 지저분한 곰팡이가 남았다.

난리가 지나간 월촌동 도로는 진창이 되었다. 한 무리의 새 떼가 기분 나쁜 소리를 내면서 날아갔다. 그들이 싼 똥이 허옇게 바닥을 덧칠했다. 수챗구멍에서 끓는 물에 데어 죽은 쥐와 벌레 사체와 쓰레기가 떠올랐다. 멀끔해 보이던 도심이 무엇을 깔고 앉아 있었는지를 깨달은 사람들은 경악했다. 와중에 온수가 끊겨 열 시간 동안 따뜻한 물을 구경도 할 수 없었다. 급하게 열수송관을 이어 붙인 후에는 사흘 동안 녹물이 나왔다. 끓는 물이 청소하고 간 월촌동의 민낯이었다.

상필이 어떻게 되었는지 알아보는 건 어렵지 않았다. 그날 사상자 명단에 상필의 이름과 후송된 병원명이 올랐다. 상필이 월촌동에 돌고 있는 감염병 증상을 보인 탓에, 그가 누군가에게 죽도록 얻어맞았다는 사실은 어영부영 묻혔다. 우영은 상필이 입원한 병원을 찾았다. 이전에 와본 적 있는 병원이었다. 김태원 경장이 입원한 병원. 이제 그 병원은 월촌동에 유행하는 감염병 환자를 수용하는 거점 병원이 되어 있었다.

"깨어나면 몸부림을 치면서 의료진을 공격하려고 해서요."

간호사가 상필의 팔다리를 묶어둔 이유를 설명했다. 우영은 고개를 끄덕였다. 태원은 괜찮아졌을까. 아니면 그도 병세가 심해져 묶여 있을까. 얼마나 많은 사람들이 같은 증상으로 여기 있을까. 간호사가 자리를 비우자 상필과 우영 둘만 남았다. 진정제를 맞은 상필은 잠들어 있었다.

"어쩔 수 없었다는 거, 변명이었습니다."

우영은 의식이 없는 상필을 물끄러미 내려다보다 말했다.

"미안합니다. 내가……."

우영은 뭐라 덧붙여야 할지 몰라 한참을 머뭇거렸다. 그러

187

다 간신히 속을 긁어 말을 끄집어냈다.

"내가 어떻게 해볼게요. 뭐라도 해볼게요. 그때까지 조금만 버티세요."

희성은 꿈이 나침반이라고 했다. 태평양을 건널 때야 유용하겠지만 냉장고에서 반찬 통을 찾을 땐 쓸모가 없다고. 태평양이고 냉장고고 상관없으니까 어느 쪽이 맞는지 방향만이라도 일러주었으면 싶은데. 그걸 일러줄 희성은 이제 없다.

용뫼산 가건물은 무너졌다. 희성이 오랫동안 드린 치성은 그의 죽음과 함께 생을 다했다. 설이 뿌려놓은 잔꿈들도 끓는 물에 숨이 죽어 쓸려간 지 오래였다. '유치권 행사 중' 플래카드는 뜯겨 나갔고 그 위에 누군가 매직으로 '외월촌동 개새끼들이 열수송관을 터뜨렸다'라고 적어놓았다. 표지석은 두 동강 났다. 동강 난 표지석의 가운데 조각에 발자국이 나 있었다. 우영은 발자국을 물끄러미 바라보다 그 곁에 자신의 발을 대보았다. 한참을 그렇게 서 있던 우영이 돌아섰다. 가건물 문이 부서진 채 열려 있었다. 우영은 한쪽이 뜯어져서 덜렁거리는 철문을 당겨서 완전히 열었다.

내가 떠난 뒤에도, 저 위의 샘자리는 계속 꽉 닫혀 있어야 하네.

"어떡하죠, 사장님. 망한 것 같은데."

우영은 어둠에 잠긴 안쪽을 들여다보며 중얼거렸다. 순간 귓바퀴가 움찔했다. 우영이 화들짝 뒤를 돌았다. 1분이나 지났을까. 수풀이 흔들리며 기척이 보였다.

"아저씨."

설이 수풀을 헤치며 올라와 우영 곁에 섰다. 아이는 흘러내린 머리카락을 귀 뒤로 넘겨 꽂더니 잠시 감각을 느꼈다.

"아무것도 없어요. 정말로 풀려났나 봐요."

"이 안에 있었던 거 본 적 있어?"

"아니요. 여기는 할아버지가 관리했어요. 잔꿈을 뿌리러 온 적은 있지만 할아버지랑 같이 왔어요. 보여주시지 않았으니 본 적도 없고요."

"왜?"

"네?"

"궁금하지 않았어? 이무기가 어떤 모양인지, 어떻게 잠들어 있는지."

"이제야 궁금해요. 왜 그때는 궁금하지 않았을까요."

설이 더듬더듬 답했다.

"할아버지를 믿었으니까…… 그래서 궁금하지 않았나 봐요."

설이 감각자로 발현한 건 오래지 않았다. 오랜 기간은 아니었지만 그 시간 동안 설을 지켜주던 믿음의 장막이 가건물의 철문처럼 뜯겨 나가는 것이 느껴졌다.

"할아버지가 뭔가 나쁜 짓을 한 건가요?"

우영은 선뜻 답할 수 없었다.

"나도 모르겠다. 사장님이 너에게 나쁜 사람이었니?"

"아니요."

두 사람은 네 명의 감각자가 함께했던 날을 생각했다. 월촌 반찬 유리문에 '휴무' 안내판이 붙고, 속없는 이야기와 다정한 타박과 따뜻한 미소가 있던 저녁. 정답고 기껍고 맛있었던 자리. 그 자리의 주인장이 누구였지?

"처음 감각자가 되었을 때는 두억시니랑 싸우기만 하면 되는 줄 알았는데, 꿈이랑도 싸워야 하는 줄 몰랐어요. 나쁜 꿈이 전염되고 있는 거 맞죠? 전염병 같은 그 꿈에 감염되면 숙주가 되어 다른 사람들을 공격하게 되고요."

"그런 것 같다."

"우린 이제 어떻게 해요?"

설이 물었다. 아이의 입에서 나오는 '우리'라는 말이 애처 로웠다.

"우리는 감각자가 해야 할 일을 할 거야."

"하지만 신재 쌤이……."

"너희 선생님이 왜?"

두 사람 사이로 다시 한번 바람이 불었다. 다시 한번, 삿된

190

비웃음이 두 사람 사이 공간을 채웠다.

＊ ＊ ＊

신재는 마지막 짐 상자를 트렁크에 실었다. 졸업식 전부터 조금씩 옮겨놓은 덕에 짐은 단출했다. 남은 분필과 압정을 버릴까 고민하다가 결국 트렁크 속 짐 상자가 아닌 주머니에 집어넣었다.

"하신재 선생님."

머뭇거리며 교직원 주차장을 가로지르는 아이 둘은 어제 졸업식을 치른 졸업생이었다. 전염병 탓에 졸업생 절반이 불참하여 개교 이래 가장 황량한 졸업식이었다.

"다른 데로 가신다는 이야기 들었어요."

월촌동은 소문이 빠르다. 물도 바람도 말을 전하는 월촌동에서 10년 넘게 아이들을 가르친 신재가 떠난다는 소식이 퍼지지 않을 리 없었다.

"선생님 수업이 최고 재밌었는데. 제일 잘 가리켜주셨어요."

"'가리켜'가 아니라 '가르쳐'."

"으아, 죄송해요!"

신재가 미소 지었다. 두 아이는 신재의 눈치를 보더니 허리를 깊이 숙여 인사를 했다.

"그동안 정말 감사했어요. 건강하셔야 해요."

빈정거리는 기색이라고는 찾아볼 수 없는, 드물게 진심이
담긴 인사였다.

"너희들도."

두 아이를 눈에 담는 신재의 시선은 깊었고 대답은 짧았다.
대화는 그걸로 끝이었다. 아이들은 왔을 때처럼 쭈뼛쭈뼛 돌아
섰다. 진심을 담은 인사를 건네기는 했지만 신재는 어려운 어
른이었고, '첫사랑 이야기해 주세요'하고 장난을 칠 법한 선생
님은 결코 아니었으니까. 신재는 돌아서는 뒤통수를 빤히 쳐다
보다가 다시 아이들을 불렀다.

"너희들."

아이들이 신재를 돌아보았다.

"용뫼산 쪽으로는 가지 마. 뭔가 이상한 감이 들면 곧장 집
으로 가고. 그럴 땐 있는 힘껏 뛰어가야 해. 알았지?"

아이들이 어리둥절한 표정으로 고개를 끄덕였다. 그리고
무슨 감을 느끼기라도 했는지 집을 향해 뛰기 시작했다.

신재는 고개를 들고 마지막으로 학교를 훑었다. 내월초등
학교는 여느 학교처럼 아이들이 그 기를 빨아먹고 자랄 수 있
게 산을 등지고 서 있었다. 하필이면 그 산이 용뫼산이다. 용뫼
산 지하의 삿된 것들이 내려와 배를 채우기 딱 좋은 위치. 재작

192

년 여름에는 두억시니들이 떼로 나타나 아이들을 공격하기도 했었지. 그래도 설이 있었고 신재가 있었고 학교를 지키는 힘이 있었다. 본관 앞 화단을 지키고 있는 책 읽는 소녀. 운동장을 내려다보는 세종대왕 동상. 눈을 가늘게 뜨고 응시하면 가끔 책 읽는 소녀가 살그머니 턱을 들어 시선을 돌리는 모습을, 세종대왕이 슬쩍 자세를 바꾸며 무릎에 앉은 싸라기눈을 털어내는 모습을 볼 수 있었다. 그들과 오래도록 자리를 지키고 싶었다. 하지만 모든 일이 그렇듯 영원한 것은 없는 법이다.

신재가 트렁크 문을 닫았다. 그리고 말했다.

"거기, 나와요."

주차장 기둥 뒤에서 우영이 모습을 드러냈다.

"역시 감 좋으시네."

"뭐예요?"

"하신재 씨는 뭔데요?"

우영이 트렁크를 두드렸다.

"월촌동이 이 꼴이 되었는데 튄다고요?"

"갈 때가 되어서 가는 거예요."

"사장님 때문에 그래요? 사장님을 못 지켜서?"

"……."

"사장님은 알았을 거예요. 이렇게 될 걸 알고 나를 찾은 거라고요. 그날 사장님은 내가 올 줄 알았다고 하면서 웃었어요."

193

신재는 우영을 지나쳐 운전석 문을 열었다. 우영이 문을 붙잡았다.

"나도 좀 찾아봤어요. 남들 뒷조사하는 게 내 일이라서요."

"……."

"사장님이 남들보다 오래 산 거 알고 있었죠?"

"……."

"'남들보다'라고 말하기 민망할 정도네. 사장님이 자기 입으로 한 세기 넘게 감각자로 살았다고 했으니까. 자, 그러면 문제. 우리나라에서 주민등록제도가 시행된 건 언제일까."

"……."

"답은 1962년. 간첩 사건이 있은 후 감시와 통제를 강화하는 차원에서 시행되었죠. 그럼 다음 문제. 손희성 사장님의 주민등록번호는 뭘로 시작할까요? 혹시 알아요?"

"……."

"581122. 손희성은 1958년생이에요. 손희성의 주민등록번호는 진짜일까? 네, 진짜예요. 손희성은 1958년 11월 22일에 태어났어요. 중요한 건 손희성이라는 사람이 우리가 알고 있는 그 손희성이 맞냐는 거예요."

"……."

"죽음을 미룰 수 있을지 몰라도 피할 수는 없을 거라고 그랬죠? 하신재 씨가 틀렸어요. 사장님은 죽음을 피해 다녔어요.

아니, 감각자들은 원래 수명이 길다고 했나? 사장님이 나한테 그런 비슷한 말을 했는데. 감각자는 세상을 오래 본다고. 사장님은 몇 번이나 신분을 세탁했을 겁니다. 변사 사건 중 무연고 사망 처리가 되는 사건들이 있어요. 경찰에서 범죄 혐의가 없다는 것을 확인하면 뒷일은 지자체로 넘어가죠. 그런데 무연고 사망자의 사망 신고가 늦는 경우가 가끔 있거든요. 사실 상당히 많아요. 사장님이 그런 사망자를 찾아다녔을까요? 그 뛰어난 감을 이용해서?"

"……."

"어떻게 그럴 수 있었을까. 혹시 누군가의 꿈을 지키는 대가였을까. 다른 사람의 꿈을 요리해 주고 새로운 신분을 얻는, 거래의 대가. 파인 다이닝 레스토랑도 아닌 주공아파트 상가 반찬 가게에 유명인 사인이 그렇게 많이 붙어 있는 게 말이 돼요?"

"증거 있어요?"

"그 라디오. 제니스 트랜스 오셔닉 600."

우영은 몰아치듯 말을 이었다.

"사장님이 그랬잖아요. 사장님 때에, 그러니까 택시 운전사가 유니폼을 입고 브리사를 몰던 시절에 그걸로 단파를 잡아 미국 뉴스랑 팝송 채널을 들었다고. 브리사는 1974년부터 1981년까지 생산됐어요. 근데 그거 알아요? 우리나라에서 개

195

인의 단파 라디오 소유가 합법화된 건 1993년, 정권이 바뀌고부터예요. 그전까지는 불법이었어요. 단파 라디오는 북한에서 쏘는 라디오 전파를 수신할 수 있거든요. 가지고 있는 것만으로도 처벌받았죠. 1993년부터 개인이 단파 라디오를 가질 수 있게 되었지만 지금도 단파 라디오를 통해 들은 북한 방송을 발설하면 국가보안법에 걸려요. 단파는 그래요. 파장이 짧고 에너지가 높고 메시지는 은밀한 전파. 그리고 제니스 트랜스오셔닉 600은, 단파를 잡죠."

"……."

"앞뒤가 안 맞아요. 뒤를 봐주는 사람이 없었다면 그 시절에 단파 라디오로 미국 뉴스랑 팝송 채널을 듣는 건 불가능해요."

"……."

"사장님이 언제부터 반찬 가게를 했는지 찾아봤어요. 월촌반찬. 대표 손희성. 1993년에 사업자등록을 했고 점포는 대출 없이 사장님 명의로 되어 있어요. 1993년. 단파 라디오의 개인 소유가 합법화된 해죠. 우연이라기엔 기억할 만한 시퀀스가 있지 않아요? 사장님 명의로 된 부동산이랑 자산도 좀 찾아봤어요. 용뫼산 사당터 일대가 전부 사장님 명의로 되어 있더라고요. 게다가 그 가건물은……."

우영은 잠깐 말을 멈추고 숨을 골랐다.

"기타 서비스업, 업종코드 930909에 해당하는 점술업 사업장. 대표 민정희. 내 할머니 명의로 되어 있어요. 할머니는 나에게 감각을 넘긴 후 요양 병원 화재 사고로 돌아가셨는데."

"……."

"역술원을 처음 보았을 때 낯익다 싶었어요. 어릴 적 열에 달뜬 채로 본 할머니 집이랑 닮았거든."

"……."

"내 할머니는 감각자였어요. 손희성 사장님의 연인이었고요. 하지만 어떤 이유로 두 사람은 갈라섰고, 할머니는 세상을 떠났고, 손희성 사장님은 할머니의 신분과 기억을 저 사당터에 봉했죠. 미친 인간. 그 인간 때문에 내 할머니는 온전히 세상을 떠나지도 못했어요. 죽어도 죽은 게 아닌 게 되었다고요."

"……."

신재는 오래전 희성에게 했던 질문을 떠올렸다.

"왜 하필 반찬 가게예요?"

"이 늙은이 손끝이 꽤 확실하단 말이다. 손이 빠르고 야무져서 찬 만들기 그만이지."

희성이 고기 써는 칼을 집어 들며 답했다.

"그리고 꿈을 지키다 보면, 제삿밥 챙길 일이 많아지거든."

우영이 다시 물었다.

"눈치채고 있었죠? 그런데 알고 싶지 않았던 거죠?"

"......"

"전에 나한테 그랬잖아요. 감각자는 사랑을 하기 어렵다고. 이유를 물었더니 하신재 씨는 말을 돌렸어요. 그땐 너무 자연스러워서 눈치 못 챘는데, 이제 알겠어. 남보다 긴 수명. 계속 바뀌는 신분. 이중생활. 그런 비밀을 갖고 어떻게 사랑을 하겠어요."

신재가 대답 대신 눈을 깜빡였다. 흰 막이 신재의 눈동자를 감쌌다가 사라졌다.

"하지만 나는요, 하신재 씨, 그런 건 괜찮아요. 얼마 전까지는 내가, 시발, 진짜 병자 같았는데, 그게 아니라는 걸 알았으니까. 나랑 같은 사람이 있다는 걸 알았으니까. 나도 나를 이해할 수 없었는데 이제는 나를 좀 좋아할 수도 있을 것 같으니까, 그러니까 기왕 좋아하게 된 김에 영웅 노릇 한번 해보겠다고요."

"......"

"나는 이 나쁜 꿈을 막을 거예요. 하신재 씨는요?"

신재가 대답하지 않자 우영이 덧붙였다.

"하신재 씨 안 하면 나 혼자라도 할 거예요."

우영의 말에 신재가 결국 언성을 높였다.

"그쪽 혼자 어떻게 해요? 저 위에 있는 게, 선생님이 막으려고 했던 게 어떤 건지 알고 나서는 거예요?"

"그러는 하신재 씨는, 저 위에 있는 게 어떤 건지 알아요?"

"……."

신재가 운전석 문에서 우영의 손을 떼어냈다. 우영이 다시 문을 붙잡았다.

"봐요, 이거."

"대답하면요."

"놓으라고 했어요."

"대답부터 하라니까."

"지금 해보자는 거예요?"

"네. 해봐요, 한번."

"이우영 씨 나 못 이겨요."

"이기면요?"

이길 자신이 충만했다고 할 수는 없지만 우영은 절대 물러나지 않을 생각이었다. 신재가 차에서 한 걸음 떨어지더니 주머니에 손을 집어넣었다. 주머니 안쪽에서 딸깍, 플라스틱 통이 열리는 소리가 들렸다. 우영이 자세를 낮췄다. 두 사람 사이로 싸늘하고 건조한 바람이 불었다. 본관 앞 화단을 지키고 있는 책 읽는 소녀가 살그머니 턱을 들어 이쪽을 보는 게 느껴졌다. 세종대왕 동상이 슬쩍 자세를 바꾸며 무릎에 앉은 싸라기

눈을 털어내는 것도 느껴졌다. 신재가 주머니에서 손을 뺐다.

"여기 학교예요. 다 큰 어른들이 애들 학교에서 싸우면 안되지."

신재가 돌아섰다. 우영도 몸을 세웠다.

신재의 손에서 압정이 날아왔다. 압정이 매서운 기세로 바람을 가르며 우영의 미간을 향해 날아들었다. 순간 우영의 귀에, 눈에, 날아오는 압정이 멈춘 듯 선명하게 느껴졌다.

들렸다. 압정이 날아오며 만드는 공기의 흐름이 느리게 들렸다. 느리게 흐르던 공기는 우영 앞에서 아주 멈춰버렸다.

우영은 집게와 중지로 허공에 멈춰 선 압정을 잡았다. 우영의 손이 압정에 닿자 귀가 뻥 뚫리면서 세상이 원래의 속도를 되찾았다. 우영의 집게와 중지 사이에 끼워진 압정은 힘이 남는지 손가락 안에서 빙글빙글 돌았다. 우영은 그대로 압정을 되날렸다. 공기를 가르며 날아간 압정은 신재의 귓불을 스치고 운전석 쪽 사이드미러에 꽂혔다. 자동차 경보음이 요란하게 울렸다.

"아웃."

우영이 야구 심판처럼 주먹을 들어 보였다.

"전에 훈련하면서 그랬죠. 한 대라도 치면 인정한다고. 방금 내가 쳤어요."

"……."

200

"끝났다 싶을 때 한 번 더 들으라고 그랬잖아요. 방금 그렇게 했어요. 그런데 내가 할 수 있는 건 딱 이 정도예요."

"……."

"나 혼자서는 못 하겠죠. 하지만 혼자니까 어쩔 수 없다고 도망치는 건 싫어요. 이젠 도망치는 것도 못 하겠어."

우영이 고개를 들고 학교를 훑듯 돌아보았다. 까르르— 가벼운 웃음소리가 우영의 발목을 타고 올라와 귓가에 머물다 사라졌다. 화단과 운동장 쪽을 지키고 선 존재들이 우영에게 응원을 보내는 것 같았다.

"적어도 우리는 느낄 수 있잖아요. 그런데 그걸 느끼지도 못하는 사람들이 당하는 건 불공평한 것 같아."

—잡힌다. 김상필도.

의식을 잃은 채 누워 있던 상필을 떠올렸다. 우영은 결코 그를 좋아하지 않았다. 하지만 그에게 뭐라도 해보겠다 말했다. 뭐든 해보려면 신재가 필요했다.

"전에, 사장님과 내가 단둘이 월촌반찬에 있을 때요. 그때 사장님이 감각을 공유해 보여줬어요. 감각자들이 지키지 못한 월촌동이요. 폭발이 있었고, 월촌동이 폐허가 됐어요. 이무기를 막지 못하면 일어날 사고일 거예요. 나는 그걸 막고 싶어요.

하지만 나 혼자서는 못 해요. 우리가 필요해요."

"……내가 감각자로 발현했을 때,"

신재가 입을 열었다.

"선생님은 거기 먼저 와 있었어요."

신재의 꿈이 느껴졌다. 어린 신재가 갑자기 변한 자신의 시각에 혼란스러워하는 모습이 비쳤다. *너, 발현했구나.* 하는 목소리가 들렸다. 익숙한 목소리였다.

"내 친구가 죽었을 때도, 거기 선생님이 와 있었어요."

노인이 이제 막 발현한 감각자의 손을 잡는다. 어린 감각자의 손에 까슬까슬한 노인의 손이 닿는다. 노인이 아이를 위로한다. *네가 지키지 못한 그 친구가 자꾸 보이지? 네 감각이 남보다 뛰어나서 그렇다. 감각이 뛰어난 사람은 지킬 수 있거든. 지켜야 하거든. 자기 자신이든, 남이든, 세상이든. 그런데 지키지 못했으니 그게 널 따라다니는 거야. 감각은 책임감이 되고 책임감은 죄책감이 된다.* 아이가 고개를 들어 노인을 본다. *꼭 저 때문이라는 말처럼 들려요.* 노인이 아이를 잡은 손에 힘을 준다. *그래, 지키지 못한 것은 항상 그렇다. 악몽이 되어 지옥까지 따라붙지. 그러니 있는 힘껏 지켜야 한다.*

"내가 교사가 되었을 때도, 월촌동에 발령을 받을 때도."

월촌동은 중요한 곳이다. 감각자들이 지켜야 하는 땅이야.

"선생님은…… 계속 그 모습으로……."

"알고 싶지 않았어요?"

"알기 싫었어요."

신재가 우영을 보았다.

"나는 괜찮았으니까. 아이들도 괜찮고, 학교도 괜찮고, 퇴근하고 두억시니를 잡으러 다니는 것도 할 만했으니까. 그게 좋은 일이고 옳은 일이라고 믿었으니까. 선생님이 내 시야가 미치지 않는 곳에서 뭔가 잘못된 일을 하고 있다는 걸 어렴풋이 느끼고는 있었어요. 하지만 난 묻지 않았어요. 선생님의 이름과 직업이 바뀌어도 이유를 묻지 않았어요. 보려고 하지 않았어요. 모르면 안전하니까."

"나는 알고 싶어요. 이왕이면 하신재 씨랑, 우리 다 같이."

우영이 손을 내밀었다. 하지만 신재가 그 손을 맞잡지 않고 물끄러미 바라만 보자 민망해진 우영은 손을 거두며 헛기침을 했다.

"뭐…… 일단은 우리 저 위에 있는 걸 막아요."

"일단은……."

신재가 고개를 까딱해 보이더니 자동차 경보음을 껐다.

"내 차부터 어떻게 해야겠죠. 이거 어떡할 거예요?"

17

숨 막힌다.

신재, 설과 함께 가건물 안에 들어선 우영은 생각했다. 깊은 물속에 들어온 듯 귀가 먹먹했다. 무너진 가건물은 전처럼 손님의 꿈을 읽고 모양을 바꾸지 못했다. 사당은 선득한 민낯으로 손님을 맞았다. 새끼줄이 장신구처럼 늘어졌고 접히고 꼬인 종이들이 곳곳에 매달려 있었다. 우영이 종이를 만지려고 손을 뻗자 신재가 고개를 저었다.

"시데(紙垂)는 건드리지 마세요."

열린 문틈으로 느른한 달빛이 침범했다. 어둠 속에 침전해 있던 풍경이 드러났다. 벽마다 빼곡하게 한자어 주술이 문신처럼 새겨져 있었다. 그것만으로는 부족했던지 그 위에 부적이 몇 겹이고 붙어 있었고. 주술과 부적 위의 자국들이 기괴함을 더했다. 손톱과 발톱으로 할퀴고, 이빨로 물어뜯고, 손과 발로 두드린 흔적들. 벽을 긁는 소리가 들리는 것 같아 우영은 반사적으로 귀를 막으며 뒤로 물러섰다. 뒷걸음질 치던 우영의 발에 뭔가가 바삭, 소리를 내며 부서졌다. 작은 동물의 뼈였다. 잉어, 쥐, 그리고…… 개? 이 안에 있던 뭔가가 포식한 흔적이었다. 아니, 포식이 아닐 테지. 배가 차지 않았을 테지. 그러니 기어코 밖으로 나간 거고. 우습게도 이 안에 갇혀 굶주렸을 그것이 조금 안쓰러워졌다.

희성은 가건물 안에 통로가 있다고 했다. 하지만 통로 같은 건 보이지 않았다. 사방이 주술과 부적으로 가득한 벽이고 바닥이었다. 베니어합판으로 된 바닥이 비명을 지르듯 삐걱거렸다. 끼익— 끼익— 끼이익— 텅. 우영은 소리가 다른 지점에서 발을 멈췄다. 발을 굴렀다. 텅, 텅, 울리는 소리가 났다.

합판을 걷어내자 바닥 아래 깊은 구멍이 드러났다.

"세상에. 건물 아래에 이 정도 구멍이 있었다고요?"

"우물……."

신재가 말했다. 그제야 우영은 가건물이 원래 어떤 자리였는지를 기억해 냈다.

'……월촌동 사람들은 용뫼산 우물에서 샘굿을 했으며 정월 보름에 우물고사를 지냈다. 제사를 모신 사당은 일제강점기 미신 타파 운동으로 흘렸고 우물은 1980년대 중반까지 남아 있었으나 마을 개발 공사 때 메워져 지금은 그 터만 남았다.'

"사실은 메워지지 않은 거군요."

그렇게 말하며 우영은 아래를 내려다보았다. 우물이라면 얼마나 깊을까. 어둠에 잠긴 우물은 끝이 보이지 않았다. 귀를 기울였다. 통로에 갇힌 바람이 벽을 긁는 소리가 들렸다.

"혼자 갈 생각은 하지 마요. 우리라고 했잖아요. 나랑 같이 가는 거예요."

신재가 우영의 손목을 붙잡았다. 우영은 신재에게 잡힌 손목을 부드럽게 빼냈다.

"내가 못 하면 그땐 신재 씨 차례예요."

"하지만……."

"설이도 있잖아요. 설이 혼자 기다리게 할 생각은 아니죠?"

우영은 합판 조각을 깔고 앉은 채 한 발을 어둠 속으로 집어넣었다.

"난 준비 됐어요. 두 사람은요?"

신재가 마지못해 고개를 끄덕였다. 설은 타포린 백에 넣어 온 경유와 라이터를 들어 보였다.

"그럼 나가서 엄호해 줘요."

두 팀으로 나누어서 한 팀이 내려가 있는 동안 남은 한 팀이 사당터와 가건물을 지킨다. 두억시니 떼나, 그보다 더한 것이 나타나면 사당터에 불을 지르고 있는 힘껏 반대쪽으로 튄다. 문제는 누가 들어가고 누가 남느냐는 건데……. 희성이 있었다면 신재와 우영이 내려가고 설이를 희성과 남겼겠지만 이젠 희성이 없다. 호기롭게 혼자 가겠다고는 했지만 역시 미적거리게 되었다. 감각자가 하나 더 있다면 좋았을 텐데. 감각자라고 불린 이래 처음으로 우영은 제 파트너가 그리워졌다. 대신 칼을 맞아줄 친구. 혹시라도 사당터에 불을 질러야 한다면 혼자 불에 타서 죽는 것보다 누구랑 같이 타 죽고 싶었다.

"그럴 일이 없기를 바라야지."

꿈과 운과 가능성이 제 편에 서주기를 바라며, 우영은 심호흡을 했다. 폐에 공기를 가득 채웠다가 길게 뱉어냈다. 뱉어내는 숨에 잡념도 함께 흩어지도록. 첫 한숨에 우영을 괴롭힌 삿된 것들, 다음 한숨에 불신, 그리고 마지막 한숨에 두려움까지. 그렇게 모두 뱉어낸 우영은 망설이지 않았다. 구멍으로 뛰어들었다. 일단 뛰어들자 중력이 작용하듯 배꼽이 당겨지면서 의지와 상관없이 빨려 들어갔다. 꿈이라는 게 다 그렇듯.

＊ ＊ ＊

강한 충격과 함께 우영은 엉덩이로 지면을 확인했다. 영겁

같던 낙하는 일말의 예고도 없는 몸빵과 함께 끝났다. 우영은 욱신거리는 뒤를 털고 자리에서 일어났다. 아무것도 보이지 않았다.

귀를 기울였다. 어둠에는 보이지 않아도 한계가 있을 터였다. 반향을 만들어 그 한계를 듣고 찾아야 했다. 발을 구르자 텅— 하는 소리가 바닥에 반사돼 튀어 올랐다.

텅······

텅······

텅······

우영이 소리를 보내자 벽이 대답했다. 벽과 바닥에 부딪혀 반사된 소리가 우영의 귓속에 지형을 그렸다.

텅······ 긁긁······ 텅······ 긁긁긁긁······

어디선가 벽을 긁는 소리가 났다. 우영은 무릎을 굽히고 몸을 수그렸다. 소리가 점점 가까워지더니 우영의 바로 뒤꼭지까지 다가왔다. 비린내가 훅 끼쳤다. 눈을 가늘게 뜨자 어둠에 익은 시야에 그것들의 형체가 희끗희끗 비쳤다. 한 떼의 두억시니들.

두억시니는 바로 앞에 있는 우영을 느끼지 못하는 것 같았다. 오직 소리만 듣고 찾아와 웅성거릴 뿐이었다.

—너희들, 눈이 어둡구나.

우영은 숨을 죽이고 어둠 속에 몸을 수그렸다. 가만히 멈춘 채 놈들이 지나가길 바랐다. 하지만 녀석들은 우영의 바람대로 움직여 주지 않았다. 고개를 두리번거리고 주억거리고 갉갉 소리를 내면서 우영 곁에서 더 큰 무리를 이루었다. 우영의 등에서 식은땀이 배어났다. 쿰쿰한 땀 냄새와 비린내가 우영을 감쌌다. *가, 제발 가. 가라고.* 두억시니가 코를 벌름거렸다. 그제야 우영은 깨달았다. *저놈들은 소리를 듣고 냄새를 맡는구나. 내 소리를 듣고 찾아와 내 두려움의 냄새를 맡고 있어.*

놈들을 뚫고 지나가야 했다. 하지만 어떻게?

우영이 바닥을 더듬어 자갈을 집어 들었다. 자갈을 잡은 손이 가늘게 떨렸다. 자갈을 쥐지 않은 손으로 얼굴을 한 번 쓸며 마른세수를 했다. 비린내가 더 심해졌다. 갉갉거리는 소음이 멎었다. 저편에서 두억시니들이 우영의 기척을 살피는 게 느껴졌다. 언제라도 공격할 것처럼. 우영은 손안의 자갈을 맞은편 벽을 향해 집어 던졌다. 깡! 자갈이 경쾌한 소리를 내며 벽에 부딪혔다. 그러자,

갉갉갉갉갉갉갉—

갉갉갉갉—

갉갉갉—

소음이 두세 배로 몸을 불렸다. 소음과 함께 잉걸불 같은 점들이 움직였다. 두 점, 네 점, 여섯 점, 무수히 많은 점, 점, 점……. 두억시니들이 눈을 번득이며 소리가 나는 쪽으로 달려

갔다.

우영은 바닥을 짚고 일어나 반대 방향으로 뛰었다. 뛰면서 귀를 기울였다. 벽에 부딪힌 발소리가 우영의 고막을 두드렸다. 발소리 때문에 귀로 그리는 지도가 자꾸 흩어졌다. 기껏 동굴의 지형을 머릿속에 그리면 발소리가 쏟아진 잉크의 얼룩처럼 지도를 망쳤다. 잉크가 번진 지도 한 귀퉁이에서…… 물소리가 들렸다. 아슴아슴한 빛도 비쳤다. 빛과 소리를 향해 달렸다. 나갈 수 있다! 나갈 수 있어! 나갈 수……

……없다.

우영이 멈춰 섰다. 깊이 고인 물이 앞을 가로막고 있었다. 진짜 우물이었다. 물은 은색, 보라색, 회색, 노란색, 갖가지 색을 빛내며 잔잔히 소용돌이를 쳤다. 보고 있으면 묘하게 불쾌한 감각 속으로 빨려 들어가는 윤슬이었다. 우영은 무릎을 굽혀 물의 깊이를 재듯 손을 담갔다. 그러자 이빨이 달린 듯 물이 철썩 달라붙으며 우영의 손을 악물었다.

"헉……."

우영은 숨을 토하며 손을 빼냈다. 차갑다 못해 시린 물이 피부를 넘어 뼛속까지 한기를 전했다. 한기와 함께 소리들이 우영의 뼈를 타고 두개골을 울렸다.

'내가 얼마나 애를 썼는데.'

'너네 집안의 무당 피가…….'

211

'거기 가만히 서서 들어라. 어딜 가는 거냐? 내 말 아직 안 끝났다!'

'우영아, 안 들리지? 이상한 소리 안 들리지?'

'도와줘.'

물은 아쉽다는 것처럼 마지막의 마지막까지 우영의 피부에 눌어붙어 있다가 떨어졌다. 우물에 고인 것은 꿈이었다. 꿈 중에도 가장 끔찍한 악몽이 거기 고인 채 익사시킬 것을 찾아 소용돌이치고 있었다. 우영은 언젠가 희성이 했던 말을 떠올렸다. 그대가 심연을 들여다보면 심연은…… 뭐? 개처럼 그대의 손을 물어뜯을 거라고 했던가?

'거기 가만히 서서 들어라.'

물이 말했다. 고인 물에 어린 우영의 상이 비쳤다. 앳된 우영 뒤로 아버지가 보였다. 우물 속, 세월의 더께 아래서 묵고 발효된 아버지는 더 크고 더 애잔하고 더 슬프고 더 화가 난 것처럼 보였다.

'너는 왜 남들 같지 않은 거냐. 왜!'

"그러게요. 저도 늘 그 이유를 알고 싶었는데."

우영이 고개를 들었다. 우물천장의 손바닥만 한 구멍 사이로 밧줄 하나가 늘어져 있었다. 밧줄 중간중간에 신재가 '시데' 라 부른 종잇조각도 보였다.

갉갉갉갉갉 —

뒤쪽으로 두억시니 소리가 들렸다. 우영은 뒤를 한 번 돌아보고 다시 위를 보았다. 희미한 별빛이 밧줄과 덮개 사이 좁은 공간을 파고들었다. 동굴 속 어둠에 비하면 밝았지만 바깥도 밤이었다. 위는 길잡이 없는 밤, 아래는 두려움이 가득한 악몽.

생각해 보면 늘 그랬다. 나아갈 길에는 길잡이가 없었고 지나온 길에는 두려움과 후회만 남았다. 그럼에도 우영은 나아갔다. 그냥 그런 것이다, 그런 거다, 하면서.

지금도 그렇다. 우영은 한탄이 아닌 행동을 해야 했다. 그게 우영이 살아온 방식이니까. 하지만 이제 마냥 두렵지만은 않았다. 믿어주는 사람이 있고 붙잡을 만한 이름이 생겼다. 우리라지 않는가. 감각자라지 않는가. 그 이름이 만드는 울림이 얼마나 듣기가 좋았던지 우영은 기억했다. 그 울림 하나에 목숨을 걸어도 될 것 같았다.

손바닥으로 우물 벽을 짚었다. 흙을 다져 만든 듯한 우물 벽에 짚고 올라갈 만한 것은 보이지 않았다. 우영은 천장에서 늘어뜨려진 밧줄을 보았다. 밧줄…… 저 밧줄은 얼마나 튼튼할까. 종잇조각을 달아놓은 것을 보니 금줄 같기도 했다. 타고 올라올 생각일랑 말라는, 출입을 금하는 줄. 금줄이 얼마나 무게를 버텨줄까.

갉갉갉갉— 이제 소리는 거의 우영의 뒤통수까지 다가왔다. 두려움이 뱀처럼 고개를 쳐들었고 잡념은 나긋나긋 속삭였다.

'도와줘.'

폐가에서 손을 내밀던 아이가 우영의 발목에 달라붙었다.

'우영아, 안 들리지?'

어머니가 우영의 어깨를 쓰다듬었다.

'도와줘.'

'안 들리지?'

'도와줘.'

'안 들리지?'

"아니요. 들려요."

'거기 가만히 서서 들어라. 어딜 가는 거냐?'

아버지가 호통을 쳤다.

"죄송해요, 아버지. 꿈꾸던 아들이 되지 못해서."

우영은 땅을 박차며 뛰어올랐다. 두 손으로 줄을 붙잡았다. 밧줄이 엄지와 중지 위에 난 점을 파고들었다.

이럴 줄 알았으면 평소에 운동도 더 하고 담배도 끊는 거였는데.

우영의 몸무게는 79kg. 이 줄이 그 정도 무게를 버텨줄까.

순간, 우영의 손바닥 아래에서 밧줄이 더 팽팽하게 당겨졌다. 두억시니 한 마리가 뛰어올라 억센 턱으로 밧줄을 물고 늘어졌다.

……두억시니는 몇 kg 이지? 꿈속의 괴물이면 무게가 없어야 하는 거 아닌가? 꿈에서 가위에 눌렸다는 사람들이 왜 그렇게 몸이 무거웠다고 하는지 알 것 같았다. 새끼줄의 거친 표면에 쓸린 손바닥이 아렸다. 다시 한번 훅 무게감이 덮치며 밧줄이 아래로 더 당겨졌다. 두 번째 두억시니가 뛰어올라 밧줄을 물었다. 세 번째 두억시니도. 네 번째…….

우영과 두억시니가 한 줄로 길게 허공에 늘어졌다. 발바닥에서 한 뼘 남짓 떨어진 곳에서 두억시니가 입을 벌렸다. 비릿하고 축축한 입김이 우영의 이마까지 훅 끼쳤다. 우영의 몸놀림을 따라 새끼줄이 아슬아슬하게 흔들렸다. 저 위, 새끼줄이 맞닿은 우물 벽에서 흙덩이가 떨어져 우영의 이마와 코 위로 쏟아졌다. 두억시니가 우영의 외근화 바로 아래까지 기어올랐다. 끼익—끽, 새끼줄이 우물 벽을 긁는 소리. 갏—갏, 두억시니가 으르렁거리는 소리. 우영의 어깨와 손목에 힘이 들어가며 혈관이 툭 불거졌다. 조금만 더. 조금만 더. 우물의 끝이 잡힐 듯 가까워졌다. 우영이 오른손을 뻗었다. 우물을 막고 있는 덮개와 밧줄 사이 조그마한 공간으로. 덮개의 모서리가 날카롭게 우영의 손등을 파고들었다. 몸무게를 지탱하는 왼손이 죽겠다

215

며 비명을 지르는 것 같았다. 끼이이이익— 새끼줄에 매달려 있던 네 마리의 두억시니가 길게 울었다. 조금만 더. 조금만— 새끼줄이 툭, 끊어졌다. 바닥으로 쑥 꺼지는 기분이었다. 우영은 이를 악물고 몸을 우물 벽에 붙였다. 흙더미가 우수수 우영의 몸으로 떨어졌다. 두억시니 네 마리가 새끼줄과 함께 우물에 빠졌다. 묵직한 소리가 우물 벽을 울렸다. 물이 빙글빙글 돌았다. 캬아아악— 두억시니가 소름 끼치는 비명을 질렀다. 우물에 고인 악몽이 강한 산처럼 두억시니를 녹였다. 두억시니는 그 거죽처럼 검고 비릿한 물이 되더니 이내 깊은 악몽에 섞여 투명해졌다.

"하아……."

우영은 눈을 감고 배에 바짝 힘을 주었다. 우물 모서리를 붙잡은 오른손이 하얗게 질렸다. 우영은 말 그대로 젖 먹던 힘까지 끌어내어 왼쪽 어깨를 끌어올렸다. 그리고 머리 위를 막고 있는 덮개를 밀었다. 덮개의 무게가 상당한지 우물과 판의 사이가 잠깐 벌어졌다가 다시 닫혔다. 우영이 주먹을 휘둘렀다. 덮개는 쇠로 만든 벽 같았다.

'쇠로 만든 방이 있네. 절대 부술 수도 없어…….'

전완근이 팽팽하게 날을 세웠다. 우영이 다시 한번 주먹을 휘둘렀다. 쫘직— 소리와 함께 덮개가 갈라졌다. 또 한 번. 다시 한번.

밤하늘이 환하게 열렸다. 우영은 몸 전체를 우물 모서리로 붙이면서 무릎을 위로 올렸다. 두 동강 난 덮개에 정강이가 쓸렸지만 하나도 아프지 않았다. 마침내 오른쪽 발이 단단한 땅에 닿았다. 숨과 소리와 공기의 결이 달라졌다. 우영은 우물 모서리에 상체를 축 늘어뜨렸다. 그리고 피식피식 웃었다.

　─깼다.

입은 웃는데 눈가는 뜨거웠다. 눈물이 줄줄 흘렀다. 우영은 손으로 눈을 가린 채 한숨을 섞어가며 웃었다. 손등에 뜨끈뜨끈 열이 올랐다. 우물을 넘어오며 감각을 너무 많이 써버린 것 같았다. 우영은 한참을 우물 모서리에 기댄 채 늘어져 있었다. 그렇게 누워 있다 겨우, 물먹은 이불 같은 몸을 일으켜 세웠다.

"하신재 씨, 봤어요? 내 전완근 끝내준다고 했지."

우영은 헛소리를 중얼대며 우물에서 완전히 빠져나왔다. 정신을 차린 우영이 주변을 둘러보았다. 우영을 막고 있었던 건 고작 베니어합판이었다. 가건물 바닥재와 같은 패널이라 발로 한 번 세게 구르면 금이 갈 소재의 합판 위에 덕지덕지 부적이 붙어 있었다. 절대 부술 수 없는 벽 같았는데 깨고 보니 별것 아니었다. 두려움이라는 게 다 그렇듯.

우물에서 완전히 발을 빼다가 그만 고꾸라질 뻔했다. 우물 주변에 누군가 밧줄을 두르고 그 밑에 명태와 탁주를 놔두었다. 아까 우영이 타고 올라온 밧줄처럼, 중간중간 시데가 달린 금줄이었다. 우영은 줄을 발로 차서 걷어냈다. 그리고 어두운 밤의 세계로 걸어 들어갔다.

18

우거진 수풀을 헤치고 나오자 소리가 들렸다. 우영도 아는 하천의 소리였다. 지하철 경찰로 일하던 시절 몇 번이나 지하철 차창 너머로 바라보았던, 몇 번은 시신을 건져 올리기도 했던, 월천.

가까이 다가가자 월천이 우는 소리가 또렷하게 들렸다.

싸아아아아아…… 싸아아아아…… 쉬쉬쉬쉬쉬…….

우영도 느낄 수 있었다. 월천은 지금 기분이 좋지 않았다.

달이 환하다 못해 시렸다. 시린 달빛을 머금은 월천에 사람들이 있었다. 누군가는 월천변 둑방에, 누군가는 월천 안에. 월천 안에 발을 담그고 선 사람들이 겁에 질린 얼굴로 둑방을 올려다보았다.

"제발……."

그중 한 남자가 말했다.

"제발 올라가게 해주십시오. 제 아들은 겨우 여덟 살입니다. 이제 막 설을 지나서 보름입니다. 올해 학교에 들어가는데⋯⋯."

남자 곁에 서 있던 조그만 아이가 남자의 허벅지 뒤로 몸을 숨겼다. 그러자 이번엔 남자 뒤쪽에 있던 여인이 말했다.

"나가게 해주세요! 빚은 무슨 수를 써서라도 갚겠습니다!"

"목숨 걸고 갚겠습니다!"

"내보내 주십시오!"

"올라가게 해주세요!"

월천에 발을 담그고 선 사람들이 조금씩 앞으로 움직였다. 그러자 둑방에 서 있던 장대를 든 사내들이 한 발 앞으로 나섰다. 월천에 발을 담그고 선 사람들이 멈칫했다. 그들은 그렇게 대치해 섰다.

"무슨 일입니까?"

우영이 장대를 든 사내에게 물었다. 사내는 답하지 않았다. 사내 뒤에서 인기척이 났다. 우영이 뒤를 돌아보았다.

희성이었다. 월촌반찬 조리대 너머에서 우영을 바라보며 '우리'라고 칭했던 그이.

"사장님."

우영이 희성을 불렀다. 희성은 우영을 아는 체하지 않았다.

우영을 처다보지도 않았다. 그러더니,

"사장…… 님?"

우영을 통과해 나아갔다.

우영은 당혹스러운 얼굴로 희성을 바라보았다. 희성이 통과한 순간 섬찟한 감각이 돌았다. 그뿐, 사람이라면 마땅히 가져야 할 양감 같은 건 없었다.

"싸워라."

희성이 말했다.

"이장님…… 올라가게 해주십시오."

"어차피 쓰레기처럼 버려질 이름, 재가 되어 사라질 몸. 흩어질 바에는 세상에 보시하는 게 너희에게도 좋은 일. 너희 중 가장 좋은 것을 염매로 삼아 올라오게 하겠다. 그러니 한 명이 남을 때까지 싸워라."

"이장님…….."

"마지막 하나 남은 염은 올라올 수 있다. 한 명이 남을 때까지 서로 죽여라."

월천에 발을 담근 사람들이 주춤거렸다. 희성을 둘러싼 사내들이 언제라도 공격할 태세로 장대를 고쳐 쥐었다. 다시 보니 장대가 아니라 끝을 날카롭게 벼린 죽창이었다. 우영은 고개를 돌려 눈앞의 월천, 그리고 월천에 발을 담근 사람들을 내려다보았다. 아버지의 허벅지 뒤에 몸을 숨긴 아이가 빼꼼 고

221

개를 내밀었다. 아이와 우영의 눈이 마주쳤다. 아이는 우영을 물끄러미 바라보다가…… 손을 흔들었다. 우영이 뒤를 돌아보았다. 우영의 뒤에 선 사내는 죽창을 들고 탁한 눈으로 월천 너머를 바라보고 있을 뿐이었다. 우영이 다시 고개를 돌렸다. 아이는 여전히 우영을 향해 손을 흔들고 있었다. 천진한 시선이 우영에게 아프게 꽂혔다. 그 순간, 월천에 선 사람들 사이에서 소란이 일었다.

"야이 씹, 어차피 죽을 거……."

월천에 발을 담근 사람 중 하나가 단전에서부터 올라오는 소리를 지르며 곁에 선 사람에게 달려들었다. 그리고 그를 넘어뜨리고 위에 올라탔다. 몇 번의 주먹질이 오갔다. 주변의 사람들은 말리지도 끼어들지도 못한 채 엉거주춤 바라만 보았다. 밑에 깔린 남자가 월천 바닥을 더듬었다. 그러고는 바닥을 더듬던 손을 꽉 쥐고 휘둘렀다. 위에 올라탄 사람이 그 주먹에 맞고 쓰러졌다. 쓰러진 자의 이마에서 피가 터졌다. 아래에 깔렸던 사람이 몸을 일으켰다. 남자의 주먹에, 월천 바닥 물살에 다듬어져 반질반질한 짱돌이 들려 있었다. 돌멩이에 묻은 검붉은 것이 달빛을 받아 빛났다. 그가 돌을 쥐지 않은 손을 들어 입술을 닦았다. 피가 배어났다. 손등에 밴 자신의 피를 본 남자의 눈이 깊게 가라앉았다. 구름이 고요하게 흘렀다. 구름에 가린 달 그림자 아래 그는 살아 있는 악귀처럼 보였다. 그가 짱돌을 휘

두르며, 이번에는 아버지의 허벅지 뒤에 숨은 아이에게 달려들었다. '올라가게 해달라'며 이장에게 빌었던 아이의 아비가 돌을 쥔 남자를 발로 차냈다. 아이의 아비는 쓰러진 남자의 뒤통수를 손으로 짓눌렀고, 머리통이 물에 잠긴 남자는 팔다리로 숨을 쉬는 것처럼 사지를 허우적거렸다. 그때, 이번에는 아이의 뒤에 서 있던 여인이 곁에 선 노인에게 달려들었다. 그리고 목덜미를 물어뜯었다.

구름이 병풍처럼 달을 가린 밤, 월천은 거대한 살육장이 되었다.

"사장님, 지금 뭐 하는 겁니까? 왜 저러는 거예요? 멈춰…… 멈춰야……. 저들을 말려야지."

희성은 대답하지 않았다.

"이봐요, 왜 다들 보고만 있어? 이봐요!"

우영이 죽창을 쥔 사내의 어깨를 붙잡았다. 붙잡으려 했다. 하지만 우영의 손은 사내의 어깨를 그냥 통과해 지나갔다. 다시 한번 섬찟한 감각. 우영은 사람을 통과해 지나친 자신의 손을 내려다보았다. 손이 옅었다. 옅고 묽은 손 아래 월천 변 흙이 그대로 비쳤다. 살아 있는 기체가 된 것 같았다.

우영이 다시 주위를 훑었다.

눈앞의 희성이 낯설었다. 분명 우영이 아는 그 희성인데 희성이 아니었다.

당신 누구야. 나를 우리라고 부르면서 방금 만든 반찬을 권하던 사람은 어디 갔어. 누군데 그 낯을 하고 이 난장을 벌이는 거야.

우영은 눈앞의 희성과 희성을 둘러싼 사람들을 보았다.

괴물은 다른 게 아니라……

우영이 어금니를 꽉 깨물었다. 그리고 월천을 향해 뛰어 내려갔다. 죽창을 쥔 사람들을 통과해 가면서. 월천에 다다른 우영은 정신없이 주위를 두리번거렸다. 그리고 아이를 찾아냈다. 아이는 제 아비의 피를 뒤집어쓴 채 멍하니 서 있었다. 아이의 팔을 붙잡았다. 통과할 줄 알았는데— 잡혔다. 아이를 붙잡는 순간 우영은 기체가 아닌 탄력 있는 근육과 단단한 뼈를 가진 몸이 되었다. 양감이 돌아온 몸은 통각도 되찾았다. 통증이 온몸을 강타했다. 전기에 감전된 듯 찌릿했다. 등골을 타고 전해지는 섬찟한 감각. 삐— 하는 이명이 골을 울렸다. 고막이 팽팽하게 당겨지고 눈물샘이 뜨겁게 달아올랐다. 밀려오는 감각을 버티지 못한 우영이 아이의 팔을 놓친 순간— 누군가 아이의 머리를 내리쳤다. 아이의 머리통이 수박처럼 깨졌다. 우영의 이마와 뺨에 뜨끈한 피가 튀었다. 그리고 우영은 다시 기체로 돌아갔다. 사람들은 우영의 몸을 통과해 가며 물어뜯고 때리며 서로를 죽였다.

구름이 가시며 달이 다시 모습을 드러냈다. 물비늘이 불꽃처럼 반짝였다. 달 아래 불보라 같은 물이 천천히 가라앉았다. 차갑게 흐르는 불 속에 선 인영은 하나뿐이었다. 무슨 수를 써서라도 빚을 갚겠다던 여인. 머리는 산발을 했고 뺨과 목덜미에 생채기가 났다. 입고 있는 옷의 앞섶이 다 찢겨나가 가슴이 드러났다. 귀는 뜯겨 나가고 없었다. 지옥에서 돌아온 꼴을 한 여인의 눈은 막대기로 휘저은 흙탕물처럼 탁했다. 이장을 지키고 섰던 사내 중 하나가 죽창을 내렸다. 그리고 여인에게 다가갔다. 여인을 잡아주려는 듯 손을 내미는데…… 여인이 무서운 힘으로 그 손을 잡아챘다. 그리고 사내의 목덜미를 물어뜯었다.

"아! 야! 야! 놔! 놔! 아파! 놔, 이 미친년아!"

목덜미를 물어뜯긴 사내가 비명을 질렀다. 우영도 익히 아는 소리였다. 월촌역에서 이미 그런 비명 삼중창을 듣지 않았던가.

"염이 잘 뱄구먼."

희성이 옅게 미소 지었다. 그러자 죽창을 든 사내들이 우르르 달려가 여인을 떼어냈다. 그리고 그녀의 입에 재갈을 물리고, 두 팔을 결박했다.

"두 사람은 염매를 데리고 가라. 나머지는 염이 못 된 것들을 정리해 버리고. 너희 둘, 부정 타지 않게 염매에게 말을 걸거나 희롱하지 마라. 염매를 넣은 창고에 금줄을 두르고 부적을 붙여라. 탁주와 명태, 담배를 준비하고."

희성이 말했다.

염매……. 우영은 희성이 말한 그 단어를 입안에서 굴려 맛보듯 되씹어 발음해 보았다. 염매. 염. 그게 뭐지?

사내들이 결박한 여인을 끌고 갔다. 쓸모를 잃어버린 여인의 두 발이 그림자와 함께 바닥에 질질 끌렸다. 피를 머금은 월천의 물, 그 비린내가 여인의 궤적을 따라 자취를 그렸다. 우영은 그 물 자국을 따라, 여인과 사내들을 따라 걸었다.

"……누가 지나간 것 같은데?"

여인을 붙잡은 사내 중 하나가 말했다.

"지나가긴 누가 지나가."

"저기. 우물에 금줄이 걷어졌잖아. 제물도 흩어졌고."

"삵이라도 지나갔나. 들고양이나."

다른 사내가 우영이 우물을 기어 나오며 발로 찬 흔적을 정리했다. 저들이 자신을 보지 못한다는 걸 알면서도 우영은 수풀 사이에 몸을 숨긴 채 어깨를 수그렸다.

"나는 이 우물이 기분 나빠."

우물을 정리하던 사내가 말했다.

"그래도 한때 사람이었던 것을 이렇게 쏟아 버려도 되는 건가.”

“사람이 뭐. 세상 흔한 것이 사람인데.”

“염매가 못 된 것들을 버려본 적 있어?”

“있지.”

서늘한 바람이 불었다. 우물 안쪽에서 낮게 웅웅대는 소리
가 났다.

“들려? 저 소리.”

“아무 소리도 안 들려.”

“들어봐, 좀.”

“아무 소리도 안 들린다니까!”

“우물이 우는 소리가 안 들려? 저 우물은 일없이 혼자 운다
고. 내가 그것들을 쏟아 버릴 때도 저렇게 울었어.”

“뒈진 것들이 울기는 어떻게 울어. 다음에는 입을 꿰매서
버릴까? 울지 말라고.”

개새끼들.

대화를 듣던 우영이 나직하게 욕을 했다. 순간 두 사람이 우
영의 욕지거리를 들은 듯 말을 멈췄다. 바람이 우영과 두 사람
의 사이를 휩쓸고 지나갔다. 한참 만에 사내가 다시 입을 열었
다.

“저 우물에다 그것들을 쏟아 버릴 때, 바닥에 닿는 소리가
안 들렸어.”

"우물이 깊은가 보지. 식수로 쓰는 우물도 아니니까 우물치기를 한 적도 없지? 하기야, 우물치기 한다고 물을 빼고 돌을 드러내 봤자 해골들만 가득할걸."

우물이 다시 울었다. 우영의 귀에 선연하게 들리는 그 소리를, 한 남자는 듣지만 다른 남자는 듣지 못하는 것 같았다.

"들어봐, 지금도. 저 우물은 그냥 깊은 게 아니야. 꼭…… 다른 어디로 통하는 것 같다고."

"염매도 못 되는 쓰레기들을 치우는 곳이니 소각장으로 통하면 좋겠네. 아니면 화장장이나."

남자는 시답잖은 대화를 끝내려는 듯 결박한 여인을 질질 끌며 돌아섰다. 우물의 맞은편, 바로 표지석이 있던 자리에 창고가 보였다. 언제부터 유치권을 행사하고 있었던 걸까. 남자는 창고 문을 열고 여인을 던져 넣었다. 안쪽에서 쿵 소리가 나자 남자는 키득거리며 웃었다.

"데리고 오면서 보니까 야들야들하더만. 젖도 실하고."

"말씀하신 것 못 들었어? 희롱할 생각 하지 말랬잖아."

"월천에 담그기 전에 맛이라도 한번 봤어야 하는 건데."

남자가 창고 문을 걸어 잠갔다. 그리고 희성이 말한 대로 문에 금줄을 두르고 부적을 붙였다.

"사람으로 염을 하는 건 오랜만이지? 어쩐 일이래."

둘 중 귀가 좀 더 밝은 남자가 께름직한 표정으로 말했다.

"이장님 말씀대로면……."

그가 목소리를 낮추었다.

"곧 세상이 뒤집힐 거라네. 정권이 바뀔 거라던데."

"또 바뀐다고?"

"쉿, 이 사람아, 쉿! 천지에 귀가 있다는 거 몰라? 저번 날 김 씨네 아들내미도 단파 라디오로 외국 방송 듣고 간첩질한다며 월천에 담갔잖아. 창문 막고 이불 뒤집어쓰고 하는 짓도 다 걸린다니까."

남자가 집게손가락을 펼쳐 입술 앞에 갖다 댔다. 그러고는 주변을 살폈다. 수풀마저 그들의 말을 엿들을 수 있다는 듯이. 실제로 수풀 사이에서 우영이 그들의 말을 엿듣고 있기는 했다. 우영이 숨을 죽였다. 남자들도 숨을 죽였다. 산도 숨을 죽였다. 태평한 적막이었다.

"허……."

정적의 탄성은 오래 이어지더니 마침내 낮은 탄식과 함께 끊어졌다.

"그래서, 세상을 뒤집는 대가는 뭐래?"

"돈이 들어오긴 했는데 그게 죄다 다시 위로 들어가려나 봐. 이장님은 아무것도 바라질 않으니까. 도시 개발 때 이 동네 우물 자리랑 월천을 빼달라고 세종대왕을 보냈다던데."

"아니, 개발을 해달라고 세종대왕을 보내야지 왜."

"이장님 하는 말이, 염매는 이 동네에서만 만들 수 있다는 거야. 우물 자리랑 월천이 필요하다나."

"왜?"

"이 터가 좋은 터라고 하더라고. 저 아래 월천이 용이 나는 자리라고 하지 않던가."

"용이 별건가. 먹고 죽지도 못할 거."

"아무튼 기운이 좋다는 거지."

"기운이 좋기는. 나는 저 우물이 기분 나빠."

남자가 다시 말했다.

"자네가 기분 나쁘다는 걸 저 우물도 알았을 테니까 이제 그만 말해."

다른 남자가 타박을 주었다. 그러더니 분위기를 바꾸려는 듯 익살스러운 목소리로 덧붙였다.

"하, 이장님은 왜 매번 바라는 게 없다는 거야. 나는 바라는 게 많은데. 일단은 야들야들한 여자부터 갖다 바치면 좋겠네……."

일을 마친 그들이 산을 내려갔다. 두 사람이 주고받는 소리가 점점 멀어져 더 이상 들리지 않게 되어서야 우영은 수풀 사이에서 몸을 일으켰다.

19

우영은 바지 주머니를 더듬어 휴대폰을 꺼냈다. 습관처럼 인터넷 창을 켜려다 말고 그만 실소했다. 안테나 옆에 작고 빨간 X 표시가 떠 있었다.

서비스 불가 지역

뭘 기대한 걸까. 저들이 말하는 염매가 뭔지 구글링이라도 하려고? 왜, 차라리 앱으로 택시를 부르지 그래. 택시비 결제를 카카오페이로 하겠다고 하면 유니폼을 입고 브리사를 모는 택시 운전사가 잘도 알아듣고 QR코드 리더기를 내밀겠다. 우영은 스스로에게 빈정거렸다.

휴대폰을 다시 바지 주머니에 집어넣고 고개를 들었다. 달이 밝았다. 그러고 보니 아까 아이 아빠가 곧 보름이라 말했지. 달빛이 훤한 만큼 수풀 그림자, 나무 그림자, 창고 그림자도 진했다. 우영은 자신을 감싸던 기묘한 느낌의 이유를 깨달았다. 우영의 그림자가 없었다. 수풀 그림자가 있고 나무 그림자가 있고 창고 그림자가 있고— 하지만 우영의 그림자는 없었다. 어쩌면 이 세계에서는 우영이라는 존재 자체가 그림자일지도 모르겠다고, 우영은 생각했다.

우영은 그림자 없이 창고 앞에 다가가 섰다. 금줄과 부적으로 봉한 창고의 문 앞에.

또 통과할 거야. 잡히지 않을 거야.

창고 문손잡이로 손을 뻗었다. 손가락을 구부려 손잡이를 움켜쥐었다.

—잡힌다.

손바닥으로 나무 손잡이의 감촉이 느껴졌다. 우영은 다시 한번 근육과 뼈를 가진 몸으로 돌아왔다. 다시 한번 온몸이 선득했지만 아까처럼 통증이 강하지는 않았다. 예측한 간지러움을 견딜 수 있는 것처럼, 예상한 감각이라 그런지 견딜 만했다.

침을 한번 꿀꺽 삼키고 창고 문을 당겨 열었다. 찍, 하고 문을 봉한 부적이 찢어지는 소리가 들렸다. 우영은 부적을 찢고,

금줄을 걷어내고 안으로 들어갔다.

주술이 문신처럼 새겨지고 부적이 덕지덕지 붙은 창고 안에 여인이 있었다. 탁한 눈, 뒤로 묶인 팔, 끈 떨어진 인형처럼 기묘한 각도로 뒤틀린 두 다리. 그 모습을 보니 덜컥 두려워졌다. ……죽은 건 아닐까.

하지만, 이내 가냘픈 숨소리가 들렸다. 희미하게 흐르는 여인의 생각도 들렸다.

나가게해주세요빚은무슨수를써서라도갚겠습니다나가게해주세요빚은무슨수를써서라도갚겠습니다나가게해주세요빚은무슨수를써서라도갚겠습니다나가게해주세요빚은무슨수를써서라도갚겠습니다나가게해주세요빚은무슨수를써서라도갚겠습니다나가게해주세요빚은무슨수를써서라도갚겠습니다나가게해주세요빚은무슨수를써서라도갚겠습니다…….

"나가게 해줄게요."

우영이 말했다.

"나가게 해줄게요. 여기서 도망쳐요. 월촌동에서 도망쳐요. 여긴 지옥이에요."

금줄을 뜯어냈다. 펄럭거리는 부적들을 완전히 찢어냈다.

바닥에 놓인 탁주와 명태를 어디에 치워야 저들이 다시 찾지 못할까 고민하다 우물로 달려갔다. 우물을 덮은 베니어합판을 집어 던졌다. 우물을 감싼 금줄과 제물도 합판과 함께 던졌다. 아무 소리도 들리지 않았다. 바닥에 닿는 소리는커녕 풍덩, 하고 물이 뭔가를 집어삼키는 소리조차 없었다. 오직 우영의 숨소리뿐이었다. 우영은 가쁜 숨을 내쉬면서 다시 창고로 돌아가 문을 완전히 열어젖혔다. 주술과 부적, 그 위의 손톱자국, 두드린 흔적들이 보름달 꽉 찬 빛 아래 훤히 드러났다. 얼마나 많은 이들이 이 창고를 거쳐 갔을까.

"으……."

열린 문으로 빛이 들어오자 여인이 신음했다. 벌어진 입술 사이로 침이 흘러 뚝뚝 떨어졌다. 우영은 여인의 팔을 결박한 줄을 풀었다.

"나가요. 도망쳐요. 저 괴물들이 당신을 잡으러 오기 전에."

여인이 고개를 돌려 우영을 보았다. 고개가 기괴하게 꺾인 탓에 꼭 줄 달린 인형 같았다. 여인이 입술을 뻐끔거렸다. 뭐라고 말하려는 것 같았지만 들리지 않았다. 우영은 여인의 겨드랑이 아래에 손을 넣고 그 몸을 들어 올렸다.

빚은 무슨 수를 써서라도 갚겠습니다…….

"갚을 빚은 없어요. 가요. 도망쳐요."

달빛이 환히 길을 비추는데도 여인은 움직이지 않았다. 발가락을 꼼지락거릴 뿐이었다. 버젓이 눈앞에 펼쳐진 길이 보이지 않는 것처럼.

정말 안 보이는 건가?

여인의 눈엔 초점이 없었다. 백태가 긴 듯 눈동자가 뿌옇게 흐렸다.

우영이 여인의 어깨를 부드럽게 밀었다. 길을 향해. 빛을 향해. 여인은 우영의 인도를 따라 비척비척 발을 내디뎠다. 곧이라도 쓰러질 것 같았지만 쓰러지지는 않았다. 여인이 뜯어진 금줄과 찢어진 부적을 밟고 창고 밖으로 나와 섰다. 달빛 아래선 여인의 그림자가 없었다. 여기 올라올 때만 해도 그녀의 그림자가 있었던 것 같은데. 아닌가? 착각한 건가? 우영은 혼란스러웠지만 그걸 따질 새가 없었다. 그림자 없는 여인이 포효했다.

"캬아아아아악—."

여인의 몸이 아닌 지하 어딘가에서부터 올라오는 듯한 비명에 용뫼산 전체가 깨어나는 것 같았다. 나뭇가지를 헤치며 길게 두억시니 우는 소리가 들렸다. 소리는 귀가 아닌 피부와 뼈를 타고 온몸으로 전해졌다. 우영의 몸이 떨리는 건지, 바닥이 떨리는 건지, 산등성이가 흔들리는 건지 알 수 없었다. 여인

235

이 눈을 감았다. 여인의 눈가에 맺혀 있던 눈물이 한 방울 우영의 손등으로 떨어졌다. 눈물은 뜨거운 철판에 떨어진 듯 우영의 손등 위에서 지글지글 끓더니 이내 증발해 버렸다.

그림자 없는 여인이 둥실 떠올랐다. 우영이 여인을 붙잡으려 손을 뻗었다. 하지만 내뻗은 우영의 손은 여인의 몸을 그냥 통과했다. 다시 한번, 우영은 기체가 되었다.

사위가 어둡게 가라앉았다. 시리게 땅을 비추던 달을 천천히, 구름이 가렸다. 아니, 구름이 아니라—

검은 그림자였다. 그림자가 부글부글 끓으면서 우영이 합판과 금줄을 걷어낸 우물에서 떠올랐다. 까드득까드득 이를 가는 소리와 함께 수백 개의 이목구비가 그림자 표면에 떠올랐다 사라졌다 다시 떠올랐다. 수백 쌍의 눈이 정신없이 깜빡거렸는데, 깜빡이기만 할 뿐 앞을 보지 못하는 것 같았다. 뿌옇고 초점 없는 눈들. 여인이 다시 한번 울었다. 이 가는 소리가 멎었다. 눈들이 깜빡임을 멈췄다. 탁한 눈동자가 일제히 소리 나는 쪽을 보았다. 그림자가 떠오른 여인을 감쌌다. 그리고 먹었다. 여인의 머리카락, 얼굴, 어깨, 가슴, 팔, 다리…… 여인의 몸이 검은 그림자에 먹혀들어 갔다.

"누구야! 누가 염을 풀었어?"

사람들 소리가 들렸다. 희성의 목소리도 들렸다. 저들에게 자신의 모습이 보이지 않는다는 걸 알지만 아직도 그런지 우영은 확신할 수 없었다. 특히 감각이 있는 희성에게는.

그림자가 우물에서 완전히 빠져나왔다. 우영은 그림자가 빠져나온 우물을 향해 뛰었다.

"우물이 열렸어!"

손희성에게서 도망쳐야 했다.

"곧 보름이야. 저게 나오면 안 돼. 잡아서 닫아야⋯⋯."

소란스러운 사람들, 뭐라고 외치는 희성, 아귀다툼 같은 세계를 뒤로하고, 우영은 우물 속으로 뛰어내렸다.

20

신재와 설은 뜯어진 '유치권 행사 중' 플래카드를 돗자리처
럼 깔고 가건물 앞에 앉아 있었다. 어둠이 잠을 부르는지 설은
고개를 떨구고 꾸벅꾸벅 졸았다. 아이의 벌어진 입술 사이로
꿈이 입김처럼 뭉치더니 나비가 되어 허공으로 떠올랐다. 덜
여문 어린 꿈이 날갯짓하며 반짝거리는 가루를 뿌렸다. 나비의
날개는 가루가 되어 흩어졌다. 꿈은 그렇게 무심히 사라진다.
그게 아까워 잡아보기도 하고 깨워보기도 하지만, 꿈이란 원
래가 그런 것이다. 놓치면 후회로, 움켜쥐면 허무함으로 끝나
는.

설의 숨이 깊고 규칙적으로 변했다. 신재는 떨어지려는 설
의 머리를 잡아 제 어깨에 기대었다. 싸움터에 아이를 내어놓
고서도 돌보려는 어떤 마음.

설이 파드득 몸을 떨며 눈을 떴다. 허공에 남아 있던 꿈가루가 파드득 빛을 꺼뜨렸다. 설이 신재를 보았다. 신재가 고개를 끄덕였다. 설이 발치에 둔 타포린 백을 끌어당겨 안았다. 신재가 목소리를 낮춰 설에게 물었다.

"몇 명?"

"한 명이요."

신재가 주머니에서 압정과 분필을 담은 통을 꺼내 쥐었다. 플라스틱 통이 신재의 손바닥 안에서 딸각 열렸다. 순간, 신재와 설 앞으로 빛이 확 비쳤다. 신재가 설을 제 쪽으로 끌어당겼다. 신재의 동공이 작은 점으로 오그라들었다.

"거기 뭡니까."

젊은 남자였다. 신재는 눈을 가늘게 뜨고 손전등 빛 뒤에 몸을 가린 남자의 목소리, 실루엣, 움직임을 읽으려 했다.

"그 건물에 뭐 볼일 있어요?"

"……."

이번에는 설이 나섰다.

"저 아래 월촌주공 사는 사람인데요. 저희 엄마가 입주자 대표예요."

설이 신재를 가리키며 말했다.

"여기 가건물 사진 찍으려고 왔어요. 내일 시청에 민원 넣어야 해서."

"사진을 왜 오밤중에 찍습니까? 안 그래도 흉흉한데."

"오밤중에 찍어야 더 흉흉해 보이니까요. 흉흉한 거 저도 알고 엄마도 알고 아저씨도 아는데 구청이 꿈쩍도 안 하잖아요."

"아아……."

남자가 이번에는 설을 향해 손전등을 비췄다. 손전등 빛이 설의 단발머리부터 품이 넉넉한 후드, 발목까지 오는 컨버스화를 훑었다.

"저렇게 어린애를 갖다 씁니까?"

"……네?"

"아직 학생 같은데, 저렇게 어린애도 감각이 있다고 갖다 씁니까? 아니면 염매의 재료입니까?"

신재가 한 발 앞으로 나와 설을 몸으로 가렸다.

"당신 누구야."

그때 신재와 설의 뒤로 가건물이 들썩였다. 설이 신재에게 달라붙었다. 딛고 선 바닥이 부글거렸다.

"이설, 건물에서 떨어져."

신재가 설의 등을 감싸며 말했다. 말을 마치기 무섭게 바닥재가 폭발하듯 허공으로 치솟았다. 신재가 설을 끌어안고 넘어지며 바닥에 납작 엎드렸다. 먼지가 비처럼 신재의 등과 뒤통수로 쏟아졌다.

"하신재 씨!"

신재가 고개를 들었다. 우영이 지면에서 45도로 떠오른 건물 바닥을 붙잡고 있었다. 우영의 뒤로 두억시니 떼가 따라붙었다. 두억시니들이 바닥의 합판을 긁으며 기어올랐다.

"경유, 경유 챙겨요."

우영이 외쳤다. 건물이 비명을 지르며 몸을 뒤틀었다. 바닥이 90도로 기울자 우영은 빠져나왔던 구멍으로 다시 미끄러졌다.

신재가 타포린 백을 설에게 던지고는 떠오르는 건물로 뛰어올랐다.

"잡아요!"

신재가 우영을 향해 손을 내밀었다. 우영이 전완근을 바짝 당기며 바닥을 기어올랐다. 그러고는 신재의 손을 붙잡았다. 우영이 중심을 잡기 무섭게 신재가 설을 불렀다.

"설아! 던져!"

설이 경유가 든 타포린 백을 던졌다. 하지만 힘이 부족해 허공에 들린 가건물 입구까지 닿지 않았다.

"아, 졸라……."

포물선을 그리며 떨어지는 타포린 백을 본 설이 탄식했다.

"누가 선생님 앞에서 욕을 하니!"

신재가 설에게 소리를 지르며 발을 굴렀고, 신재가 불러낸 에어블래스트가 타포린 백 아래를 받치며 떠올랐다. 우영이 손을 뻗어 날아오르는 타포린 백을 붙잡았다.

"나이스 캐치!"

타포린 백에서 경유 통을 꺼내 뚜껑을 열고 건물 안쪽에 쏟아부었다. 그리고 타포린 백 바닥에서 라이터를 찾아 점화 버튼을 눌렀다. 파란 불꽃이 떠오르기 무섭게 라이터도 집어 던졌다. 금줄과 시제, 부적이 불온한 열기에 반응하듯 펄럭였다. 두억시니가 커다랗게 입을 벌렸다.

"뛰어요! 이설, 너도 뛰어!"

두 사람이 뛰어내리자 설도 건물 반대 방향으로 뛰었다. 건물이 불을 토했다. 신재를 안고 나비처럼 바닥에 착지했다면 좋았겠지만, 힘이 빠진 우영은 흙바닥에 세게 부딪혔다가 두 바퀴를 구르고서야 멈췄다.

신재가 우영의 품 안에서 고개를 들었다. 그리고 우영의 옆머리에 말라붙은 피딱지를 보고는 경악한 표정을 지었다.

"피 뭐예요?"

"내 피 아니에요."

우영이 말했다. 세 감각자가 바닥을 털고 일어났다. 신재가 설의 어깨를 감싸는데— 뜨거운 바람이 세 사람의 등을 밀어 다시 넘어졌다. 가건물이 폭발했다. 화염이 용뫼산의 마른 나뭇가지들을 잡아먹었다. 일대가 순식간에 불바다로 변했다. 산

242

불은 1초에 15m를 간다고 했던가. 가장 먼저 정신을 차린 신재가 쓰러진 설과 우영의 팔을 잡아끌었다. 넋 놓고 있던 우영이 신재에게 끌려가며 중얼거렸다.

"저 폭발은 우리 계획에 없던 건데……."

"지금 그게 중요해요? 닥치고 좀 뛰어요!"

* * *

새벽 2시. 텅 빈 주공 상가 1층 103B호. 블라인드가 쳐진 유리문 아래로 희미한 전깃불이 새어 나왔다. 개수대에서 몸을 씻어낸 세 사람은 제니스 라디오 앞에 모여 앉았다. 신재는 무릎 사이에 얼굴을 묻은 채 한숨을 쉬었다. 우영은 떨리는 오른손을 왼손으로 붙잡았다. 개수대에서 박박 닦아냈는데도 여전히 탄내와 피비린내가 맴도는 것 같았다. 불길에 날리던 가건물. 가건물 아래의 세상. 살려달라며 울던 사람들. 금줄과 부적과 손톱자국. 떠오르던 그림자……. 우물 아래 세계는 그대로일까. 아니면 그 세계에도 어떤 동요가 일었을까. 그 세계의 희성은 염매를 붙잡았을까.

피곤했다. 설이 아니었다면 그대로 쓰러져 잠들었을지도 모른다. 세 사람 중 설만 멀쩡해 보였다.

"아…… 내 운동화. 엄마한테 뒈졌다."

그 와중에 제 얼룩진 컨버스 운동화 걱정을 할 여유까지 보였으니까.

"그 폭발 뭐였을까요."

우영이 물었다. 신재가 무릎에 묻고 있던 고개를 들었다.

"이우영 씨가 내려갔을 때 나랑 설이 앞에 웬 남자가 나타났어요. 그 남자가 그랬어요. '저렇게 어린애도 감각이 있다고 갖다 쓰냐'라고. 감각자에 대해 알고 있었어요."

"그 사람이 터뜨린 거예요!"

설이 신재의 말에 동의하듯 외쳤다.

"넌 집에 들어가라니까 왜 여기까지 따라와? 그리고 아까 그 말버릇! 뭐? 졸라?"

설이 깨갱하며 몸을 움츠렸다. 신제의 기세에 우영도 덩달아 움츠러들었다.

"아무튼, 그 남자 누굴까요. 또 다른 감각자일까요?"

신재가 물었다.

"어쩌면 피해자일지도."

우영의 말에 설과 신재가 일제히 우영을 보았다.

"염매. 그게 뭔지 알아요?"

"염매? 그러고 보니 아까⋯⋯."

'저렇게 어린애도 감각이 있다고 갖다 씁니까? 아니면 염

244

매의 재료입니까?'

우영이 바지 주머니에서 휴대전화를 꺼냈다. 작고 빨간 X 표시는 사라졌고 뚜렷한 와이파이 표시가 떠 있었다. 우영은 인터넷 검색창을 열고 '염매'를 쳤다.

염매(魘魅)는 주술의 일종이다. 염(魘)은 鬼(귀신 귀)와 厭(싫어할 염)이 합쳐진 형성자로 '가위눌리다', '잠꼬대하다'라는 뜻이다. 고양이나 개를 항아리에 담아 서로 잡아먹게 하여 마지막까지 살아남은 한 마리를 묘귀나 견신이라 하였는데 고양이나 개 대신 사람으로 만든 것을 염매라 한다. 염매는 저주의 대상이 되는 사람을 병들게 한다. 가위에 눌리거나 잠꼬대하는 모습을 보이고, 병이 진행되면 머리와 배를 앓는다. 동의보감 해독편에는 '명치 밑이 끊어지는 것같이 아프고 무엇이 물어뜯는 것 같으며 얼굴빛이 누르면서 퍼렇게 되고 피를 토하거나 아래위로 피를 쏟는다'라고 기록되어 있다. 염매에 의해 앓게 된 사람은 또 다른 염매가 된다.

"얼굴빛이 누르면서 퍼렇게 되고…… 피를 토하거나 아래위로 피를 쏟는다."

'피의자는…… 어떻게…….'

245

'아래위로 피를 토하면서 죽었대. 다발성 장기부전 같다는데 검시 결과가 나와봐야 해.'

"그 전염병이에요. 월촌동에 도는 이상한 병."

우영이 조리대 위에 휴대전화를 내려놓고 자리에서 일어났다.

"이무기는 염매였어요."

우영이 중얼거렸다.

"사장님이 만든 염매. 그리고 염매를 만드는 과정에서 희생된 사람들. 염매가 새로운 염매를 만들고, 새로운 염매가 또 다른 염매를 만들면서 커지고 있었던 거예요."

"할아버지가 만들었다고요?"

설이 물었다.

"사장님이 누군가의 꿈을 위해 염매를 만들었어. 그들의 한을 동력으로 삼아 세상을 사장님이 원하는 방향으로 끌어갔는데 어느 순간 염매가 너무 커져버린 거야. 통제되지 않는 염매는 이무기로 변했고."

우영이 말했다.

"저 아래로 내려가서 사장님을 봤어요. 염매를 만드는 사장님을."

"선생님이 왜…… 왜 그런……."

신재가 더듬더듬 물었다. 우영은 잠시 뜸을 들이다 입을 열었다.

"거기 사람들이 하는 말을 들었어요. 그들은 곧 세상이 뒤집힐 거라고 했어요. 사장님이 스크랩한 신문, 명사들의 사인— 단순히 맛집 명예의 전당이 아니었어요. 그건 사장님의 업적이에요."

"말도 안 돼. 그랬다면 선생님이 겨우 이런 반찬 가게 사장으로 있을 리 없잖아요."

"그는 바라는 게 없었어요. 정말로 무서운 건 그거죠."

"……."

"손희성이라는 사람은…… 자기가 정말로 옳은 일을 하고 있다고 믿었어요. 그랬을 거예요. 사장님의 선의가 가짜였다면 내가 눈치채지 못했을 리 없어."

"……."

"사장님은 필요하다면 다른 사람의 목숨까지 공양했어요. 그가 나만 따로 여기 불러서 했던 말을 기억해요. 싸움과 희생 없이는 아무것도 이룰 수 없다고, 제대로 된 감각자가 불씨를 쥐고 있어야 한다는 말. 제대로 된 감각자. 우리는 그가 말하는 '제대로 된 감각자'였을까요?"

"……."

"우리가 속았어요."

21

[월촌일보] 용뫼산 가건물 폭발

어젯밤 11시 용뫼산 중턱에 위치한 가건물이 폭발하는 사고가 있었다. 폭발에 의한 화재로 용뫼산 일대가 소실되었으며 오늘 오전까지 교통이 통제되어 주민들이 불편을 겪었다. 경찰과 소방이 합동 감식으로 화재 원인을 조사 중이다. 경찰은 건물주 S씨에게 연락을 시도했으나 닿지 않았다. S씨는 지난 9일 자신이 운영하는 가게 점포에서 마지막으로 목격된 이후 잠적한 상태이다.

22

月村반찬

〈CLOSED〉

手製 반찬 專門점

祭祀 음식/季節 안주/어린이 간식

대량 주문은 3일 전에 넣어주세요.

10:00am~8:00pm

〈점포매매〉 문의 : 월촌부동산

    구정이 되어서야 진짜 새해가 된 것처럼 여기저기 '새해 복 많이 받으세요' 문구가 나붙었다. 늘 그렇듯 유명 인사들은 신년 인사를 하고, 정치인들은 새로운 세상을 약속하고, 사람들은 저마다의 꿈을 떠들고, 그렇게 내뱉어진 가벼운 꿈은 먼지처럼, 재처럼 날아올라 새해의 하늘을 숨 막히게 채웠다.

월촌주공9단지 상가의 점포 태반이 설 연휴 기간 셔터를 내렸다. 덕분에 텅 빈 반찬 가게가 이상해 보이지 않았다. 다행이었다. 점포 매매 전단이 붙은 월촌반찬 유리문을 열고 들어가자 예전처럼 딸랑— 종소리가 들렸지만…… 냉장고의 윙윙거리는 소음 같은 건 없었다. 수도꼭지에서 물이 떨어지는 소리, 플라스틱 통 안에서 물김치가 찰랑거리는 소리, 스테인리스 조리대 위로 식기들이 가볍게 통통거리는 소리도 없었다. '어서 오게'라는 인사도, 우영을 '우리'라 부르던 익숙한 목소리도 없었다. 희성은 계산대 위 달력조차 새것으로 바꾸지 못했다. 모든 것이 급하게 멈췄다. 그제야 우영은 깨달았다. 세월은 흐르고 계절은 변하고 풍경은 바뀌지만 감각자들은 흐르지도 변하지도 바뀌지도 않는다는 것을. 여태껏 흰머리 한 올 나지 않는 제 머리와 담배를 그리 피워대도 주름 하나 없는 제 얼굴을 당연하게만 여겼는데. 변화하는 건 설뿐이었다. 그마저도 어느 순간이 지나면 멈추어버리겠지만. 상관없었다. 괜찮았다. 받아들이기 어려운 건 변화지 불변이 아니다. 하지만 그대로 멈춰버린 월촌반찬은 얼마나 스산한지.

신재는 침묵 속에 우두커니 서 있었다. 미동도 없기에 우영이 들어온 걸 모르는 건가 싶었지만 그럴 리 없었다. 알고 싶지

않아도 알아차리는 게 감각자니까. 신재가 우영을 등지고 선
채 나직하게 인사를 건넸다.

"새해 복 많이 받아요."

하나도 들뜨지 않는 목소리.

"신재 씨도 새해 복 많이 받아요."

상가 저편 아파트 주차장에서 아이들의 웃음소리가 들렸
다. 설을 맞아 넉넉히 용돈이라도 받은 걸까. '이것도 챙겨가.
차 막히기 전에 가야 저녁밥 먹기 전에 도착하지.' 다정하게 걱
정하는 소리도 들렸다. 이무기가 날뛰고 전염병이 돌고 세상이
뒤집혀도 새해는 새해였다. 새해 한가운데, 우영과 신재만 낡
은 해에 머물러 있는 것 같았다.

"하신재 씨는 가족들 보러 안 가요?"

우영이 묻자 신재는 느리게 눈을 깜빡이다 고개를 저었다.
지난 명절엔 넷이 모여 식사를 하면서도 아무도 그걸 묻지 않
았다. 설만 언제 들어올 거냐는 엄마의 전화에 끙끙거렸지. 원
래대로 돌아온 것뿐인데. 이게 우영이 아는 명절인데. 이상하
게 뭔가를 잃어버린 기분이었다.

"이우영 씨 할머니 일은 미안해요."

"하신재 씨가 사과할 일이 아니에요."

"미안해요."

하지만 신재는 다시 사과했다.

"어제 꿈에 선생님이 나왔어요."

신재가 말했다.

"이 꼴을 만들어 놓은 선생님이 너무 미운데…… 또 너무 반가웠어요. 이상하죠?"

"안 이상해요."

"……."

"이해해요."

희성이 이름 붙인 '우리'라는 말, 그게 정말 듣기 좋았으니까. 흘러넘치는 감각에 홀로 질식되어 갈 때 내 감각에 이름표를 붙여준 사람. 내가 느낀 것을 잘게 썰고 양념을 버무려 깨달음으로 바꾸어준 사람. 그를 믿은 것을 어떻게 감히 탓할 수 있을까.

신재가 고개를 들어 우영을 똑바로 보았다. 신재가 또 울기라도 하면 어떻게 해야 하나, 손수건 같은 걸 챙겨올걸 그랬나, 주머니에 손수건은커녕 전자 담배뿐인데 어떡하지, 손을 잡아줘야 하나, 어깨를 내줘야 하나, 우영은 고민했다. 고민했는데…… 신재는 울지 않았다.

"시발!"

대신 욕을 했다.

"이 꼴을 만들어놓고 뒈져버리는 게 어디 있어. 우리더러 어떻게 하라고! 쳐죽일 영감탱이."

"설이한테는 말버릇 어쩌고 하면서 그렇게 뭐라고 하더니."

덕분에 우영도 입조심을 했는데. 조금은 사심이 담긴 입조심이긴 했지만. 좀 더 적극적인 수작을 부리기엔 신재가 너무 감이 좋고 너무…… 셌다. 신재한테 차이면 비유적으로든 물리적으로든 더럽게 아플 것 같았다.

그 속을 아는지 모르는지, 평범한 척 포식자의 눈을 도록도록 굴리던 여자가 이젠 욕도 한다. 무섭게. 그래도 멍하니 눈을 깜빡이는 신재보다는 욕을 하는 신재가 더 반가웠다. 이게 더 신재다웠다. 다행이었다.

"점포 매매 전단 붙은 거 봤죠?"

신재는 욕을 한 번 더 토하고 우영에게 물었다.

"네. 그거 신재 씨가 내놓은 거예요?"

"아니요. 내가 한 거 아니에요. 상가 부동산에서 선생님의 법정대리인이라는 사람의 연락을 받았대요."

"손희성 사장의…… 법정대리인? 그게 누구죠? 신재 씨는 알아요?"

신재는 고개를 저었다.

"선생님이 뭔가 조치를 해놓은 것 같아요. 선생님의 신변에 뭔가 일이 생기면, 그러니까 이번처럼 뉴스가 나오거나 반찬 가게가 영업을 멈추거나 하면 정리가 되게끔 해놓은 거죠. 철

저한 사람이었으니까."

신재가 말했다.

"철거 업체에서 오기 전에 필요한 것을 정리해야 해요. 혹시라도 선생님이 놓친 것들이 다른 사람 눈에 발견되지 않게요. 그래서 말인데, 계산대 아래 금고요. 다이얼로 돌리는 식인데 혹시 열 수 있겠어요? 영화에서 보면 금고 털이범들이 청진기 대고 소리 들으면서 열던데 이우영 씨라면……."

"내 귀는 다이얼식 금고를 열려고 준비된 겁니다."

우영이 너스레를 떨자 신재가 웃었다. 웃는구나, 다시. 신재가 웃어서 다행이었다. 다행이 많으니 이 정도면 괜찮은 새해 아닌가? 우영은 그렇게 생각했다. 금고를 열기 전까지는.

금고 안에 든 건 마닐라 봉투 네 개였다. 가장 위에 있는 봉투를 열자 통장과 보험 서류, 증권, 그리고 각종 신분증이 나왔다. 당장 지방선거 투표소에서 내밀어도 문제가 없을 여권, 운전면허, 주민등록증. 3종의 신분증을 살피던 우영이 멈칫했다. 신분증 안의 사진은 신재였다. 하지만 신재가 아니었다.

"37세 여성. 박희영. 나보다 다섯 살 어리고 가족은 없네요. 당연히 직업도 없고 친구도 없겠죠. 친구도 직업도 가족도 없는데 통장에 모아둔 돈은 꽤 있어요. 사진 속 얼굴은 나고요."

봉투 안에는 박희영의 일대기를 알 수 있는 서류도 있었다.

태어나자마자 희귀암 진단을 받고 어린이 병원에 버려져 지난 해에 무연고자로 사망했다는 기록. 손희성이라는 사람이 대리 인이 되어 시신을 인수하고 장례를 치렀다. 승화원에서 화장한 후 산골했는데 무슨 수를 쓴 건지 박희영의 운전면허증은 4개 월 전에 갱신된 거였다.

"이우영 씨 것도 있네요."

신재가 다른 봉투를 우영 쪽으로 내밀었다. 봉투 안에는 똑 같이 신분증 3종 세트가 들어 있었는데 이번엔 우영의 사진이 붙어 있었다. 희성은 이 사진을 어디서 구했을까…… 생각하던 우영은 깨달았다.

'차차 알게 될 거야. 일단 이거 돌려주겠네.'
'언제 가져갔어요, 이거.'
'우리 선생님이 워낙에 손이 빠르셔서.'

……그때 빼냈구나.

"이런 식이었군요."

우영이 중얼거렸다.

"사장님이 그랬어요. 꿈을 갈무리하면 다른 사람들에게 인 상을 남기지 않을 수 있다고. 감각자가 아니더라도 사람들은 다른 이의 꿈과 생각에 간접적으로 영향을 받는데 꿈을 갈무리

255

한 사람은 보호색을 쓰듯 풍경과 사람에 녹아들 수 있다고. 신분증이 다는 아니지만, 의심스러운 부분이 있어도 세상은 그걸 느끼지 못하겠죠. 감각을 죽이고 꿈을 갈무리해서 인상을 흐리면 누구도 주목하지 않을 테니까. 이런 식으로 사장님은 세기를 넘겨 살아남은 거예요."

세상 흔한 것이 사람이다. 주인 잃은 이름, 가족에게도 외면당한 몸은 예나 지금이나 지천으로 널려 있다. 경찰로 일하며 우영도 이미 무수하게 듣고 보지 않았던가.

"'우리'라는 말을 처음 들었을 땐 이런 건 상상도 못 했는데."

"후회해요? 나랑 '우리'로 묶인 거."

"아니요. 하지만 우리는 다를 겁니다."

후회하지 않는다. 하지만 같지는 않을 거다. 우영의 말에 신재는 시선으로 답했다. 우영에게 머무는 신재의 눈동자, 그 속의 동공이 커졌다. 어두운 곳에서 빛을 찾듯이, 우영에게서 새어 나오는 빛을 찾는 것처럼. 우영은 미처 갈무리하지 못한 제 속을 들킨 것 같아 괜히 마닐라 봉투를 만지작거렸다.

"나머지 하나는 설이 거일 테고, 가장 밑에 있는 봉투는 뭘까요? 이게 제일 두꺼운데."

우영이 마지막 봉투를 열었다. 먼저 나온 건 신문 스크랩과 녹음테이프였다. 테이프 앞에 견출지가 붙어 있고, 손 글씨로 제목이 적혀 있었다.

AFN, FEN Radio 1979/6

Radio Moscow Mailbag 1979/9

"라디오 방송 녹음본 같아요."

스크랩과 테이프 모두 보관 상태가 훌륭해서 박물관에 갖다주면 민트급 기록물이라고 환장할 만한 사료들이었다. 그리고 공책 한 권, 끈으로 묶어서 닫는 서류철 하나.

공책엔 징그러울 정도로 펜글씨가 빼곡했다. 희성이 한 글자 한 글자 직접 써 내려간 거였다. 반찬 조리법인가 해서 봤는데 아니었다.

벌레를 잡아 그릇에 담아 서로 잡아먹게 하여 마지막에 하나 남은 염의 독을 취한다. 염의 독이 든 음식을 먹고 그 독에 중독되면 가슴이 답답하고 배가 아프며 얼굴빛이 청황색을 띠고, 가래와 피를 토하거나 뒤로 피고름이 나온다. 몸 안으로 들어간 염은 오장육부를 파먹는데, 다 파먹고 나면 사람이 죽는다. 급한 것은 십수 일 만에 죽고 완만한 것은 세월을 끌다가 죽는다. 죽은 다음에는 그 병의 기운이 다른 사람에게 옮겨 간다.

염매를 치료하는 치염매(治魘魅)는 정월 보름에 만드는 것이 가장 좋지

257

만 급히 약을 써야 할 때는 좋은 날 깨끗하게 만든다. 곱게 빻은 재와 연기를 이용한다.

염은 오직 더 강한 염으로만 덮을 수 있다.

동의보감 잡병편, 해독
신약본초

그 출처라는 듯, '동의보감 잡병편'과 '신약본초'라는 글귀가 밑에 적혀 있었다.

"반찬 가게는 좋은 선택이었네요. 뭔가를 만들어서 사람의 몸 안으로 집어넣는 행위와 반찬. 어울려요. 끼니마다, 그리고 명절마다, 제사마다, 사람들은 사장님을 찾았을 테니까."

우영은 그렇게 말하면서 공책을 넘겼다.

염매를 치료하는 치염매(治魘魅)는 정월 보름에 만드는 것이 가장 좋지만......

'제발 올라가게 해주십시오. 제 아들은 겨우 여덟 살입니다. 이제 막 설을 지나서 보름입니다. 올해 학교에 들어가는데......'

정월 보름이라…….

우영의 머릿속에서 말이 빙빙 돌았다. 주파수가 잡힐 듯 잡히지 않아 생각이 듬성듬성 끊겼다.

기억 저편에서 희성이 우영에게 말을 걸었다.

'제사에는 소지 의식이 있어. 제물을 재가 될 때까지 불에 태운 다음 바람에 날려 보내는 의식이지. 지방이라든가 종이돈을 태우기도 하지만 망인이 생전에 사용한 물건 같은 것들을 태우기도 하네. 불은 삿된 기운을 깨우기도 하고 달래기도 하는 가장 강력한 주술이니까. 그런데 저 소각장 말이야. 저 소각장에서 태우는 쓰레기 중 그런 게 없을 것 같나?'

'소각장에서 태우는 건 제사에서 태우는 거랑 다르지 않나요?'

'그게 문제라는 거야. 치성을 드려야 하는 걸 쓰레기로 태우고 있으니.'

'하지만 소각장은 사람들에게 필요한 시설이잖아요.'

'소각장만 문제가 아니야. 소각장과 월촌동이 합쳐져서 문제라는 걸세. 기운이 강한 것 두 가지가 합쳐졌으니 아주 큰 문제지.'

희성의 꿈속에서 터지던 소각장. 굴뚝에서 피어오르던 붉

259

은 연기.

"왜 그래요?"

신재가 우영을 보며 물었다.

"잠깐, 잠깐만……."

우영은 오른손을 들어 오른쪽 귀를 지그시 눌렀다. 귓구멍으로 빠져나가는 생각을 막으려는 것처럼.

"사장님이 월촌반찬을 연 게 언제죠? 용뫼산 부지를 매입한 게…… 그때 조회했던 토지대장이……."

'월촌반찬. 대표 손희성. 1993년에 사업자 등록을 했더라고요. 상가는 대출 없이 사장님 명의로 되어 있고요.'

공책에 스크랩된 기사들이 눈앞에서 빠르게 지나갔다. 세상의 작은 연대기가 그 공책에 담겨 있었다. 우영은 시선이 붉은색 펜으로 강조를 해놓은 기사에서 멈췄다. 1993년 6월 23일자 신문.

뇌물, 신한국에서는 안 통해.

희성은 기사의 '신한국'이라는 단어를 강조하듯 붉은색 펜으로 몇 번이나 동그라미를 쳐놓았다. 펜 놀림에 감정이 배어 있었다. 얼마나 세게 그었는지 종이 뒷면이 움푹 파이고 얕게 찢길 정도였다.

'돈이 들어오긴 했는데 그게 죄다 다시 위로 들어가려나 봐. 이장님은 아무것도 바라질 않으니까. 마을 개발 때 이 동네 우물 자리랑 월천을 빼달라고 세종대왕을 보냈다던데.'

'아니, 개발을 해달라고 세종대왕을 보내야지 왜.'

'이장님 하는 말이, 염매는 이 동네에서만 만들 수 있다는 거야. 우물 자리랑 월천이 필요하다나.'

우영의 머릿속에서 퍼즐이 맞춰졌다.

"사장님은 월촌동에 소각장이 들어서는 걸 막으려고 했어요. 사장님이 이끌던 흐름이 대세였을 때는 그게 가능했지만 결국 대세가 바뀌면서 사장님의 뜻과 반대로 세상이 흘러갔고요. 쓰레기에 묻은 월촌동 사람들의 욕망과 꿈이 연기에 실려 염매를, 두억시니를, 이무기를 자극했어요. 사장님은 할 수 있는 최선의 방어를 했죠. 용뫼산 우물 자리를 매입하고 가장 가까운 월촌동 상가에서 그걸 지키는 것. 그리고 자신과 같은 감각자들을 모으는 것."

희성은 자신이 할 수 있는 일을 했다. 하나씩. 확실하게.

261

"변사 사건 처리 결과 및 지휘 건의서."

우영이 말했다.

"주민등록제도가 생긴 1962년부터 형사사법정보시스템
이 개통된 2010년 사이 무연고 사망은 전산이 아닌 문서에 기
록됐어요. 손희성 사장님이 다른 사람의 신분을 갈취했다는 의
심이 들어 기록물을 좀 찾아봤거든요. 본청으로 이관되지 않고
월촌서에 보관 중인 것만 찾아서 봤는데도 두께가 어마어마했
죠. 거기엔 메워지기 전 우물에서 발견된 사망자도 있었어요.
허술했던 시절이라 대충 종결되었다기엔 미심쩍은 부분이 많
았고요. 일단 발견된 사망자 수가……."

우물에서 시신이 발견된 사건에만 표시를 했는데도 인덱스
한 통이 모자랄 정도였으니.

"염매가 되지 못한 사람들일까요?"

우영이 확신하듯 고개를 끄덕였다.

"그 많은 죽음이 어떻게 그렇게 조용히 묻혔을까요. 언론
보도 한 줄 없이. 누가 손을 쓴 걸까?"

……손희성의 고객 중 누군가가?

손희성에게 우물터 자리를 넘긴, 손희성이 뒷일을 맡긴 그
'법정대리인'이?

'나는 경찰이 싫다. 예전에 너희 할머니가……'

262

어머니는 알고 계셨나. 그래서 도망쳤던가.

우영의 생각이 거기까지 미쳤을 때, 공책에서 뭔가가 툭 떨어졌다.

"뭐예요?"

신재가 우영을 향해 몸을 기울였다. 우영은 그게 제 비밀이라도 되는 것처럼 숨기려다가 그럴 필요가 없다는 것을 깨달았다. 신재는 공책에서 떨어진 사진을 보더니 고개를 들어 우영을 보고 다시 사진을 보았다.

"닮았네요, 이우영 씨랑."

"그래요?"

"귀 모양이 똑같아요."

할머니에 대해서는 고열로 앓으며 품에 안겼던 희미한 기억뿐인데, 사진을 보자마자 우영은 그녀를 떠올릴 수 있었다. 손주에게 빛나는 귀를 물려주고 적막 속으로 물러난 여자. 흑백사진 속 그녀는 우영도 알고 있는 오래된, 하지만 당시에는 그렇게 오래되지 않았을 진공관 라디오를 끌어안은 채 카메라 쪽으로 옆얼굴을 보이며 웃고 있었다. 아마도 택시 운전사가 유니폼을 입고 브리사를 몰면서 '짐은 트렁크에 보관할까요, 사장님?'하고 묻던 시절, 두 사람이 제니스로 단파 주파수를 잡아 미국 뉴스와 팝 음악 채널을 듣던, FEN 라디오와 Radio Moscow Mailbag 프로그램이 테이프에 녹음된 시절의 사진일

263

터졌다.

　"꿈을 감각하는 사람은 사진이나 기념품 같은 거 필요 없을 줄 알았는데. 느끼려고 하면 언제든지 붙잡아 느낄 수 있잖아요."

　"안 되니까."

　신재가 말했다.

　"그게 안 되니까, 미련이 남으니까 꿈인 거죠."

23

거대한 크레인이 손가락을 벌려 쓰레기를 움켜쥐었다. 묵직한 진동과 함께 낮고 강한 소리가 바닥과 기둥을 타고 퍼졌다. 유리창 너머에서 그 광경을 바라보던 우영은 지독한 냄새마저 잊고 입을 벌린 채 감탄했다. 조명을 밝힌 소각장이야 지겹도록 보았지만 실제로 소각 시설 안에 들어와 보는 건 처음이었다.

"장관이네요."

우영이 중얼거렸다.

"쓰레기에 대고 이런 말을 해도 될지 모르겠지만 압도되는 기분이에요."

"저 쓰레기를 다 사람이 만들었다는 게 압도적이죠."

안내를 맡은 자원 회수 시설 담당자는 말쑥한 투피스를 갖

취 입은 여자였다. 김예진이라고 자신을 소개한 담당자는 얼빠진 얼굴로 자신을 보는 우영에게 '소각장에서 일하는 사람은 다 형광색 작업복 입고 있을 줄 아셨어요?'라고 웃으며 한 방먹였고, 우영은 자신이 정말로 그렇게 생각하고 있었음을 깨달았다.

"사람들은 매일 쓰레기를 만들면서도 자기가 만든 쓰레기가 어디로 가는지 몰라요. 내가 싼 똥을 누군가가 안 보이는 데로 치워주기만 바라면서 버리고, 버리고, 또 버리죠. 잊으면 버리고, 지겨워지면 버리고, 지루해지면 버리고. 그러면서 또 자원 회수 시설은 이전해야 한다며 불평을 하고요."

예진이 말했다.

"윗선에서는 이런 행사를 열어가며 어떻게든 인식을 개선하라고 하지만 뭐, 잘 되겠어요? 사람들은 행사에 와서 쓰레기 봉투를 받아 간 다음 또 신나게 썹어대겠죠. 인식을 개선하라고 하는 윗분들이 정작 월촌동에 살지도 않고 주민등록만 여기에 뒀다는 소문이 파다한데요."

우영은 자원 회수 시설이 월촌경찰서로 협조 공문과 함께 보내온 행사 안내 리플릿을 만지작거렸다.

월촌 자원 회수 시설 새신년 행사에 여러분을 초대합니다!

정월대보름은 예로부터 부정한 것을 씻어내는 날이라 하였습

다. 우리 월촌 자원 회수 시설에서도 대보름 씻김 행사를 엽니다. 민속 축제를 즐기며 에너지 순환에 대해서도 알아보는 축제의 장! 쥐불놀이, 용알뜨기, 부럼깨기, 귀밝이술 체험, 각종 전통놀이를 함께해요!
* 행사에 참가한 주민 여러분께 월촌동에서 사용할 수 있는 10L 쓰레기봉투를 드립니다.(1인 1매 한정)

지역 행사 지원은 형사과 일이 아니었지만 자원하지 않을 수 없었다. 한가하냐는 동료들의 비아냥거림은 감각 훈련을 잘 받은 귓등으로 튕겨냈다.

＊ ＊ ＊

"이무기가 움직인다면 아마도 보름이겠죠."

우영이 말했다.

"마침 보름날 행사도 있어요."

설이 지역 카페에 올라온 홍보 글을 보이며 덧붙였다.

"사장님은 '누군가 봉인을 열고 이무기를 풀었다'라고 했어요. 봉인을 열고 이무기를 푼 사람이…… 아무래도 나인 것 같아요. 내가 사장님의 꿈에 들어가 과거에 영향을 줘서 타임라인이 이상해지고 사건이 뒤틀린 거죠. 사장님이 그랬어요. 이무기를 이대로 놔두면 세상 전체가 이무기를 위한 상차림이 될 거라고."

"그렇다면 이무기를 다시 봉인해야 하나요?"

이번에는 신재가 물었다.

"모르겠어요. 이무기는 복수하려고 할 겁니다. 지난번 월촌동 열수송관이 터진 것보다 더 강력한 복수를. 월촌동을 지키려면 이무기를 다시 봉하는 게 맞겠죠. 하지만……."

나가게해주세요빚은무슨수를써서라도갚겠습니다……

"그게 맞는지 모르겠어요. 이무기는…… 사람이었는데."

그 순간, 세 감각자는 모두 같은 소리를 들었다. 우영이 들었던 염매의 소리를.

나가게해주세요빚은무슨수를써서라도갚겠습니다……
나가게해주세요.
나가게해주세요.
나가게해주세요.
나가게해주……

"간단하잖아요."

소리를 끊어내며 설이 말했다. 세 사람은 다시 현실로 돌아왔다.

"이무기를 나가게 해줘요."

"그게 무슨 말이야?"

우영이 되묻자 설이 답답하다는 듯 미간을 찌푸렸다.

"이무기의 뜻이 뭔지 잊었어요? 용이 되지 못한 뱀이잖아요. 저기, 월촌은 용이 나는 물이고."

　

'이장님 하는 말이, 염매는 이 동네에서만 만들 수 있다는 거야.'

'월천이 필요하다나.'

　

우영의 눈이 크게 뜨였다. 설이 씩 웃었다.

"이무기를 용이 나는 물로 보내주는 거예요."

＊ ＊ ＊

그러려면 먼저 이무기를 끌어내야 했다. 아마도 보름이겠지. 마침 지역 행사도 있으니까 사람도 모이겠다, 우영이 자원 회수 시설을 찾은 건 그 때문이었다.

"민원이 많습니까?"

"그냥 민원 정도가 아니라 경찰에 신고해야겠다 싶은 전화도 가끔 받아요. 죽여버리겠다거나 날려버리겠다는 전화요. 진짜로 날려버리지는 못할 테니 그런가 보다 하지만요. 그런 전화 넣는 사람들도 여기 주민일 텐데 웃겨요, 아무튼. 그런 사람들이 또 지역난방은 잘만 쓰거든요. 그거 다 여기 쓰레기 태워서 나오는 열로 보일러 돌리는 거예요."

"아궁이처럼."

"적절하네요. 아궁이. 지금 아궁이로 땔감 들어가요."

예진이 용광로 입구를 가리켰다. 크레인이 막 쓰레기 더미를 용광로에 집어넣은 참이었다. 소각로 조정실에 달린 모니터로 용광로 안쪽 상황을 확인할 수 있었다. 주황색으로 타오르는 불기둥을 비추는 모니터 아래 상황판이 초록색으로 빛났다.

"초록색은 이상이 없다는 뜻이에요. 용광로에 이상이 생기면 상황판에 빨간색 경고등이 들어와요."

"용광로에 이상이 생긴다는 건 뭡니까?"

"음…… 그걸 설명하려면 먼저 소각로의 종류부터 이야기해야 하는데요."

예진이 미간을 찌푸렸다.

"우리 소각로는 스토커 소각로예요. 스토커 소각로에는 역송식, 일반 계단식, 로울러식이 있는데 우리 시설은 역송식 스토커 방식이고요."

"그렇군요. 뭐, 어차피 말씀하셔도 잘 모릅니다만."

"소각로의 종류나 작동 방식에 대해서는 모르셔도 돼요. 어떤 이상이 생길 수 있는지를 설명하려는 거니까. 역송식 스토커 방식은 연소 효율이 좋지만 화격자, 그러니까 용광로에서 폐기물을 지지하고 소각이 이루어지는 부분이 쉽게 마모된다는 단점이 있어요. 그렇지 않아도 마모에 약한 방식인데 최근 용광로 온도 때문에 더 문제가 되고 있죠."

"용광로 온도요?"

"우리 시설 용광로는 1000도에 맞춰서 설계되었어요. 하지만 용광로 온도가 그보다 더 올라가는 경우가 많아요. 분리수거가 안 된 쓰레기 때문에요."

예진이 말했다.

"여기 소각로는 일반 쓰레기를 태우는 시설인데요. 일반이라는 말이 참 두루뭉술하잖아요? 별게 다 일반이라는 이름으로 섞여 들어와요. 화학약품, 건설 폐기물, 화분, 세면기, 유리, 짐승 사체……. 가장 문제가 되는 건 플라스틱이에요. 플라스틱 쓰레기는 일반 가연성 쓰레기보다 발열량이 많아요. 사람들은 플라스틱에서 나오는 다이옥신이 문제라고 생각하지만 사실 더 큰 문제는 플라스틱 쓰레기를 태울 때 나오는 열이 너무 커서 소각로가 망가진다는 거예요. 소각로가 감당할 수 있는 온도 이상으로 열이 오르거든요."

"그럼 어떻게 합니까?"

"한 번에 태우는 쓰레기의 양을 줄일 수밖에요. 매립과 병행하면서 태우는 양을 조절하고 있어요. 저기 보이는 적치장 입구에서 쓰레기를 떨어뜨리기 전, 운반 트럭에서 무작위로 봉투를 골라 불연성 쓰레기가 없는지 점검하고요."

립스틱을 꼼꼼히 바른 예진의 입술이 꿈틀거렸다. 뭔가 재미있는 일화가 떠오른 것 같았다.

"3년 전 저 아래로 쓰레기 운반 트럭이 통째로 떨어진 적이 있어요."

"트럭이 떨어졌다고요?"

"네."

예진이 키득거렸다.

"그때 운반 차량 운전자가 신입이었거든요. 뭘 모르고 트럭을 출입구에 바짝 붙여 댔는데, 또 그날따라 실린 쓰레기가 너무 많았던 거예요. 쓰레기 무게를 못 이겨서 트럭이 거꾸로 떨어졌죠. 119가 와서 운전자를 구조하고 트럭을 견인했어요. 트럭을 끄집어낼 때 자원 회수 시설 전 근무자가 다 나와서 구경을 했고요. 저도 여기서 15년째 일하고 있는데 어디 가서 '이런 거 본 적 있어?'라고 이야기할 만한 일을 많이 겪지 못했거든요, 남들이 내다 버린 쓰레기만 실컷 보지. 그런데 그건 진짜 사건이었어요. 운전자는 구조되었고 다친 사람은 아무도 없었으니까 아주 재밌는 사건이었죠. 구조된 운전자가 그만두기는 했지만요. 그 거대한 쓰레기통에서 구조를 기다리는데, 선득한 기분이 들면서 이상한 비린내가 났대요. 쓰레기장이라는 게 원래 선득하고 냄새나는 곳인데 말이에요. 그만두긴 왜 그만두는지. 나라면 아무도 들어가 본 적 없는 거대한 쓰레기통을 탐험한 무용담을 죽을 때까지 이야기하고 다니겠구만."

"적치장은 들어갔다 나올 수 없게 되어 있나 보죠?"

"적치장에 달린 건 입구예요. 출입구가 아니라 그냥 입구. 누가 적치장에 들어가겠어요? 더럽기도 하고, 뭣보다 위험하죠. 천장에는 크레인이 달렸고 안쪽은 용광로랑 연결되어 있잖아요. 적치장을 자세히 보시려면 크레인 운전실로 가야 해요. 운전실에서는 적치장이 한눈에 내려다보이거든요. 가실까요?"

예진이 앞장섰다. 뒤따르려는 우영을 도신이 붙잡았다.

"선배, 지역 행사 지원을 왜 우리가 나옵니까?"

"저거 봐라. 저거 크레인 떨어지면 어떻게 될 거 같냐?"

우영이 딴청을 피우며 도신의 말을 끊어냈다.

"야."

"네."

"나 요즘에 노이즈 캔슬링 이어폰 안 쓴다."

"……."

273

"라디오도 잘 안 들어."

"……."

"소리를 피하기보다는, 좀 시끄러워도 진짜 소리를 들으려고."

"……."

"이제는 귀 막고 못 들은 척 안 할 거다."

"그래서요?"

"그냥, 그렇다고."

그때 앞서가던 예진이 우영과 도신을 불렀다.

"안 가실 거예요?"

우영이 도신의 어깨를 한 번 툭 치고 예진을 쫓아 뛰었다. 네, 갑니다, 가요.

예진의 말대로 운전실에서는 거대한 유리창 너머 적치장을 한눈에 내려다볼 수 있었다. CCTV로 적치장부터 크레인 지지 대까지 구석구석을 확인할 수도 있었다. 운전석에 앉은 기사가 컨트롤러를 움직여 크레인을 조종했다. 크레인의 거대한 팔이 다시 한번 쓰레기 더미를 집어 용광로에 집어넣는 모습을 지켜 보던 우영이 물었다.

"만약 누군가 이 시설물을 폭파한다면 어디를 노릴 것 같습 니까?"

크레인 기사가 의자를 돌려 우영을 보았다. 도신도 우영을 보았다. 예진의 표정이 굳어졌다.

"갑자기 그건 왜요?"

"날려버리겠다는 사람도 있었다고 하고, 궁금해서요."

"그거야……."

예진이 뭐 그런 걸 묻냐는 듯 눈을 가늘게 뜨고 우영을 보았다.

"굳이 폭파를 해야겠다면 관리동 사무실에 있는 제 책상이나 폭파해 줬으면 좋겠는데."

예진이 말을 마치자 크레인 운전석 쪽에서 픽, 하고 바람 새는 소리가 났다. 실소를 터뜨린 기사가 다시 의자를 돌려 앞을 보았다.

24

"우리 조상들은 정월대보름 다음 날인 음력 1월 16일을 '귀신날'이라고 해서 외출도 하지 않고 일도 내려놓은 채 조용히 보냈습니다. 이날 집 밖에 나가면 귀신이 달라붙는다고 믿었거든요."

마이크를 든 사회자가 말했다. 관중석에 앉은 아이들이 질겁하는 소리를 냈다.

사람이 제법 많았다. 지난 몇 개월간 월촌동을 휩쓴 흉흉한 사건과 전염병의 기억을 떨쳐내려는 듯, 사람들은 모처럼 열린 지역 행사에 기꺼운 마음으로 자리했다. 게다가 예진이 낸 아이디어라는 쓰레기봉투 증정 이벤트가 효과를 발휘한 것 같았다. 소각장은 싫지만 쓰레기를 안 버리고 살 수는 없으니까. 삶이라는 건 결국 끊임없이 쓰레기를 만들어 내는 시간이 아니던가.

　"괜찮아요. 오늘은 부정한 것을 씻어내는 날이거든요. 오늘 월촌 자원 회수 시설 정월대보름 행사에서 몸과 마음을 깨끗이 하면 귀신도 감히 달라붙지 못할 겁니다."

　귀신 이야기는 무섭지만 재미있다. 선득하지만 유혹적이다. 염매처럼 사람을 홀린다. 어린 시절 우영도 귀신 이야기를 들으면 저렇게 질겁하는 시늉을 했지만, 사실은 하나도 무섭지 않았다. 우영이 정말로 무서웠던 것은 귀신이 아니었다. 소리였다. 그리고 그 소리를 듣지 못하는 사람들이었다. 무엇보다 소리가 들리는데도 들리지 않은 척해야 하는 우영 자신이었다.

　"우영아, 안 들리지? 이상한 소리 안 들리지?"

　어머니가 물었다. 성난 아버지를 피해 우영을 데리러 나온 어머니는 맨발이었다.

　"엄마 때문이야. 엄마가 널 할머니한테 데리고 가서 그래. 할머니가……."

　어머니는 울컥한 듯 말을 삼켰다. 우영은 그런 어머니를 빤히 바라보았다. 삼키지 말고 말해요. 더 말해요, 엄마. 할머니가 왜요? 할머니가 나한테 어쨌는데요? 나는 내가 뭔지 궁금해요. 내가 듣는 소리가 뭔지 궁금해요. 엄마는 알아요? 내가 듣

는 소리를 엄마도 들어요?

어머니의 몸에서 몽글몽글, 소리들이 피어올랐다.

"우영아, 엄마는⋯⋯."

엄마는 남들처럼 살고 싶어. 남들만큼만 듣고 남들만큼만 느끼고 남들만큼만 알고, 그렇게 살고 싶어.

먼저 시선을 피한 쪽은 어머니였다. 어머니는 고개를 돌렸고 우영은 고개를 숙였다. 어머니의 맨발이 아스팔트 바닥 위에서 꼼지락거리는 게 보였다.

"아버지한테 죄송하다고, 장난친 거라고 해. 친구들이랑 놀다가 장난으로 경찰서에 간 거라고, 경찰한테도 거짓말한 거라고 해."

달빛에 드러난 어머니의 맨발 위로 눈 한 톨이 떨어졌다. 가냘프게 아른거리는 눈 결정은 꼭 나비 같았다. 어머니가 발을 털었다. 그러자 어머니의 발등 위에 앉은 게 무엇이었는지 확실해졌다. 눈이 아니라 나비였다. 나비가 구슬 부딪히는 소리를 내며 가루눈이 부유하는 하늘 위로 날아올랐다. 무의식적으로 한 행동이었다. 하지만 그걸로 확실해졌다. 어머니는 알고 있다. 우영이 장난친 게 아니라는 걸. 우영의 말이 거짓말이 아니라는 걸. 폐가에는 정말로 우영이 돕지 못한 아이가 있었고, 그 아이를 돕지 못한 죄책감이 우영의 키나 신발 사이즈처럼 매일매일 자라고 있다는 걸.

어머니의 세계가 우영의 것과 달라서 그런 거라면 괜찮았다. 감각의 폭이, 이해의 지반이 다른 거라면, 그럴 수 있었다. 그렇지만 알면서도 모른 척한 거라면, 우영의 세계를 알아주고 싶지 않았던 거라면, 괜찮지 않았다. 그럴 수 없었다. 그 세계가 아무리 무겁고 버겁다 해도, 어머니는 우영에게 그러면 안 되는 거였다.

하지만 결국 우영도 모른 척하고 말았다. 어머니와 우영이 다르다 한들 얼마나 달랐을까.

"……미안."

우영이 나직하게 중얼거렸다.

이제는 안다. 두려움을 이기고 귀를 기울이면 분명 아름다운 것이 있다. 유원지에 놀러 온 어린아이 같은 표정을 짓게 만드는 어떤 빛이, 속삭임이 있었다. 어머니도 그걸 알았다면 좋았을 텐데. 그랬다면, 아스팔트 바닥 위에서 어머니의 맨발이 꼼지락거리던 밤에 우리는 다른 이야기를 나눴을 텐데.

"선배."

저를 부르는 소리에 우영이 뒤를 돌았다. 물기 어린 도신의 패딩과 운동화가 형광등 빛 아래에서 빛났다. 입춘을 훌쩍 넘긴 2월 보름, 늦은 눈이 내렸다.

"눈 많이 오냐?"

"쌓일 것 같아요."

도신이 어깨 위의 눈을 털어냈다.

"입구랑 쓰레기 적치장, 사무실까지 다 살펴봤는데 특이 사항 없어요."

"고생했다."

우영이 도신에게 다가가 어깨를 두드렸다.

"내가 너 위험할 때 대신 칼 맞아준다고 한 거 기억하지?"

"에?"

도신이 우영을 보았다. 우영이 씩 웃었다.

"가서 밥 먹고 와. 좀 있으면 밥 먹을 정신도 없을 테니까."

"선배도 식사하셔야죠."

"너 먹고 오면."

"······."

"2m쯤 뒤에서 보고 있다가 칼 휘두르는 사람 없으면 나도 밥 먹으러 다녀올게."

"그럼······."

도신은 군말 없이 돌아섰다. 우영은 멀어지는 도신의 뒷모습을 오랫동안 지켜보았다.

행사 부스의 꼬마전구가 뿌리는 빛이 쌓인 눈 위에 설핏했다. 날이 쌀쌀해서 쌓인 눈이 얼어붙을 것 같았다. 행사를 구경하러 온 아이들이 눈을 밟고 뛰어갔다.

"할 수 있겠니?"

신재가 물었다. 추위 때문에 설의 두 뺨이 빨갰다. 설이 코를 한 번 킁, 하고 먹더니 고개를 끄덕였다.

"전교생 꿈을 돌려보낸 적도 있는데요. 2년 전 학교 꿈의 날 행사 때요."

"그때보다 힘들 거야. 500명도 넘어 보이는데."

"할 수 있어요."

설이 제법 단호하게 답했다.

"……왜 그렇게 보세요?"

"위험할 걸 알면서 널 데리고 왔어."

싸움터에 아이를 내어놓고서 하는 걱정이 변명이 될 수는 없다는 걸 신재는 잘 알았다. 감각엔 변명이 통하지 않는다. 감각은 책임감이 되고 책임감은 죄책감이 되고 죄책감은 악몽이 되고……

"데리고 온 게 아니라 제가 온 건데요."

……지옥까지 따라붙는다고, 그가 그랬는데…….

"우리는 같은 감각자잖아요. 동료라고요."

설은 참 쉽게도 그 인과를 끊어냈다.

말을 마친 설이 눈을 감았다. 설의 몸에서 희미하게 꿈이 퍼져 나왔다. 이번에는 자동차 사이드브레이크나 가스불을 걱정하는 수준의 잡꿈이 아니었다. 지방 라디오 방송국의 전파 간

섭 수준도 아니었다. 설은 꿈속에서 거대한 안테나를 세워 올리고 방송을 틀었다. 있는 힘껏 경고음을 울렸다.

행사고 축제고 다 끝났어. 집으로 돌아가서 문을 걸어 잠그고 나오지 마!

* * *

"만약 누군가 이 시설물을 폭파한다면 어디를 노릴 것 같습니까?"

크레인 기사가 의자를 돌려 우영을 보았다. 도신도 우영을 보았다. 예진의 표정이 굳어졌다.

"갑자기 그건 왜요?"

"날려버리겠다는 사람도 있었다고 하고, 궁금해서요."

"그거야……."

예진이 뭐 그런 걸 묻냐는 듯 눈을 가늘게 뜨고 우영을 보았다.

"굳이 폭파를 해야겠다면 관리동 사무실에 있는 제 책상이나 폭파해 줬으면 좋겠는데."

예진이 말을 마치자 크레인 운전석 쪽에서 픽, 하고 바람 새는 소리가 났다. 실소를 터뜨린 기사가 다시 의자를 돌려 앞을 보았다.

그렇게 행사 전 현장 점검이 끝났다. 도신이 주차장으로 나간 사이 우영은 관리동 앞에 홀로 서서 기다렸다. 전자 담배를 한 모금 할까 싶어 주머니를 뒤지려는데,

"형사님."

예진이 나타났다. 급하게 나왔는지 투피스 위에 코트도 걸치지 않은 채였다. 립스틱을 꼼꼼히 바른 예진의 입술 사이로 입김이 흩어졌다. 우영은 담배를 찾던 손을 주머니에서 뺐다.

"생각해 봤어요."

그녀는 감이 좋은 사람이었다.

"우리 시설에서 안전 점검 때 중요하게 보는 부분이 몇 군데 있어요. 일단 배출 직전 정화 단계에서 암모니아를 사용해요. 암모니아는 좋은 냉매지만 폭발성이 커요. 2013년도 미국 텍사스 비료 공장 폭발 사고도 암모니아 때문이었어요. 15명이 사망하고 160명이 부상을 입었죠. 2.1 강도의 지진이 일고 주민 1400여 명이 대피했고요."

예진이 잘게 몸을 떨었다. 추위 때문인지, 그 좋은 감에서 오는 두려움 때문인지 알 수 없었다.

"그다음은 적치장. 적치장은 용광로와 바로 이어져 있어요. 아까 말씀드렸죠? 스토커식 소각로는 마모에 취약하다고요. 그렇지 않아도 취약한 데다가 적정 온도 이상으로 올라가기 일쑤인 소각로에서 폭발물을 터뜨리면……."

"적치장 안에 화재가 나면 어떻게 합니까?"

"적치장 안에 스프링클러가 있긴 해요. 하지만 가연성 쓰레기가 워낙 많이 쌓여 있으니 산불에 분무기를 뿌리는 격이죠. 가장 많이 쓰는 방법은 크레인으로 불이 붙은 쓰레기를 집어서 용광로에 던지는 거예요."

"사람이 없을 때 불이 나면요?"

"그럴 일은 없어요. 당직자가 점검을 마친 후에 적치장을 잠그니까요. 하지만 누군가 작정하고 폭발물을 집어넣거나 하면 또 모르죠."

* * *

달이 환했다.

우영은 패딩 안주머니에서 할머니의 사진을 꺼냈다. 제니스 라디오를 끌어안은 채 귀를 보이며 웃고 있는 흑백사진 속 여자. 사진 속 할머니의 귀를 손가락으로 쓸어보았다. *할머니, 혹시 손희성을 사랑하셨나요?* 아니, 묻고 싶은 건 그런 게 아니었다. *할머니, 할머니의 신수는 뭐였어요? 할머니, 나에게 힘과 명을 넘겨주면서 아깝지는 않았나요? 지금 저한테 해주고 싶은 말은 없으세요?*

삐— 하는 이명이 울렸다. 신재와 설이 시작한 모양이었다.

감각이 발달하지 않은 사람들 귀에는 들리지 않겠지만, 갑작스레 찾아온 불안이나 안 좋은 감, 귀소본능 정도로 생각하겠지만, 우영의 귀에는 들렸다. 설이 있는 힘껏 경고음을 울리고 있었다. 우영이 미소 지었다.

우영도 제 일을 해야 했다. 사진을 다시 패딩 안주머니에 집어넣으며 생각했다. *힘과 명과 감각자의 삶까지 넘겨주신 김에, 염치없지만 조금만 더 도와주세요.*

우영은 적치장 뒤쪽 암모니아수 저장실까지 달렸다. '통제구역—관계자 외 출입금지'라는 노란색 스티커가 붙은 철문은 닫혀 있었지만 잠기지는 않았다. 우영이 철문을 잡아당기자 날카로운 쇳소리를 내며 문이 열렸다. 불이 꺼진 저장실은 어두웠다. 저장실 안쪽을 둘러본 우영이 가볍게 한숨을 쉬었다.

25

'제가 도와야 하는 거 있으면 말하세요.'

'뭐라고?'

'제가 도울 거 있으면 말씀하시라고요.'

'도와줘.'

같았다.

같은 사람이었다. 그렇게 오랫동안 붙어 있었는데. 그러니까, 그렇게 오래 붙어 있으면서 돕겠다는 말 한 번을 입에 안 올린 게 문제였던 거다. 칼을 맞아준다는 둥 병원비를 대준다는 둥 허세를 부려놓고 정작 도와달라거나 도와준다는 말은 서로 한 번도 안 했다. 친구가 없어봐서 무슨 말부터 해야 하는지를 몰랐다. *도와줘. 미안해. 고마워. 우리.* 그런 간지러운 말들을 몰랐다. *어쩔 수 없었어. 어른은 원래 친구 같은 거 없는 거니까.* 암모니아 저장실을 나와 적치장으로 달리며 우영은 변명하듯 중얼거렸다.

"김도신."

적치장으로 통하는 입구가 열려 있었다. 그 앞에 쪼그려 앉아 있던 친구 없는 인간이 우영의 목소리를 듣고 일어났다.

"거기서 뭐 해?"

"안쪽을 보고 있었어요."

"안쪽에 뭐가 있는데?"

도신이 옆으로 한 걸음 비켜섰다. 궁금하면 직접 와서 보라는 듯이.

"안쪽에다 뭘 하려던 건 아니고?"

우영은 내내 주머니에서 딸깍거리던 수갑을 꺼냈다. 그리고 도신의 왼 손목을 잡아 수갑을 채웠다.

너무 멀리 와버린 것 같았다. 지하철역에서 도신과 함께 '찰칵이 철컹이 됩니다'라고 써진 현수막을 양 끝에서 들고 사진을 찍었던 게 고작 1년 전 일이라는 게 믿기지 않을 정도로.

"믿겠다면서요."

도신은 수갑이 걸린 왼 손목을 내려다보더니 말했다.

"이번에도 똑같아요. 선배는 늘 문 앞에서 마음을 바꿔요."

도신은 그대로 쓰레기 적치장으로 뛰어내렸다.

우영은 수갑의 나머지 한 짝을 채우지 않은 자신의 안일함을 원망했다. 적치장으로 뛰어내린 도신이 쓰레기를 더듬거리며 중심을 잡고 일어나더니 우영을 올려다보았다.

"수동 개폐 버튼 눌러요. 문 닫힐 거예요."

도신이 말했다.

"닫고 도망가요. 왔던 길로 뛰어 달아나요. 모른 척 귀에 이어폰 꽂고 음악을 듣든 라디오를 듣든 해요. 지금까지 그랬던 것처럼."

"싫어."

도신이 픽 웃었다. 귓불에 열이 올라 화끈거렸다. 우영은 이미 한 번 도망친 적이 있다. 두 번이라고 어려울까.

"처음부터 날 알아봤어?"

도신이 고개를 끄덕였다.

"미안. 나는 몰랐어. 못 알아봤어. 네가 그렇게 티를 냈는데. 그렇게 감각을 흘렸는데. 거의 내 귀에다 대고 외치는 수준이었는데. 내가 몰랐다."

실내에서 땀을 흘리면서도 벗지 않던 롱패딩. 목도리와 장갑. 밑창이 두꺼운 신발. 어둠 속에서 어느 모서리에도 부딪히지 않고 울리던 전화를 단번에 찾는 감.

"언제 알았어요?"

"도와줘. 도와줄 거 있으면 말해요."

도신이 다시 한번 픽 웃었다. 빨리도 알았네요, 라는 듯이. 다시 한번, 귓불에 열이 올랐다.

"난 한 번 들은 건 어지간해서 잊지 않는데. 너는 이상하게 흐렸어. 왜 그렇게 흐렸는지 이제야 알겠다."

"……."

"그 사당터에서, 너도 건물 안에 들어왔잖아. 그 가건물은 초대를 받은 사람, 그리고 감각자만 들어올 수 있는데."

"……."

"두억시니가 빠져나온 날 표지석에 찍힌 신발 자국. 280 사이즈 외근화 밑창."

"……."

"가건물이 터지던 밤에 나타나서 이상한 말을 하던 남자."

"……."

"너, 감각자지?"

"……감각이 있다고 다 그 가건물에 들어갈 수 있는 건 아니에요. 특히 나처럼 감각을 갈무리한 감각자는 더욱. 손희성이 무슨 수를 쓴 건지 도저히 다가갈 수가 없었는데."

도신이 말했다.

"나를 믿고 초대해 준 건 고맙게 생각해요. 덕분에 손희성을 잡을 수 있었으니까."

"초대? 내가 널 초대했다고?"

"반가운 초대였어요. '20분 지나도 내가 안 나오면 들어와.' 그 20분이 얼마나 길던지."

도신이 웃었다.

"답례로, 내 감각을 알려줄게."

알고 싶어? 도신이 입 모양으로 물었다.

알고 싶었다. 아무튼 그게 탈이다.

"형은 피부감각이라고 했어."

"형…… 이라면……."

"허영희가 죽인 우리 형."

'아까 너 잘하더라.'

'예전에 해본 적 있어서 그래요. 형 장례식에서.'

'형?'

'옛날 일이에요.'

도신이 눈을 감았다.

그의 몸에서 꿈이 흘러나왔다.

26

새 歷史 창조에 身命 바치겠다. 憂國衷情으로 亂局 속 領導力 보여.

형이 거리에 떨어진 신문지를 주워 들었다. 신문 속에선 제복을 갖춘 사내가 사람들 앞에서 거수경례를 하고 있었다.

"새 시대 창조에…… 신, 신, 신…….."

"신명."

"그게 무슨 뜻이야?"

"몸과 목숨이라는 뜻이야."

"멋있다. 나도……."

"아니."

형이 동생의 말을 잘랐다.

"몸과 이름은 바치는 게 아니야. 우리의 삶을 위해 지켜야 하는 거지."

"지켜?"

그 말을 이해하지 못한 동생이 되묻자 형은 그저 웃었다.

"생각하지 마. 너는 네 꿈을 살아."

"내 꿈이 뭔지 모르겠어."

"알게 될 거야."

형이 말했다.

"곧 알게 될 거야."

형은 다정히 동생의 손을 잡았다. 순간 세상 전체가 불붙은 듯 붉게 타오르더니…… 깜빡, 점멸하며 가라앉았다. 세상이 원래의 빛을 되찾자 동생은 형을 보았지만 형은 동생을 보지 않았다. 형은 동생이 아닌 신문에 인쇄된 사진을 노려보고 있었다. 사진 귀퉁이에 조그맣게 찍힌 남자를. 동생은 그 남자가 찾아온 날을 기억했다.

"나가 있어. 내가 들어오라고 할 때까지는 들어오지 마."

남자가 문을 열고 들어오기 전, 형은 동생을 뒷문으로 내보냈다. 하지만 집 밖에 나가 있어도 동생은 바닥과 벽을 타고 오는 진동을 통해 집 안의 상황을 느낄 수 있었다. 어쩌면 형은 그래서 남자의 눈을 피하게 한 걸지도 모른다.

남자는 '우리 감각자'라고 했다. 남자는 감각자들이 연대해야 한다고 말했다. 남자가 말할 때마다 남자가 깔고 앉은 땅이

징징 울렸다. 동생은 온몸으로 소리를 들었다.

"아니요. 싫습니다."

형이 말했다.

"저희는 그런 데 끼지 않을 겁니다. 제가 지켜야 할 건 꿈이 아니라 저희의 삶입니다."

"감각이 뛰어난 사람은 지킬 수 있지. 지켜야 하지. 자기 자신이든, 남이든, 세상이든. 지키지 못한 것은 자네를 따라다닐 거야. 감각은 책임감이 되고 책임감은 죄책감이 되는 법이거든."

"……죄책감?"

형이 되물었다.

"그걸 느껴야 하는 건 당신 아니야?"

형의 심박이 쿵쿵 울렸다. 동생은 느꼈다. *형이 긴장하고 있구나.*

쿵…… 쿵…… *떨고 있구나, 형이.*

남자가 형에게 한 걸음 다가섰다.

"자네 부모님은 이상주의자였지. 물지는 못하면서 짖을 줄만 아는 개였어. 그 소리가 어찌나 시끄럽던지, 곤히 잠든 청맹과니들까지 다 깨울 정도였으니까."

남자가 형에게 한 걸음 더 다가섰다. 또 한 걸음, 다시 한 걸음. 쿵…… 쿵…… 쿵…… 쿵…….

"어디 자네도 한번 짖어보게. 뭘 안다는 건지."

쿵, 쿵, 쿵, 쿵, 쿵, 쿵, 쿵……

"형!"

동생이 문을 박차고 들어왔다. 형이 당혹스러운 얼굴로 동생을 돌아보았다. 남자와 동생의 눈이 마주쳤다.

"흐응……."

남자가 콧소리를 냈다. 그러더니 미소 지었다.

"좋아. 자네의 그 달콤한 꿈속에서 살아보라고."

남자는 더 이상 찾아오지 않았다. 대신 두억시니 떼가 집을 덮쳤다. 동생은 두억시니를 알았다. 약간의 꿈을 취하면 놈들은 곧 사라졌다. 하지만 그날 밤 집에 찾아온 것들은 그냥 두억시니가 아니었다. 괴물이었다. 그것들이 두억시니로 만든 염매였다는 걸 동생은 나중에 알았다.

형은 의식을 잃었다. 병원에서 가끔 깨어나면 헛소리를 했다. 도망치라고 했다. 동생은 그 말을 이해하지 못했다.

어느 밤, 그 남자가 면회를 왔다. 당직 간호사조차 꾸벅꾸벅 졸던 잠잠한 밤, 바닥을 타고 생경한 진동이 전해졌다. 침대 아래 숨은 동생은 이번에도 온몸으로 소리를 들었다.

"물지 못하면 짖지도 말아야지."

남자가 잠든 형에게 말했다.

"동생도 감각이 있지?"

남자가 웃었다.

"그 애는 훌륭한 감각자가 되어 쓰임을 받을 거야. 어차피 쓰레기처럼 버려질 이름, 재가 되어 사라질 몸. 흩어질 바에는 세상에 보시하는 게 동생에게도 좋은 일."

잠든 형이 나직하게 신음했다. 남자가 형 위로 몸을 숙여 속삭였다.

"좋은 꿈 꾸게. 그럴 수 있다면 말이지만."

다가오는 포식자를 첫눈에 알아보지 못한 무감의 소치는 고통스러웠다. 물지도 짖지도 못할 바엔 숨어야 했다. 동생은 도망쳤다. 도망치는 길에는 걸음걸음마다 두억시니들이 꼬였다. 기척이 없는 빈 건물, 온기가 없는 폐가에 숨어들어 봤자 고작 하룻밤뿐이었다. *저것들은 어떻게 나를 찾아내는 거지?* 두억시니는 기어코 동생을 찾아냈다. 차라리 감각이 없다면, 두억시니에게 공격을 받으면서 공격을 받는 줄도 모른다면, 그러면 차라리 견딜 수 있을 텐데. 그러다 깨달았다. *아, 이놈들은 나를 쫓아오는 게 아니구나. 내 악몽. 내 두려움. 내 공포를 쫓아오는 거구나.*

동생은 감각을 누르고 꿈을 죽이는 연습을 했다. 모든 수를 써서 스스로를 마취시켰다. 감각의 폭만큼 세상도 감각자를 느끼게 되니까. 그대가 심연을 들여다보면 심연도 그대를 들여다보니까. 옷을 껴입었다. 장갑과 목도리와 두꺼운 신발로 피부를 감쌌다. 감싸고 가렸다. 두억시니가 자신을 느끼지 못할 만큼. 아무것도 느낄 수 없을 정도로. 그리고 마침내 자신을 온전히 숨길 수 있게 되었다. 장갑과 목도리와 두꺼운 신발로 감싸지 않아도 숨을 수 있었다.

동생은 꿈을 감추고, 감각을 갈무리하고, 자신을 흐릿하게 만들어 세상에 녹아들었다. *얕은 잠을 자렴. 언제든 도망칠 수 있게.* 동생의 악몽 속에서 형이 말했다. *흐려지고, 녹아들어. 그래야 살 수 있어.* 그랬다. 주민등록제도가 시행된 지 20여 년이 지났지만 여전히 들고 나는 사람이 많던 세상이었다. 세상 흔한 게 사람이라, 사람 하나 들고 나는 건 티도 나지 않았다.

1년, 2년, 3년…… 10년, 20년……. 잊히기에 충분한 시간이 지나고 다시 병원을 찾았을 때 형은 이미 나이 든 노인이었다. 그는 감각을 잃어가고 있었다. 감각을 잃어버리는 속도만큼 빠르게 늙었다. 감각과 꿈이 빠져나간 몸은 급하게 쪼그라들었다. 형제의 시간은 완전히 뒤틀려 두 사람은 더 이상 형제로 보이지 않았다.

그즈음 동생에겐 꿈이 생겼다. 꿈속에서 동생은 몇 번이나 그를 찾았고 몇 번이나 그를 죽였다. 피부 한 겹 한 겹, 뼈 한 조각 한 조각을 발라내며 천천히, 체온을 식혀가며 느리게 죽였다. 남자의 감각 하나하나에 고통을 문신처럼 아로새겨 가며 죽였다.

꿈만으로는 꿈을 이룰 수 없었다. 신명이 필요했다. 이름이 필요했고 신분이 필요했다.

시절은 흐르고 계절은 바뀌고 세상은 변했다. 그해엔 취업에 실패한 청년들이 많았다. 많은 수의 청년이 생을 저버렸다. 동생은 월천 흙탕물에 떠오른 어느 젊은 몸을 건져냈다. 뻣뻣하게 군은 청년의 등에는 물살이 미처 벗겨내지 못한 백팩이 간당간당 매달려 있었다. 뭐라도 먹을 게 있을까 싶어 백팩을 뒤졌지만 먹을 것은 없었다. 대신 공무원 학원 구내식당 식권이 든 얇은 지갑, 몇 번이나 다시 푼 듯 너덜너덜한 기출문제집, 천 원짜리 볼펜이 가득 든 필통, 그리고 수험표가 있었다.

경찰 공무원 채용시험 응시표.

제1차 경찰 공무원(순경). 일반 공채(남자).

〈주의사항〉

① 응시표 출력 후 응시 분야, 응시 경찰청, 시험 과목 등이 본인의 선택 사항과 일치하는지 확인한다.

② 모든 시험에서 응시표와 신분증을 지참한다.(신분증 없이 시험응시 불가)

③ 모든 시험은 응시한 경찰청(응시 번호별)의 지정된 시험 장소에서만 응시할 수 있음.(타 지방청, 타 시험장 응시 불가)

모든 시험에서 응시표와 신분증을 지참한다…….

동생은 응시표에 붙은 사진 속 남자의 얼굴을 바라보았다. 응시번호 11694, 김도신. 꿈을 내려놓은 자 특유의 흐릿한 얼굴이었다. 지갑 속 공무원 학원 구내식당 식권첩 뒤에 도신의 신분증이 꽂혀 있었다. 무심한 구름이 흘러와 보름밤 달을 가렸다. 그림자 탓에 신분증 속 도신의 얼굴이 어두워졌다. 주인을 잃고 가족에게도 외면당한 몸은 한낱 구름 그림자에도 가리었다.

동생이 경찰이 되기로 다짐한 건 순전히 김도신이라는 남자 때문이었다. 만약 도신이 변호사 시험을 준비하고 있었다면 동생은 변호사가 되었을 것이다. 만약 도신이 공인중개사 시험을 준비하고 있었다면 동생은 공인중개사가 되었을 것이다. 하지만 도신은 경찰 시험을 준비하고 있었고, 동생은 경찰이 되기로 했다. 김도신이 되기로 했다. 동생은 뻣뻣하게 굳은 도신의 몸을 끌어다 용뫼산 우물터 곁에 묻었다. 잊혀진 땅에 잊혀진 사람이 하나 더 묻힌다 한들 누가 알아줄까.

"당신이 못 한 거, 내가 이뤄줄게요. 내가 못 한 건 당신이 이루는 거예요."

동생은, 아니 도신은 편편하게 다져진 땅 아래 숨죽인 남자를 향해 속삭였다. 이루지 못한 꿈은 탐욕이 되고, 탐욕은 증오가 되고, 증오는 스스로 몸을 불리는 생명체가 되었다. 땅 아래 갇힌 바람이 웅웅거렸다. 비린내가 났다. 오래 묵어 부패한 꿈의 냄새였다.

내려오는 길엔 골목마다 급하게 만든 듯한 전단이 붙어 있었다. 응시표와 신분증을 쥔 도신은 용뫼산 계단 기둥에 붙은 〈가족을 찾습니다〉 전단지를 바라보았다. 그렇게 두부나 체리, 모모라는 이름으로 불린 강아지의 모습을 오래 바라보다가, 픽 웃고는 산을 내려갔다. *잔인한 세상이야. 그렇지, 형?*

순경이 된 도신은 노인을 찾아가 신분증을 자랑했다. 노인은 도신의 경찰 신분증을 멍하니 바라보았다. 탁한 눈에는 초점이 없었다.

"나를 없애야 내 이름이 생긴다는 게 웃겨."

"……."

"나부터 없애고, 그 사람을 없앨 거야."

백태가 낀 노인의 흐린 눈이 피곤한 듯 감겼다.

"손자분, 할아버지께서 못 알아보셔서 어떡해요."

간호사가 말했다. 도신은 괜찮다고 말하며 노인의 손을 잡았다. 그때, 감각이 느껴졌다. 세상의 감정과 온도와 생명력이 파장으로 느껴졌다. 온몸에 전기가 오르며 피부가 파르르 떨렸

299

다. 간호사의 파장은 연한 노란빛이었다. 형의 파장은 죽음에 가까운 탁한 파란빛, 병원 천장은 어두운 빨간빛. 빨간빛이 진해졌다. 천장 위, 석고보드 안쪽에 뭔가가 있었다. 하지만 도신은 그걸 신경 쓸 여유가 없었다. 형의 심박이 점점 연해지고 있었다. 쿵…… 쿵…… 쿵…… 쿵…… 쿵. 형이 감각뿐 아니라 생 전체를 잃어가고 있다는 걸 파장과 빛깔과 소리가 알려주었다. 그런데도 형은 아직 믿음을 붙잡고 있다. 감각은 오직 믿는 사람과 공유할 수 있으니까.

"고마워."

동생은 형의 귀에 속삭였다.

"내가 꼭 갚아줄게."

그날 밤 요양 병원 화재로 서른두 명이 죽었다. 병원 천장 석고보드 안쪽에서 발생한 누전이 원인이었다. 가연성 플라스틱 마감재에 불이 붙자 연기와 함께 불똥비가 내렸다. 강희동, 김양미, 민정희, 박경술, 우영선, 최길복…… 도신의 형은 다른 서른한 명과 함께 잠자던 중 숨을 거두었다. 그리고 도신에게 전해진 형의 감각은 사라지지 않았다.

우영이 그 집에서 자신을 두고 도망친 아이라는 것을 도신은 한눈에 알아보았다. 땅을 울리는 진동이 같았다. 우영의 걸음걸이는 미묘하게 비대칭이었고 오른쪽으로 무게가 쏠렸다.

걸음걸이는 쉽게 고쳐지지 않는 법이다. 우영조차 잊고 살았지만 도신은 잊지 않았다. 도신은 무엇도 잊지 않았다.

우영에게 감각이 있다는 것도 도신은 알아보았다. 우영은 그날 도신이 숨어든 폐가에서 두억시니를 느꼈고, 그래서 도망쳤다. 하지만 다시 찾아왔다. 알지도 못하는 누군가를 돕기 위해. 우영이라면…… 어쩌면 우영이라면…….

그렇게 생각한 순간, 지금껏 도신을 지켜준 관성이 무너져 내렸다. 피부감각이 예민하게 날을 세웠다. 통제가 되지 않았다. 도신의 감각이 우영을 향해 열렸고, 도신은 다시 장갑과 목도리와 두꺼운 신발로 피부를 감싸야 했다. 빌어먹을 감각. 빌어먹을 믿음.

"야, 도신아."

"네."

"나중에, 너 위험할 때 내가 대신 칼 맞아줄게."

"네."

생리대를 뜯다가 헛손질하던 손. 그걸 바라보던 우영의 눈. 어떠한 파장도 진동도 울림도 없이 잠잠하게 가라앉던 공기— 그날을 떠올리면 괜히 믿음이라는 것에 의미를 두고 싶어졌다. 하지만 도신은 알았다. 꿈같은 믿음일랑 없는 게 낫다. 어릴 적 도신은 그걸 몰랐다. 지금은 안다. 다행히.

27

'둘이 같이 옮길 수 있을까요? 물론 그 전에 도신이한테 물어봐야겠지만.'

그때, 피가 배어 나오는 생리대를 꾹 누를 때, 우영은 뭐가 있다고 생각했다. 말없이 숨소리만 들리던 그 공간을 채우던, 우영의 귓바퀴를 바짝 서게 만들고 눈물이 핑 돌게 한 뭔가가.

소리가 사라진 듯 정적이 흘렀다. 지하철역 사고, 그 혼란 속에서 느꼈던 것과 똑같았다. 우영과 도신이 서로를 마주 보았다. 적막이 깨졌다. 우영이 도신을 향해 뛰어들었다. 도신은 우영을 향해 적치장에 쌓인 쓰레기봉투를 집어 던졌다. 쓰레기봉투가 날아오는 궤적이 우영에게 슬로모션처럼 들리고 보였다. 우영은 그대로인데 세상이 한 템포 느려진 것 같았다. 신재와 훈련을 한 보람이 있었다. 우영은 스스로 속도를 조절하고 있다고 생각했고—

그렇게 생각한 순간, 우영의 속을 읽은 것처럼 모든 공격이 두 배로 빨라졌다.

"뭐야. 뭐야. 뭔⋯⋯."

진동과 울림을 조절할 수 있는 건 도신도 마찬가지였다. 청각과 촉각은 닮은 점이 많았다.

"야⋯⋯ 야⋯⋯ 이건 반칙⋯⋯."

탄알처럼 날아온 쓰레기봉투가 우영의 이마에 명중했다. 이마에 부딪힌 쓰레기봉투 안에서 퍽, 소리가 났다. 찰랑, 하는 소리도. 일반 쓰레기봉투에서 나서는 안 되는 소리였다. 우영의 뛰어난 청각이 감지한 바로는 물이 들어 있는 플라스틱 페트병이었다. 그것도 2L짜리.

"시발 진짜⋯⋯ 가연성 쓰레기만 넣으라고⋯⋯."

"꿈은 가연성이에요."

"뭐?"

"사람도 가연성이고."

"⋯⋯."

"통로도. 염매도. 이무기도. 전부."

"⋯⋯."

"나는 여기를 날려버릴 거예요. 그러면⋯⋯."

도신이 헐떡거리며 말을 이었다.

"형이 돌아올 거야."

적치장 너머에서 비명이 들렸다. 뭔가가 터지는 소리, 물어뜯는 소리, 뛰고 도망치는 소리도 들렸다. 아득한 것이 꼭 전생에서 들려오는 소리 같았다. 아니면 희성이 머물던, 누군가의 신명을 바쳤다던 옛 시절에서 들리는 소리던가. 소리가 멀리서, 또 가까이서, 울렁거리며 밀려들었다. 우영은 멀미가 날 것 같아 양손으로 귀를 감쌌다.

"……누가 돌아온다고?"

"그 사람이 '이무기'라고 불렀던 거. 그게 사람들인 건…… 알고 있지? 흐르지 못하고, 잊히지 못하고…… 어딘가에 고여버린 사람들. 그 사람은 그걸 가두고 먹여서 길들이려고 했지만…… 실패했지. 이미 저 밖에 나와서 꿈틀거리고 있잖아?"

호흡이 달리는지 도신의 말이 중간중간 끊어졌다. 그런데도 도신은 입꼬리를 올려 웃었다. 낯선 얼굴이었다.

"흐르지 못하는 것엔…… 압력이 쌓여. 이 소각장만 해도 그렇잖아. 쓰레기를 태워서 나온 열로 물을 덥혀서 동네를 데우고…… 좋은 생각이었지만…… 압력이 쌓였지. 조금만 건드려도 터져버릴 압력이. 내 눈에는 보여. 형의 감각이 있으니까."

"열수송관 파열을 설마…… 이무기가 아니라 네가…… ."

"어차피 터질 거였어. 지금 이 땅 아래엔 압력이 잔뜩 쌓여

304

있으니까. 이무기라는 이름으로…… 형을 잡아놓은 이 땅이 터지고…… 균열이 생기면…… 형이 돌아온다."

맹물 같던 도신의 얼굴이 점점 진하고 또렷해졌다. 도신이 숨을 고를 때마다 얼굴의 근육과 피부가 다시 자리 잡는 것 같았다. 눈과 귀와 코가 얼굴 안에서 흐르며 움직였다. 낯설었다. 도신이 아니라 월촌동의 얼굴이었다. 이무기든 두억시니든 그걸 뭐라 부르든 간에, 월촌동 아래 잠들어 있던 것이 도신 안에 들어가 도신에게 씌었다. 용뫼산 사당터, 그 땅에서 벗어나 온전히 자유로워지기 위해. 그리고 그걸 풀어놓은 게 우영이다.

"아니야."

"……뭐?"

"그런 거 아니야. 지금 네가 생각하는 것, 네가 꿈꾸는 거, 그거 네 꿈 아니야. 그건 여기 월촌동, 용뫼산 아래에 잠들어 있는 것의 꿈이야."

"……."

"난 거기 들어가 봤어. 우물 아래. 거기 아래에 흐르는 악몽이 너에게 씐 거야."

"……."

"그러니까 그만하자."

도신이 헐떡거리며 우영을 보았다. 바깥의 소음이 가라앉았다. 도신의 가쁜 호흡도 조금씩 잦아들었다.

"우리 같이 나가자."

우영이 손을 내밀었다. 도신은 움찔하더니 우영의 손을 내려다보았다. 도신이 천천히 손을 내뻗었다. 우영의 손을 잡으려고. 그래, 거의 잡을 뻔했다.

하지만 도신을 홀린 그것은— 이무기든, 두억시니든, 뭐라 부르건 상관없을 그것은 힘이 셌다. 도신의 손이 허공에서 멈췄다.

"악몽을 꿔. 매일. 잠들면 형을 봐. 꺼내달라고, 나가고 싶다고, 다시 살고 싶다고 말해."

도신이 중얼거렸다. 그의 눈빛이 다시 탁해졌고 적치장 너머의 소란도 다시 음량을 키웠다.

"월촌동을 바치라고 했어. 그러면 형이 살 수 있다고."

"그럴 리가 없잖아."

"왜?"

도신이 물었다. 아니, 월촌동이 물었다.

"어차피 쓰레기처럼 버려질 이름. 재가 되어 사라질 몸. 흩어질 바에는 세상에 보시하는 게 저들에게도 좋은 일."

적치장 안쪽을 밝히던 조명이 꺼졌다.

"감각자들은…… 늘 그렇게 해왔잖아."

어둠 속에서 도신의 목소리가 울렸다.

"그날, 왜 다시 왔지?"

목소리가 물었다.

"널 구하려고."

우영이 답했다. 아니, 그건 답이 아니다.

"······내가 느끼는 게 병이 아니라는 걸 확인하려고."

우영은 진짜 답을 내놓았다.

"이번엔 내가 물을 차례야. 손희성을 만나기 전까지 너는 형과 단둘이 지낸 거야? 생계는 형이 해결했나?"

대답 대신 묵직한 쓰레기봉투가 날아왔다. *이 새끼가 진짜······*.

"대답해. 형은 무슨 일을 했지?"

우영은 경찰 일을 좋아했다. 잘하기도 했다. 정신과와 심리 상담소 책상 이쪽에 앉은 자들의 말을 기억하고 따라 한 게 도움이 되었다. 다짜고짜 '왜 그랬어요?'라고 물으면 피의자는 절대 입을 열지 않는다. 어린 시절 이야기부터,

"형은······ 공사장을 다녔어. 온 세상이 공사 중이던 시절이라······ 일을 찾는 건 어렵지 않았지."

"막일을 했나?"

이번에도 대답 대신 쓰레기봉투. 피했다고 생각했는데 어깨에 스쳤다. 아팠다.

"막일을 한 건······ 아니었어. 그러기엔 형의······ 몸이 약했거든. 대신······ 공사장에서······ 사고가 날 만한 곳을 찾아다

넜어. 공사장 사람들은…… 미신을 믿지. 형은…… 사고가 날
만한 곳을 족족…… 찾아다녔어. 그…… 좋은 감으로……."

아, 힘들었겠네요, 그래서 어떻게 되었나요, 하면서—

"힘들었겠네. 그래서 어떻게 되었지?"

프로이트와 셜록 홈스 사이 누군가처럼 살살 구슬려야 한다.

"형은…… 파장을 읽었어. 빛깔 같은 거야. 원추세포인지
뭔지가 발달한 거라고…… 형이 언젠가…… 설명한 기억이
나. 위험의 파장을…… 감지할 수 있었지."

도신의 목소리가 뚝뚝 끊어졌다.

"형은…… 감각을 이용해서…… 공사장의 유류 증기
나…… 전기 스파크가 튀는…… 곳을…… 찾아냈어. 그 시
절 공사장에…… 안전 수칙 같은 건…… 없었거든. 삽을 뜨기
전…… 돼지머리에 절을 하는 게 안전 지침의 전부였지. 모든
사람이 신명을 바쳐야 하는…… 그런 시절이었으니까."

"그렇지. 살아 있으면 산업의 역군, 죽으면 그냥 개죽음인."

우영이 맞장구를 쳤다.

"형은…… 사람들을 지켰어. 사람들을 살렸어. 뭐…… 필
요하다면 형이 밤에 공사장에 숨어들어서 손을 쓰기도 했지
만. 개중에는…… 정말…… 사고가 안 날 법한 곳도…… 있었
거든. 그런 데는 밤에…… 전기선을 손봐서 누전을 만들어놓거
나…… 유류 증기가 생기게 통을 열어놓거나…… 볼트를 조금

308

만 풀면…… 진동을 이용해서 조금만 풀면……."

적치장 안에서 무언가 폭발했다. 가루가 날렸다. 우영은 눈과 코와 귀와 몸의 모든 구멍을 파고드는 입자들 사이에서 정신을 붙잡으려 애썼다.

"꿈가루……."

이 가루는 도신이다. 도신이 제 몸과 꿈을 갈아 가루를 내며 적치장을 폭발시키려 한다. 날리는 가루 하나하나, 울리는 소리 하나하나, 바닥의 진동 하나하나가 다 도신이었다. 사방이 도신이었다. 말주변을 챙길 여유가 사라졌다.

"하지 마. 하지 마, 김도신."

말리는 우영의 복부에서 또 한 번 꿈이 터졌다. 오래된 한이 우영의 몸을 펀치 머신처럼 치고 지나갔다.

"하지 마?"

묵직한 꿈에 맞은 장기가 욱신거렸다.

"어디 한번 말려보든가. 감각자라며. 꿈을 지키고 세상을 구한다며. 어떻게?"

도신이 웃었다.

"손희성이 그런 건 안 가르쳐주던가?"

소각장 바닥이 도신의 숨소리에 맞춰 가쁘게 떨렸다. 우영의 몸 아래에서 쓰레기봉투들이 부글부글 끓었다. 땅 아래 매설된 열수송관 볼트를 어떻게 푼 건지 알 만했다. 이번에도, 도신이 소각로 볼트를 풀고 있었다. 진동을 이용해서.

"……용뫼산 사당터, 그 가건물은 어떻게 터뜨린 거지?"

몸을 일으켜 세우며 우영이 물었다. 쉬면 안 된다. 계속 말을 붙여야 한다.

"거기에도…… 파장이…… 쌓여 있었어. 나는 조금 손만 보았고…… 형한테 배웠던 대로…….".

도신의 목소리가 흔들린다. 아까보다 더 심하게.

"여기도…… 이미 내부가 삭아서…… 망가지고 있으니…… 용광로 공기 통로에 조금만 손을 써도…… 터질 거야. 점화만 하면…….".

"너희 형은 사람들을 지켰어. 개죽음을 당할 뻔한 사람들을 살렸어."

"……."

"네가 지금 하려는 짓, 형을 위한다는 너의 계획, 그게 정말로 너희 형이 원하는 거야?"

"……."

"손희성이 자기 뜻에 따르지 않는 감각자들을 해친 걸 알아. 하지만 손희성은 죽었고 다른 사람들은 잘못이 없어. 저들은 꿈도 두억시니도 못 느껴. 아무것도 모르고 아무 죄도 없어. 그냥 여기 살았을 뿐이야."

"그건 우리도 마찬가지야!"

도신이 마지막 힘을 쥐어짜는 듯했다. 도신의 목소리는 모서리가 다 뭉개져서 낯설고 기괴하게 들렸다.

"아무것도 모르고 아무 죄도 없이, 그냥 살았어. 그냥 살고 싶었어. 하지만 손희성은 우리를 공격했지. 우리에게 두억시니를 보냈어. 염매가 된 괴물들을!"

도신의 목구멍에서 나온 목소리가 천만 갈래로 갈라졌다. 아이, 어른, 젊은이, 늙은이, 여자, 남자…….

"그 괴물들은 형의 기운을 밑바닥까지 빨아먹었어. 껍데기만 남은 형은 감각은커녕 꿈과 시간과 기운을 모두 잃은 노인이 되어 세상을 떠났고. 하지만 돌아올 수 있어. 그래, 이 쓰레기가 물을 덮혀서 월촌동을 돌고 도는 것처럼. 그러다 어디 하나 균열이 생기면 터져 나오지. 균열이 생기면 돌아올 수 있다고, 형이 그렇게 말했어."

"그럼…….."

"그래."

목소리가 픽 웃었다.

"이 소각장이 마지막으로 소각하는 건 여기 월촌동이 될 거야. 이 땅이야말로 거대한 쓰레기니까."

도신의 눈동자에서 그것이 어른거렸다. 잠깐이지만 우영도 그것에 씌었었다. 상필을 내리치면서 우영은 얼마나 쾌감을 느꼈던가. 롤러코스터를 탄 것처럼 적치장 바닥이 흔들렸다.

311

머리 위 소각로 조정실 유리창이 빨간색으로 요란하게 번쩍였다. 상황판에 달린 경고등이 사이키 조명처럼 깜빡거렸다. 덥다. 기온과 압력이 올라 적치장이 금방이라도 터질 것 같았다. 도신은 패딩과 목도리로 이 압력을 꽁꽁 싸맨 채 지금까지 살아왔던 걸까. 그리고 이제 용광로와 함께 그 압력을 터뜨리려는 걸까.

다른 방법은 없을까. 압력을 천천히 낮추고 온도를 조금씩 떨어뜨려 불을 꺼뜨릴 수 있는 다른 방법이.

"하지만 너는…… 나가. 전에 그랬던 것처럼 문을 닫고, 왔던 길로 있는 힘껏 뛰어. 그러면 너한테는 아무 일도 없을 거야. 확인했잖아. 네가 느낀 게 병이 아니란 걸 알았잖아. 그럼 됐잖아."

도신은 다시 그 폐가의 어린아이가 된 것 같았다. 도와줘, 하며 우영에게 손을 뻗던 어린아이. 나가라고 하면서, 왔던 길로 힘껏 뛰라고 하면서, 사실은 도와달라고 말하고 있는 건 아닐까.

어둠 속에서 우영은 도신이 있는 위치를 정확히 짚어낼 수 있었다. 도신은 크레인 아래에 있었다. 쓰레기 적치장에서 용광로 안으로 쓰레기를 집어넣는 크레인 바로 아래. 우영은 거기에서 2m쯤 떨어진 곳에 서 있었고.

'저거 봐라. 저거 크레인 떨어지면 어떻게 될 거 같냐?'

크레인까지 뛰어오를 수 있을까. 우물에서 줄을 붙잡을 때 그랬던 것처럼.

쓰레기 적치장에서 천장 크레인까지의 높이는 지하 우물에 늘어졌던 줄보다 훨씬 높았다. 하지만 도신이 만드는 진동을 이용한다면…… 진동에 올라타 그 힘을 이용해 박차오를 수 있다면…….

우영은 몸을 뒤로 물린 채 상체를 숙였다. 사방에서 벌떼가 웅웅거리는 것 같았다. 바닥의 진동이 더 거세졌다. 우영은 발 밑의 쓰레기봉투를 박차고 적치장 벽을 향해 뛰어올랐다. 벽에 발이 닿자 다시 한번 발을 굴렀다. 팔을 위로 길게 뻗으며 몸을 최대한 길고 가늘게 만들었다. 피부로 공기의 흐름을 느꼈다. 먹먹하게 잠기는 귀를 열려고, 더 활짝 열려고 애를 썼다. 마침내 우영은 제트기류에 올라타듯 위로 솟구쳤다.

"큭…….."

크레인에 몸이 부딪혔다. 아픔을 느낄 새도 없이 거미처럼 생긴 크레인 집게에 달라붙었다. 손바닥 아래에서 미끄러지는 크레인을 꽉 붙잡으면서 우영은 저도 모르게 욕을 씹어 뱉었다. 팔의 근력을 쥐어짜 크레인 위쪽으로 기어올랐다. 시간이 지나고 우영은 생각했다. 그건 그저 자신의 힘만은 아니었을 거라고. 끝내주는 제 전완근만이 그 끝을 보게 한 건 아닐 거라고. 아마도 세상을 지키려는, 삿된 힘과 정반대에 있는 어떤 존재들이 자신에게 힘을 보탰던 거라고. 세상에는 바깥으로 밀어내는 힘뿐만 아니라 안쪽으로 모이는 힘도 있으니까. 신재네 학교를 지키던 세종대왕, 책 읽는 소녀상 같은 존재들. 그래야 균형이 맞으니까.

"떨어져! 떨어져! 떨어……!"

후크를 고정한 와이어에 주먹을 날렸다. 우물에서 덮개를 때리던 때처럼 온 힘을 다해. 우영 자신의 힘과 세상을 지키려는 힘을 전부 끌어모아.

천장 크레인을 지탱하는 훅이 끊어졌다. 중심이 흩어지며 몸이 아래로 꺼졌다.

거대한 크레인이 추락했다.

크레인 집게가 아슬아슬하게 도신의 머리를 스치고 지나갔다. 그리고 잠깐 세상이 꺼졌다.

점멸하듯 정신이 돌아왔다.

도신은 오른쪽 팔이 뒤틀려 크레인과 쓰레기 사이에 끼인 채로 쓰러져 있었다. 우영이 크레인 위에서 기어 내려왔다. 흥분 때문인지 몸에 열이 올랐고 쾌감 같은 근육통이 느껴졌다. 우영은 도신의 오른쪽 손목에 나머지 수갑 한 짝을 채웠다. 도신은 꼼짝도 하지 않았다. 반항도, 공격도 없었다. 이럴 줄 알았다는 듯 축 늘어졌을 뿐.

"암모니아 저장실, 거기도 확인했어. 팀장님한테도 말씀드렸고. 지금쯤 시설 관리팀에서 나왔을 거야."

"……"

"또 어디야. 말해."

"너무 늦었어."

"뭐?"

"저 위에 있는 거. 벌써 힘을 얻었어."

조금은 당혹스러워 보이는, 어쩐지 겁에 질린 것처럼 보이는 도신의 얼굴이 흔들렸다. 다시 한번 바닥이 진동했다. 꿩대한 진동이 파도처럼 우영의 귓바퀴를 흔들었다.

28

공원을 가득 채우던 사람들이 모두 떠난 텅 빈 행사장에서 꼬마전구만 맥없이 반짝거렸다. '새해 복 많이 받으세요' 현수막이 힘없이 펄럭이다 축 늘어졌다. 눈이 신발 밑창을 적실 만큼 쌓였다. 설이 눈을 떴다. 왼쪽 콧구멍에서 뜨끈한 코피 한 줄기가 흘러내렸다. 설이 손등으로 코밑을 닦아냈다. 그리고 그대로 바닥에 고꾸라졌다.

"이설!"

신재가 무너지는 설을 붙잡아 안았다.

"저 졸라 잘했죠."

설이 신재의 팔 안에서 미소 지었다. 부러 비속어를 썼다. 코피를 흘리며 바들바들 떨면서도 어린 티를 낼 모서리가 필요하다는 듯이. 신재는 그런 설을 꽉 끌어안으며 속삭였다.

"그래. 잘했어. 너무 잘했어."

설을 끌어안은 신재의 무릎을 타고 진동이 느껴졌다. 신재가 고개를 들었다.

"설아, 이설."

설은 대답하지 않았다. 신재의 품에서 축 늘어졌다. 다시 고개를 든 신재의 동공에 검은 그림자가 가득 찼다. 검은 그림자가 용뫼산 위로 떠오르고 있었다. 그림자는 가건물 터를 헤치고 나와 산을 물들이며 내려왔다. 갉갉갉갉— 까드득까드득— 손톱과 이빨이 달린 듯, 그것은 긁는 소리를 내며 지나간 자리를 집어삼켰다. 나무, 풀, 자갈, 흙을 휩쓸며 용뫼산 둘레길 주차장까지 내려온 그것은 주차된 차를 종잇장처럼 구기며 하나씩 먹어 치웠다. 그림자를 따라 두억시니들이 날았다. 선두에 선 두억시니 한 마리가 포효했다. 그에 응답하듯 뒤를 따르는 것들이 울부짖었다. 멀리서도 응답이 이어졌다. 지하철 벤치, 공공화장실 세 번째 칸, 병원 입원실, 학교 보건실, 월촌주공9단지 지하 전기실, 또 어딘가에 숨어 있던 염매가 기어 나왔다. 씻지 않은 몸에서 퀴퀴한 냄새가 났고 벌어진 입에서는 침이 흘렀다. 그들의 발치에는 그림자가 없었다.

"이순영 대표님?"

그림자 없는 여자를 향해 누군가 물었다.

"주공 9단지 입주자 대표님 맞죠? 대화방에서 말씀이 없으
셔서 걱정했⋯⋯."

9단지 입주자 대표 순영은 자신에게 인사하는 사람의 귓불
을 물어뜯었다. 그리고 더러워진 입술을 손등으로 훔치고는 계
속 걸어 나갔다.

"김상필 님, 아직 일어나시면 안 되는⋯⋯."

침대의 구속구를 뜯고 일어난 상필은 그대로 간호사에게
달려들었다. 그리고 간호사의 유니폼을 찢으며 송곳니로 목덜
미를 파고들었다. 입술 사이로 침이 흘렀다. 비린내가 났다.

월촌역 입구의 쓰레기통을 뒤지던 노숙인 사내가 고개를
들었다. 사내의 머리 위를 밝히던 달이 보이지 않았다. 보름이
라 훤했던 달이 구름에 먹혔는지 온통 어두웠다. 가만, 월촌역
주변 상가 간판이 다 꺼졌던가? 자원 회수 시설 굴뚝 조명은?
사내는 그 속을 뒤지느라 반쯤 몸을 집어넣고 있던 쓰레기통에
서 빠져나왔다. 그리고 월촌역 계단을 정신없이 뛰어 올라갔
다. 월촌역 남자 화장실 가장 끝 칸에 들어간 사내가 문을 걸어
잠갔다. 변기 위에 올라 무릎을 세우고 그 사이에 머리를 묻었
다. 오래 떠돌며 버려진 노숙인 특유의 감이 말했다. 용뇌산 둘
레길을 오가며 느꼈던 그것이 기어코 깨어난 모양이라고.

　　　　　＊　＊　＊

　겨우 도신을 크레인 아래에서 끄집어낸 우영이 한숨을 푹
쉬었다.

　"이 멍청한 새끼야!"

　우영은 쓰레기봉투 하나를 집어 축 늘어진 도신을 향해 집
어 던졌다. 도신의 이마에 부딪힌 쓰레기봉투에서 뭔가가 깨지
는 소리가 났다. 밥그릇이나 도자기 같았다. 도신의 이마에서
핏줄기가 흘렀다.

　"헐. 야…… 야, 괜찮냐? 야이 씨, 도자기 그릇은 불연성인
데 여기 왜 들어가 있냐……."

　자기가 때려놓고, 우영은 당황해서 도신에게 물었다. 얻어
맞은 충격 탓인지 도신의 눈동자를 사로잡고 있던 기운이 조금
빠져나간 것 같았다. 끝내주는 전완근에 온 힘을 실어 날렸으
니 그럴 만했다.

　"……괜찮습니다."

　목소리가 맑고 뾰족한 모서리를 되찾았다. 다시 우영이 아
는 그 도신이었다. 그러고 보니 신재가 그랬지. 별수를 다 써도
안 떨어지는 귀신은 물리가 답이라고.

　"저 기운 풀어놓는다고 네 형 안 돌아온다."

"……."

"너도 알잖아. 저건 원과 한과 혼이 몇백 년 쌓여서 묵은 거야. 저기 있는 건 너희 형이 아니야. 네 집착이고 미련이지. 지금 네가 하려는 게 형을 되돌리는 게 맞아? 다른 사람들을 해치려는 게 아니고? 그게 손희성이 한 짓이랑 다른 게 뭐야?"

우영의 말을 듣는 건지 흘리는 건지, 도신은 평소의 그 흐릿한 얼굴을 한 채 천장만 보았다.

"형이 너에게 감각을 전해주었을 때 그걸 널 위해 쓰길 원했을 거야. 네가 살기 위해, 네가 올바르다 믿는 쪽으로. 몸과 이름은 삶을 위해 지키는 거라고 네 형이 그랬잖아."

말을 마친 우영이 휴대전화를 꺼냈다. 그리고 번호를 눌렀다. 피로감과 담배 냄새가 느껴지는 익숙한 목소리가 전화를 받았다.

"팀장님, 저 이우영입니다. 암모니아 저장실 쪽 해결됐습니까? 적치장도 됐습니다. 다 됐는데…… 저희 좀 꺼내주세요. 여기 입구만 있지 출구는 없대요."

29

밤이 아닌데도 밤처럼 어두웠다. 몸에서 쓰레기 냄새가 진동했다. 공기 중의 자욱한 비린내와 쿰쿰한 살기가 우영의 몸에서 풍기는 냄새를 덮어주었다.

셔터 소리와 함께 빛이 터졌다. 돌아보니 수사용 스타렉스 뒤에 전에 보았던 기자가 서 있었다. 찍쪼. 조승현 기자. 월촌역 난동 사건을 단독 보도한 그의 렌즈가 이번에는 도신을 향해 있었다. 우영은 수갑을 찬 도신의 머리를 아래로 누르고 그 위에 패딩을 덮었다. 그대로 도신을 스타렉스에 집어넣었다. 차에 오르기 전, 우영의 패딩을 뒤집어쓴 도신이 뒤를 돌아보았고 두 사람의 눈이 마주쳤다. 피가 낭자한 월촌역에서 김상필의 목덜미를 지혈하며 마주 보았던 때처럼.

"이우영, 같이 안 가?"

팀장이 물었다.

"먼저 가세요. 가봐야 할 곳이 있어서요."

"뭔데? 우리 다 같이 가지?"

위험한지 어쩐지 알 수 없는데도 팀장은 같이 가자고 말했다. '우리 다 같이 가자'라고. 심지어 우영은 온몸에서 쓰레기 냄새를 풍기고 있는데. 그게 뭐라고 우영을 울컥하게 만들었다.

"제가 할 일이에요."

우영은 거절의 끝에 덧붙였다.

"사무실로 가서 방검복 챙겨입으시고 목이랑 귀 조심하세요. 딱 봤을 때 사람이 아닌 것 같은 게 보이면……."

피하라고? 도망치라고?

"……몸조심하시고요."

말을 마친 우영은 용뫼산 둘레길을 향해 뛰었다.

쿰쿰한 살기와 자욱한 비린내를 걷어가며, 우영은 뛰었다. 내리는 눈이 꼭 재 같았다. 우영은 도신과 함께했던 장례식을 떠올렸다. 누군가를 한 줌의 재로 보내주던 의식에서 도신과 연결된 듯 느꼈던 그 기묘한 감각을 떠올렸다. 한 사람의 마지막을 지키는 순간 두 사람은 같이 있었다. 그 감각이 우영은 좋았다. 기꺼웠다.

영웅 노릇을 해보겠다 큰소리쳤지만 우영은 알았다. 세계를 구하는 거창한 일은 할 수 없다는 걸. 그러기엔 능력이 안 된다. 하지만 누군가의 마지막을 지키는 일은 할 수 있다. 눈에 보이는, 손이 닿는, 귀가 들리는 곳에 있는 꿈을 지켜낼 수도 있다. 그러다 보면 가끔 눈물 나게 아름다운 순간을 만나기도 한다. 볕 좋은 날 유원지처럼. 노이즈 속의 화음처럼. 그 아름다운 순간을 조금 더 귀 기울여 듣고 싶었다. 온 감각으로 느끼고 싶었다.

용뫼산 둘레길 초입까지 단숨에 달렸다. 한 칸에 4초씩 수명을 늘려준다는 건강 계단 120칸을 단숨에 뛰어올랐다. 우영이 찾는 사람이 거기 있었다.

신재가 홀로 악몽에 맞서고 있었다. 쓰러진 설의 앞을 막아선 신재의 손에서 하얀 분필 가루가 날렸다. 싸라기눈처럼 빛을 뿌리는 석회분. 신재가 자랑했던, 귀엽고 애처로운 현실의 무기. 낮은 채도로 일상에 녹아든 감각자들의 무기는 그렇게 보잘것없었다. 하지만 이게 감각자들이었다.

"하신재 씨!"

우영의 부름에 신재가 힘겹게 뒤를 돌아보았다. 신재의 어깨 너머, 그림자에 먹힌 월촌동은 아득히 어두웠다.

"설이, 설이부터 챙겨요. 여긴 내가 해결할 테니까."

"너무 커요. 너무 세. 이우영 씨 혼자서 상대하기엔……."

"괜찮아요. 난 겸손이라고는 감각자의 눈으로도 찾아볼 수

323

없는 인간이니까. 혼자 영웅 노릇 좀 해보려고요."

우영은 미소 비슷한 걸 지어보려 했다. 어쩌면 신재가 기억하게 될 마지막 모습일지도 모르는데, 그 와중에 기왕이면 멋있어 보이고 싶었다.

"나는 염매를 알아요. 그것은 어둠 속에서 오래 묵은 꿈이라 눈이 어두워요. 내가 겪은 염매는 한 치 앞의 빛도 보지 못했어요. 하지만 나는 들을 수 있잖아요. 저들에게 옳은 길을 가르쳐줄 수 있어요."

그리고 우영은 무릎을 구부리고 상체를 숙이며 도움닫기 자세를 취했다.

"뭘 타고 오르는 것도 잘하고요. 귀신도 잘 잡아요. 알죠? 나 귀신 잡는 해병대, 외줄 오르기 에이스 출신인 거."

우영의 말에 신재가 눈을 끔뻑거렸다. 신재의 눈자위에 하얗게 막이 떠오르더니 사라졌다.

"이우영 씨. 저번에 그쪽이 들려준 소리, 그럭저럭 들을 만하다고 한 거 거짓말이에요."

"……"

"좋았어요. 사는 동안 계속 생각날 만큼 좋았어요."

"나도요."

"……"

"나도 좋아해요, 하신재 씨."

324

소리든, 그 소리를 함께 들은 사람이든, 다 좋았다. 근사한 광경 앞에서 '당신도 들었어요? 방금 그거, 너도 봤어?'라고 물을 수 있는 사람이 있다는 게 얼마나 운 좋은 일인지. 눈과 귀를 공유하는 사람, 감각을 나눌 수 있는 사람이 얼마나 귀한지. 그런 사람이 있기에 불현듯 이 세상이 외롭지 않음을 깨닫는 순간, 불현듯, 세상을 사랑하게 되었다. 신재도 그랬으면 좋겠다고 생각했다. 그래서 신재가 한 번 더, 아니 여러 번, 아니 사실은 자주, 유원지에 입장한 어린아이 같은 표정을 지었으면 좋겠다고. 그래서, 그러니까, 그러므로, 그렇기 때문에 우영은 세상을 지키고 싶었다. 지키기로 했다. 그게 우영의 꿈이었다.

우영이 땅을 박차며 진동을 만들었다. 발 아래에서 땅이 진동했다. 두둑한 소리가 동심원을 그리며 퍼졌다. 우영은 그 힘을 동력 삼아 염매를 향해 뛰어올랐다. 이름을 모를 때야 귀신이고 괴물이었지만 알게 된 이상 그들은 더 이상 귀신이 아니었다. 괴물도 아니었다. 홀린 사람들, 이루지 못한 꿈을 가진 사람들, 꿈을 잃어버린 사람들, 억울한 것이 많은 사람들. 그들이 붙잡고 있었던 집착, 열망, 흘려보내지 못한 꿈들. 그 꿈에 찰싹 달라붙었다. 자글자글 끓는 검은 표면에 닿은 손바닥이 뜨겁고 시렸다. 뜨거운데 동시에 시릴 수 있다니 이상하지만 정말 그랬다. 집착은 뜨겁고 한은 시렸다. 찌릿한 감각과 이명을 견디며 손바닥에 힘을 주고 염매의 머리를 붙잡은 채, 고삐를 당기

듯 방향을 조절했다. 소리…… 월촌동의 소리를 들으면서. 월천이 흐르는 소리, 용이 난다는 월천의 물소리를 찾으려고 귓바퀴를 바짝 세웠다.

나가게해주세요빚은무슨수를써서라도갚겠습니다목숨이다할때까지갚겠습니다내보내주십시오올라가게해주세요제발올라가게해주십시오제아들은겨우여덟살입니다나가게해주세요빚은무슨수를써서라도갚겠습니다나가게해주세요…….

"이번엔 정말이에요. 그냥 풀어놓기만 하려는 게 아니야."

염매의 귀에 대고 속삭였다.

"나가게 해줄게요."

세상 모든 것들이 그러하듯 열망도 집착도 흘려보내야 한다. 억울함이 있고 한이 맺혀도 결국은 흘려보내야 한다. 수백 개의 이목구비가 부글부글 끓으며 우영에게 집중하는 게 느껴졌다. 수백 개의 눈이 깜빡거리고 수백 개의 귀가 쫑긋거리고…….

"여기서 나가게 해줄게."

작은 손이 팔랑거렸다. 아버지의 허벅지 뒤에 몸을 숨긴 아이가 빼꼼 고개를 내밀더니 우영과 눈을 맞췄다. 우영을 물끄러미 바라보다가…… 손을 흔들었다.

미안. 너를 구해주고 싶었어, 정말로.

나가게 해줄게. 빛이 있는 곳으로 데려가 줄게.

'오를 승(昇)에 빛날 화(華).'

'이승에서 힘들었던 것은 다 잊고, 더 높은 곳으로 올라서 빛나라는 뜻이에요.'

올라가자. 더 높은 곳으로 올라서 빛나.

오르는 동안 너희 아버지의 다리를 꼭 잡고 있어야 해. 이렇게, 손바닥에 힘을 주고. 배에 힘을 주고.

아이가 고개를 끄덕였다. 우영은 귀를 기울였다. 월천이 멀지 않은 것 같았다. 물소리가 들렸다. 지직거리며 주파수를 잡는 듯한 소리도 들렸다.

[······Your 24hour stereo music station······ American Forces Radio······This is navy journalist······]

갑자기 영어 듣기 평가를 하는 듯한 멘트가 들렸다. 그리고 오래된 팝송이 이어졌다. 우영은 잠시 어리둥절했다가······ 미소지었다.

'젊었을 땐 이걸로 미국 뉴스랑 팝송 채널을 들었어. 듣고 있으면 천국이 따로 없었는데…….'

할머니다.
할머니의 꿈이야.
내게 힘을 보태주는 거야.

너는 나 같은 실수를 하지 않을 거야. 너는 좋은 애니까.

할머니의 꿈이 속삭였다. 속삭임 끝에 어떤 소리도 감히 견줄 수 없는, 따뜻하고 풍성한 웃음소리가 이어졌다. 손희성이 지나온 모든 생에서 그리워했을 소리가. 저 웃음을 저버리고 오래된 라디오만 끼고 살았다니. 저 다정한 목소리가 바란 세상을 살지 못하고 지옥의 밑반찬이나 차리며 보냈다니. 광대무변한 세계의 즐거움이 자신의 오감에 가로막혀 있는 줄도 모르고. 가엾은 인간.

소리가 커다란 길이 되어 우영 앞에 펼쳐졌다. 길 끝에서 하얀 포말이 일었다. 깊고 묵직한 소리가 파도처럼 우영을 덮쳤다. 우영의 머리 위로 커다란 지느러미가 솟구쳤다. 웅장한 마찰음과 경쾌한 물보라, 꼬리 아래서 시원스레 부서지는 파도들. 그리고…… 노래.

'*할머니의 신수는 뭐였어요?*'

고래였구나.

참고래가 노래했다. 저 밑에서, 또 저 위에서. 소리가 사방에서 파도처럼 솟구쳐 우영을 감쌌다. 우영은 염매를 잡고 있던 손을 놓았다. 떨어지지 않을 자신이 있었다. 자유로워진 손을 뻗어 소리를 붙잡았다. 손에 달라붙는 소리의 감촉은 시원하고 매끈했다.

순간 염매가, 이무기가, 힘을 잃고 흩어지는 게 느껴졌다. 염매는 반딧불이 같은 작은 빛이 되어…… 중력을 거슬러 위로 떠올랐다. 물소리를 따라, 용이 떠오르는 길이 된다는 월천의 물을 따라. 둥글고 작은 빛덩이들이 떠오르며 조금씩 색을 바꾸었는데— 따뜻한 노란색, 안쪽에서부터 여물어 차오르는 주홍색, 생기가 감도는 초록색…… 볕 좋은 날의 유원지 같았다. 아버지의 허벅지 뒤에서 고개를 내민 아이가 우영에게 손을 흔들었다. 빚을 꼭 갚겠다던 여인이 우영을 보고 미소 지었다. 잘 가라고 인사하고 싶었는데, 평온해지라고 말해주고 싶었는데, 아무 말도 할 수 없었다. 눈물과 함께 뭔가 울컥 올라올 것 같아서 혀뿌리에 힘을 주며 참는 게 고작이었다. 그렇게 버티면서 우영은 손에 닿는 소리를 더 꽉 붙잡았다.

'계속 붙잡고 있어요. 이우영 씨 외줄 오르기 에이스였다고 그랬잖아요.'

그럼요.

붙잡고 있을게요. 끝까지.

30

"아저씨 깼다!"

눈을 떠서 가장 먼저 본 건 설의 얼굴이었다. 우영은 조금
실망했다. 걱정하듯 내려다보는 사람이 신재였으면 좋았을걸.
신재가 괜찮냐고 물으면 '괜찮습니다'라고 멋있게 답하고 싶
었는데. 우영은 9단지 상가의 월촌반찬 조리실 바닥에 누워 있
었다. 온몸이 쑤셨다. 이마와 팔에 멍 자국이 비쳤고 어깨는 빠
질 듯 욱신거렸다. 꿈을 너무 꽉 붙들고 있었나?

조리대 저편에서 신재가 모습을 드러냈다.

"괜찮아요?"

"괜찮습니다."

멋있게 말하려고 했는데 그만 목이 메어 말끝에 헛기침이
배어났다. 신재의 눈썹이 꿈틀하며 위로 올라붙었다.

"그…… 일단 미안해요. 설이도 쓰러졌고 그쪽도 의식이 없어서…… 내가 설이 업은 채로 이우영 씨까지 동시에 옮길 수는 없어서 좀 날렸어요."

……날려?

뭘……?

"산사태가 있었어요. 용뫼산은 그렇게 큰 산이 아닌데 어디서 그렇게 많은 토사가 내려왔는지 모르겠다고 하더라고요."

"내려온 게 아니라 터져 나온 거겠죠. 그 통로에서……."

우영의 말에 신재가 고개를 끄덕였다.

"사당터는 덮였고 우물도 완전히 막혔어요."

"이무기는…… 염매는……."

"사라졌어요. 병증을 보이던 사람들도 원래대로 돌아왔고요."

돌아왔구나. 상필이 말끝마다 다시 그 헛웃음을 붙일 수 있게 됐어. 안심하는 우영의 표정을 읽은 신재가 '찬물을 뿌리는 것 같아 미안하지만……' 하며 덧붙였다.

"그게 세상에서 완전히 사라진 건 아닐 거예요. 누군가 또 염매를 만들어 낼지도, 이무기를 불러낼지도 몰라요. 선생님이 정말로 두려워한 건 이무기가 아니었을 거예요. 자신보다 더 강한 감각자가 염매를 만들어 내는 것. 염매를 이무기로 키

우는 것. 그래서 모든 감각자들을 감각이 미치는 데에 두고 서로 감시하길 원한 걸지도……."

우영은 신재의 말에 동의하듯 고개를 끄덕이고는 입을 열었다.

"우리가 금고에서 찾은 봉투 기억해요? 하나는 하신재 씨 것, 하나는 나, 하나는 설이. 그리고 봉투가 하나 더 있었잖아요. 녹음테이프, 공책, 그리고 죽거나 사라진 감각자들의 신상을 정리한 파일이 그 안에 있었죠. 그 파일에 있던 얼굴 중 하나가 내가 아는 사람이에요. 다섯 번째 감각자. 나는 그 사람에게 빚이 있어요. 그 사람은…… 어렸을 때 아직 감각을 모르던 내가 돕지 못한 사람이에요. 얼마 전까지는 내 동료였고 지금은…… 곤란해졌어요. 많이. 그놈이 입을 열지는 않겠지만 혹시라도 경찰이나 언론이 알게 되면 우리까지 곤란해질 거예요. 게다가……."

게다가 조승현 기자. 그는 어떻게 알고 거기 있었던 걸까. 월촌 자원 회수 시설 행사를 취재하러 왔다가 얻어걸린 것뿐일까. 그가 스타렉스에 그렇게 바짝 붙을 때까지 우영은 전혀 느끼지 못했다. 하나부터 열까지 마음에 걸렸다. 하나부터 열까지 다 우영의 감일 뿐이지만— 우영의 감이 보통 감이 아니라는 게 문제였다.

"손희성 사장님은 어떻게 무연고 사망자의 개인정보를 빼

돌렸을까요? 신재 씨의 사진이 박혀 있던 '박희영' 이름의 운전면허증, 그건 어떻게 발급받은 걸까요? 박희영 씨는 서류상으로 생존해 있어요. 민정희, 내 할머니도 그랬죠. 손희성이 시신을 인수해서 장례를 치렀는데도요. 뒤를 봐준 누군가가 있었겠죠. 감각자에 대해 알고 있는, 자신이 세상을 위해 옳은 일을 하고 있다고 믿는, 또 세상이 자신을 위해 옳은 일을 해야 한다고 믿는 누군가. 뒤집힌 세상, 신한국, 신질서, 신세계에서도 그런 사람들은 결코 사라지지 않으니까요. 그들은 손희성처럼 염매를 능히 만들어 바치는 감각자를 원할 겁니다. 그들은 나나 신재 씨처럼 책임에 얽매인 감각자를 원할 거예요. 무엇보다 그들은 설이 같은 감각자에게 환장하겠죠. 사람들의 무의식을 홀리는 감각이라니. 선거에서, 광고에서, 오디션 프로그램에서, 꿈을 파는 사람 모두가 원하는 능력이잖아요. 여당을 찍으라거나, 어떤 제품을 구입하라거나, 대세를 만드는 것. 일대의 SNS 홍보팀과 댓글부대가 동원되어야 하는 일을 설이는 혼자서 능히 해낼 수 있어요. 그들이 이걸 알아내는 데 얼마나 걸릴 것 같아요?"

우영이 신재와 설을 번갈아 보았다.

"이거 하나는 사장님이 맞았어요. 우리는 평범한 얼굴로 세상에 녹아들어야 해요. 흐릿하고 투명해져야 해요. 무엇보다 우리는 서로를 지키며 중심을 잡아야 해요. 꿈은 달콤한 말로

334

홀려 이용해 먹기 너무 쉬운 미끼예요."

* * *

"이럴 수가 있냐? 이우영, 너 월촌서에 김도신이랑 같이 왔지? 이전에 지하철 경찰로 같이 근무했고. 너 알았어?"

통합1팀 팀장이 물었지만 우영은 대답하지 않았다. 팀장도 대답을 바라고 한 질문은 아니었는지 머리를 흔들며 곧장 말을 더했다.

"김도신. 이름도 가짜고, 학력도 가짜고, 주소도 가짜고. 어떻게 그럴 수가 있냐? 경찰 발령 때 신원조회 다 하잖아."

신뢰의 다른 이름은 맹목(盲目)이다. 강한 믿음은 쉽게 감각을 흐린다는 것을 우영도 최근에서야 알았다. 김도신의 신분이 10년 전 사망한 사람의 것이라는 것, 진짜 김도신에게 가족도 지인도 없어 사망신고가 되지 않았다는 것은 월촌 자원 회수시설 폭파 용의자 김도신을 조사하는 과정에서 밝혀졌다. 진짜 김도신의 유해는 용뢰산 사당터 근처에서 발견되었고, 월촌서 통합1팀의 김도신은…… 출생 기록조차 없었다. 놀라우리만치 어떠한 연결도 없었다.

"미등록 아동이나 주민등록이 말소된 사람도 조사하면 연결고리가 하나는 나오는데. 꿈을 꾸는 건가 싶을 정도다."

335

팀장은 놀라다 못해 황당해했고, 우영은 입을 다물었다.

* * *

'경찰은 교도소 담벼락을 걷는 사람이다'라는 말을 우영도 다른 경찰들 못지않게 많이 들었지만 도신을 만나러 가는 길은 모든 걸음이 아슬아슬하게 느껴졌다. 얇은 수의 차림의 도신은 오른팔에 깁스를 하고 접견실로 들어섰다. 그 모습을 보자 우영은 괜히 죄책감이 들었다.

"병원비 할부도 되냐?"

어리둥절한 표정을 짓던 도신이 이내 그 뜻을 이해한 듯 작게 웃었다. 웃음이 지나자 또 침묵이 이어졌다. 앞에 놓인 면회 시간 타이머의 숫자가 줄어드는 것을 바라보던 우영이 입을 열었다.

"거봐. 패딩보다 가벼운 옷이 잘 어울리네."

"……염병."

맑은고딕체가 욕을 했다. 그 소리가 예전과 꼭 같아서, 이번엔 우영이 웃었다. 그러고 다시 침묵이 이어졌다. 타이머의 숫자는 계속 성실히 줄어갔다.

"참고래."

"……."

"고래 소리, 들어봤냐?"

"······."

"누가 그러더라고. 이런 거 서로 알고 그러는 게 특권이라고."

"······."

"너는 뭔지 모르지만, 뭐, 안 알려줘도 되지만. 나는 같이 듣고 싶다. 고래 소리, 그거 되게 좋거든."

도신이 다시 한번 입꼬리를 올렸다.

"모릅니다, 저는."

"나도 몰랐어."

"어차피 들어봤자 좋은지도 모를 거예요. 좋은 소리를 들어본 적이 없어서."

"그럼 그냥 닥치고 들어봐. 혹시 아냐? 좋아하게 될지도 모르지. 어쩌면 나중에 그보다 더 좋은 걸 찾게 될지도 모르고. 우리가."

도신은 눈을 감고 길게 한숨을 쉬었다. 감은 눈의 눈꺼풀이 파르르 떨렸다. 그와 동시에 접견실의 바닥과 벽과 천장과 우영이 팔을 괴고 앉은 테이블까지, 불현듯 빛이 변했다. 아득한 검은빛이었다. 피부에 닿는 검은빛이 너무 시려서, 우영은 화들짝 놀라 테이블에서 팔을 뗐다. 도신이 눈을 떴다. 접견실이 다시 원래의 색을 되찾았다.

도신이 뒤에 앉은 교도관을 한 번 흘깃하더니 우영을 보고 고개를 끄덕였다. 감각을 공유한다는 건…….

31

감각을 공유한다는 건 그 사람을 믿는다는 뜻이다. 도신은 우영에게 자신의 감각을 나누어주었다. 어쩌면 신수로 연결될 수 있을지도 모르지. 신재와 설, 희성과 정희처럼.

들리냐?

우영은 조그맣게 입술을 움찔거렸다. 입술의 움찔거리는 진동이 자신의 팔을 타고, 테이블을 타고, 유리 칸막이 너머 도신에게 전해지길 바라면서. 도신은 눈을 길게 한 번 깜빡였다. 그걸로 충분했다.

감각자들을 이용하려는 세력이 있어. 너도 알겠지만.

도신이 또 한 번 눈을 깜빡였다.

우리는 좀 더 투명해질 생각이야.

다시 한번, 깜빡.

우리가 도와줄게. 그러니까 너도 조금만 더 흐릿하게 있어.
조금만 더 투명해져. 세상이 알아채지 못하게.

타이머에 표시된 시간이 0으로 떨어졌다. 우영은 자리에서 일어나다가— 멈춰서 내내 궁금했던 질문을 던졌다.

"그런데…… 너 진짜 이름이 뭐냐?"

"……."

"대답하기 싫으면 말 안 해도 돼. 이름 같은 게 뭐 중요하냐. 이름 몰라도 우리 잘만 지냈는데. 근데 이거는 좀 알자. 너 원래 몇 살이냐?"

"……잊어버렸어요."

"족보 정리 좀 하려고 했더니 못 하겠네."

"한 쉰 몇 살쯤 될 텐데. 알면 말 높이시게요?"

그냥 물어보지 말걸.

우영은 못 들은 척 돌아섰다.

32

우영이 월촌역 역사에 들어서자 마치 약속이라도 한 것처럼 지하철 경찰 사무실 문을 열고 반장이 나왔다.

"아이고, 우리 인간쓰레기가 어쩐 일이셔?"

우영이 쓰레기장에 빠졌다는 소문이 그새 월촌역까지 퍼진 모양이었다. 반장의 짓궂은 인사 밑으로 덜컹덜컹— 익숙한 소음이 정겨운 양념처럼 깔렸다. 플랫폼으로 지하철이 들어오는지 종소리도 들렸다.

"김도신 이야기는 들었다. 그 이름도 가짜였다면서? 어쩌다 그랬을까."

반장이 혀를 찼다. 그러더니 우영을 보고 되물었다.

"너는 감 좋잖아. 별명이 인간 거탐이었는데 감 다 죽었네.

옆에 있으면서 눈치 못 챘어?"

우영이 고개를 저었고 팀장은 더 크게 혀를 찼다.

"그래도 나는 그놈이 참 괜찮았단 말이야. 요즘 형사과 자원하는 놈이 없는데 걔는 어지간한 힘든 일도 군소리 없이 하고. 젊은것이 요령이 없다 못해 애늙은이 같았지. 그런 놈이 그럴 줄 글쎄 누가 알았겠냐. 근데 말이야, 가짜였어도 내 눈에 괜찮았으면 좋은 사람 아니냐?"

"뭐…… 그렇죠."

도신이 애늙은이가 아니라 오십 넘은 중늙은이였다는 말을, 우영은 굳이 하지 않았다.

"그래서 여긴 어쩐 일로 왔어? 놀러 온 건 아닐 거고."

"놀러 왔어요."

"진짜로?"

"진짜요. 당분간 못 뵐 것 같아서."

"왜? 어디 가냐? 시골 파출소라도 가 있으려고? 김도신 일 때문에 그런 건 아니지?"

"시골 파출소는 아니지만 어디 멀리 가는 건 맞아요."

"로또라도 된 거야? 이 새끼 감이 좋더니……."

우영이 긍정도 부정도 하지 않은 채 웃기만 하자 반장의 표정이 다시 진지해졌다.

"뭔데, 어디 가는데?"

"말해도 안 믿으실걸요? 믿는다는 게 생각보다 힘이 드는 일이라."

"힘들고 안 힘들고가 어딨어. 믿으면 믿는 거지."

"음…… 꿈을 지키러 간다고 하면 믿으시겠어요?"

초능력자에게는 비밀이 많다. 하지만 반장은 좋은 사람이었고 우영은 그와 헤어지는 게 아쉬웠기 때문에, 그에게 진실한 도막을 선물로 주고 싶었다.

"새끼. 싱겁긴."

"요즘 잠은 잘 주무세요? 뭐 나쁜 꿈은 안 꾸시죠?"

"꿈꿀 새도 없이 누우면 뻗어서 잔다."

"제가 잘 지켜서 그런 거예요. 감사는 됐습니다."

선물을 받느냐 받지 않느냐는 그의 마음이었지만.

"여긴 뭐 별일 없어요? 헛소리 중얼거리다 물어뜯는 사람도 없고요?"

"없지, 맨날 똑같다. 불법 촬영하는 놈 잡겠다고 야리다 담배 태우러 갈 때 빨터에서나 햇빛 보고. 아들놈 웹툰이 대박 나야 내가 땅 위로 기어 올라갈 텐데. 말 나온 김에 너, 내가 링크 하나 보낼 테니까 추천 좀 눌러라. 이번에 우리 아들이 또 웹툰 공모전에 나갔는데……."

반장의 몸에서 희미하게 새어 나오던 소리가 점점 풍성하게 커졌다. 반장의 꿈은 심심하고 뻔했다. 하지만 아름다웠다.

때때로 세상은, 사람은 이렇게 근사한 소리를 낸다.

떠나기 싫어 미적거리며 고민했다. 한때 손희성이라 불린 감각자가 유니폼을 입고 브리사를 모는 택시 운전사가 '짐은 트렁크에 보관할까요, 사장님?'하고 묻던 시절을 그리워한 것처럼, 우영도 이 시절 이 사람들을 그리워하게 되리라는 걸 알았다. 지나간 것은 꿈이 되고, 꿈속의 사람들은 대개 아름답다. 뭐, 다 그런 건 아니라지만 우영이 만나서 인연을 맺은 사람들은 그랬다. 운이 좋았다. 좋았던 게 어디 운뿐이었을까. 책상과, 부팅을 마치기까지 담배 한 개비의 시간이 걸리는 조립식 컴퓨터와, 바퀴 하나가 굴러가지 않는 의자도 좋았다. 지하철이 들어올 때 나는 종소리와 부드러운 덜컹거림도 좋았다. 끊으려고 애를 쓰다가도 결국 슬그머니 기어나가 피우던 담배와, 갑갑하게 몸에 꽉 끼던 경찰 조끼, 당직을 마치고 먹던 김치찌개도 좋았다.

하지만 우영은 감각자로 살겠다 다짐했다. 꿈속이 아닌 꿈 밖에 머물며, 꿈을 지키며, 꿈이 사람들 사이를 흐르며 만드는 울림을 듣고 싶었다. 우영은 한때 손희성이라 불린 감각자가 내어준 조리대 의자에서 고향에 돌아온 기분을 느꼈던 것을 기억했다. 구린 일을 수도 없이 저질렀고 수도 없이 많은 사람을 아프게 했지만, 그는 우영에게 '어서 오게'라고 말했다. 그 말은 따뜻했다. 관리가 잘 된 빈티지 진공관 라디오에서 흘러나오던 이문세의 노래처럼.

우영은 감각자로 살겠다 다짐했다. 손희성과는 다른 감각
자로 살겠다 다짐했다. 다시는 제 귀에 담기는 소리를 모른 척
하지 않겠노라 다짐했다. 그렇게 다짐한 이상 좋았던 시절은
놓아주어야 했다. 손희성이 유니폼을 입은 택시 운전사가 브리
사를 몰던 시절을 놓아준 것처럼.

33

새벽 5시의 풍경은 한산했다. 설은 잠도 안 오는지 뒷좌석에 앉아 저기 해가 뜨는 것 같다는 둥, 바람이 선선하다는 둥, 여기는 처음 와본다는 둥 떠들어 댔다.

"우리도 마찬가지야. 처음이자 마지막이었으면 좋겠고."

"음…… 사실 저는 자주 왔습니다."

신재와 설이 동시에 우영을 보았다.

"일 때문에요, 일 때문에. 나 때문이 아니고."

괜히 민망해진 우영이 대시보드에 달린 라디오 전원을 켰다. 느른한 목소리로 부르는 노래가 공간을 채웠다. 이른 새벽에 어울리는 선곡이었다.

기결수 만기 출소는 새벽 5시.

5시하고도 20분이 되자 우영은 초조해졌다.

"올 거예요."

신재가 부드럽게 우영을 달랬다.

그때, 우영의 귓바퀴가 꿈틀거렸다. 문이 열리는 소리, 부드럽게 땅을 디디는 발소리가 들렸다. 언제나 소리가 먼저다.

"저기 오네요."

시야에 들어오는 건 그다음이고.

"어디요?"

설이 뒷좌석 창문에 바짝 얼굴을 붙였다. 그 애의 머리카락 아래, 귀 뒤에 붙은 더듬이가 움찔거렸다. 우영이 운전석 문을 열고 나섰다. 라디오의 노랫소리도 한층 싱그러워졌다.

"어서 와라."

우영의 말에 답하듯 세계가 환하게 불을 밝혔다. 투명하고 아름다운 빛이었다. 우영이 감각을 활짝 열었다. 신재도, 설도 감각을 보탰다. 아득하게 고래 소리가 들렸다. 그렇게, 감각자들은 자신들의 꿈이 다섯 번째 감각자에게 닿기를 바랐다.

34

[월촌주민카페]

[자유게시판]

[말머리 : 주민생활] 월촌역에서 이상한 덕담남 만난 사연

안녕하세요. 저는 최근 입사가 확정되면서 월촌동으로 이사를 앞둔 예비 주민인데요. 혹시 그분이 월촌동 사시나 싶어 주민생활 게시판에 글을 남깁니다.

지난주 수요일 오전 9시 30분경 월촌역에서 제 원서를 챙겨주신 분을 찾고 있어요. 면접 보는 날인데 졸다가 원서 두고 내릴 뻔했거든요. 근데 웬 남자분이 챙겨주셔서 살았어요. 그 남자분이 '중요한 원서니까 좋은 꿈가루도 뿌려줬다'라고 면접 잘 보라고 덕담해 주셨거든요. 신기하게 저 진짜 면접 붙었어요. 다음주부터 출근이에요. 덕담남님 덕담의 힘인가... ^^

근데 저 면접 본다거나 그런 말 한마디도 안 했거든요. 어떻게 아셨을까요. 아무리 생각해도 운명이라 통한 게 아닌가 싶어요. 덕담남님 다시 만나고 싶어서 요즘 괜히 월촌역 어슬렁거리는데, 혹시 이 글 보시면 댓글 달아주세요. 꼭 다시 만나고 싶어요.

ㄴ 원래 면접 보는 사람 티나요ㅋㅋㅋ 옷이 면접복이잖아요.

ㄴ 결혼 축하드려요.

ㄴ 결혼 축하드려요.2222

ㄴ 난 갈비탕.

ㄴ 덕담남님 잘생기셨나 봐요. 여기다가 글 써서 찾을 정도면...

ㄴ 가끔 월촌역에 그런 사람 뜬다고 라디오 사연에도 나오긴 하던데... 너무 잘생긴 걸 보면 사람이 기억을 잃는다는데 그런 건가요? 뭐 다른 단서는 없어요?

ㄴ (작성자)그게요... 얼굴이 기억이 안 나요. 저 사람 얼굴 잘 기억하는 편인데 왜 그분 얼굴은 하나도 기억이 안 나는지 모르겠어요. 다시 만나면 말 붙여보려고 월촌역 왔다갔다 하는데 그분 얼굴이나 옷차림이 진짜 하나도 기억이 안 나요. 생각하려고 하면 머릿속이 흐려지면서 그분에 대한 기억만 투명하게 사라지는 것 같아요. 이상해요 진짜.

ㄴ 저기요 죄송한데 그 새끼 안 잘생겼고 나이도 오십 넘었어요. 사회초년생 같은데 다른 사람 알아보세요.

작가의 말

　《감각자들》은 2022년 안전가옥과 왓챠가 '이중생활자'를 주제로 개최한 공모전에서 가작으로 선정된 단편 〈드림센스〉로부터 출발한 소설입니다.

　〈드림센스〉의 소재를 떠올린 건 어느 평범한 날의 여상한 오후였습니다. 학생들이 모두 하교한 텅 빈 교실에서 저는 혼자 아이들의 작품을 게시판에 압정으로 붙이고 있었고, 고개를 들었더니 저물녘 뉘엿거리는 빛이 교실을 오렌지빛으로 물들이고 있었고, 꿈처럼 아름다운 그 빛 속에서 잠깐 몸이 부풀어 오르는 것 같은 기묘한 감각을 느꼈고, 감각이 상상이 되어 (어쩌다 상상이 그렇게 튀었는지 모르겠지만) '아, 만약 내가 초능력자고 학교에 괴물이 들어왔을 때 그 괴물을 물리치려면……' 하며 꼬리를 물다 보니 제가 괴물과 싸울 만한 무기(?)랄 것은 압정과 분필 정도였고, '압정과 분필을 든 초능력자. 어? 이거 재밌겠는데?' 싶어서 한 줄 한 줄 써 내려갔고, 안전가옥 PD님의 전화를 받았고…… 그렇게 설과 신재라는 감각자들의 이야기를 세상에 내놓았습니다.

〈드림센스〉는 그 자체로 완결된 이야기라 생각했기 때문에 그 세계관을 더 확장하거나 이어 쓸 생각은 없었습니다. 하지만 세상 모든 일이 그렇듯 이야기도 작가의 마음처럼 움직여주지 않는 법입니다. 그렇게 제멋대로 뻗어나간 감각자들의 이야기에 지금은 퍽 감사한 마음으로 작가의 말을 덧붙이고 있습니다.

이야기란 참으로 사람과 같아서 많은 이들에게 빚을 지며 태어나 말은 지지리도 안 듣고 제가 하고 싶은 대로만 하면서 작가의 가슴에 몇 개나 되는 대못을 박으며 자랍니다.《감각자들》도 그렇게 태어나서 그렇게 자랐습니다.

막연함 속에서 갈피를 못 잡고 있던 저를 향해 '이쪽이에요, 이쪽!'하고 외치며 길잡이를 해주신 신지민 PD님, 이은진 PD님께 깊은 감사를 드립니다. 말 안 듣는《감각자들》에다 '사랑으로 키워주실 다른 작가님을 구합니다'라는 팻말을 붙여서 내다 버리고 싶던 적이 한두 번이 아니었는데 두 분 PD님들께서 단호하면서도 다정하게 이끌어주셨기에 끝까지 쓸 수 있었습니다.

소설을 쓰기 위해 자료를 모으고 있다는 신인 작가 한 명을 위해 귀한 시간을 내어주신 S시 자원 회수 시설 관계자님께도 진심 어린 감사를 전합니다. '여기 어디를 폭파해야 잘 터질까요?'라고 묻는 저를 경찰에 신고하지 않고 어디를 폭파하는 게 좋을지, 폭발물이 터지면 어떤 그림이 나올지 차분히 설명해주셔서 감사합니다. 쓰레기 적치장에 트럭이 거꾸로 떨어진 일화 또한 자원회수시설 관계자님께서 나누어주셨습니다. 정말 큰 도움이 되었습니다.

자료 조사를 함께해준 나의 오랜 벗, S남매에게도 순순한 우정과 감사의 마음을 전합니다. 저조차 완벽하게 믿지 못했던 허무맹랑한 이야기를 듣고도 두 사람은 웃지 않았습니다. ('괜찮겠냐'라고 묻기는 했지만.) 고마워! 앞으로도 친구로 지낼 수 있게 해주라. 평생.

이야기에 나온 손희성의 말, '나침반이 태평양을 건널 때야 유용하겠지만 냉장고에서 반찬 통을 찾을 땐 쓸모가 없는 것과 같다네.'는 퓰리처상을 수상한 과학 저널리스트 에드 용의 저작《이토록 굉장한 세계》(에드 용, 어크로스, 2023)의 '예컨대 당신은 자기감각을 이용해 유럽에서 아프리카로 여행할 수 있지만, 침실에서 욕실을 찾아갈 수는 없다.'라는 문장을 참고했습니다. 자기감각에 대해 설명하는 글이었지만 삶에도, 꿈에도 맞아떨어지는 진귀한 이치라고 생각합니다. 멀리 뜬 꿈만 좇는

자는 딛고 선 현실을 살피지 못하고, 제 발치만 두리번거리는 자는 높은 꿈을 놓치는 법입니다. 그 굉장한 책을 통해 굉장한 감각의 세계를 엿볼 수 있어 읽는 내내 기쁘고 행복했습니다.

또 《라디오 탐심》(김형호, 틈새책방, 2021), 《고래와 대화하는 방법》(톰 머스틸, 에이도스, 2023), 《소리를 잡아라》(마크 카츠, 마티, 2006)와 같은 걸출한 저작들이 있었기에 감각자들의 세계를 구축할 수 있었습니다.

소설에 인용된 동의보감의 내용은 본래 주술의 일종인 '고독(蠱毒)'을 설명하는 글입니다. 초고에서는 동의보감에 쓰인 그대로 '고독'이라 기술하였으나 후에 보다 폭넓은 주술을 의미하는 '염매'로 고쳤습니다. '잠꼬대할 염'(魘)이라는 한자가 마음에 들었거든요. 《감각자들》 자체가 한바탕의 잠꼬대 같은 이야기 아닙니까.

이야기를 짓는 내내 무수한 마음과 도움을 구했고 또 얻었습니다. 잘못되고 뒤틀린 부분은 모두 저의 부족함 탓입니다. 제대로 담아내지 못해 죄송합니다. 미욱한 작가가 어설프게 지어낸 꿈같은 이야기인 탓이라 여겨주십시오.

많은 빚을 져가며 한 문장 한 문장 적어 내려가는 동안 저는 슬펐고 기뻤고 참담했고 벅차올랐고 좌절했고 희망에 부풀었습니다. 그리고 이제 제가 지난 일 년 반 동안 꾸었던 단꿈을 놓아줄 때가 되었네요. 많이 아쉽습니다만 제 손을 떠난, 정확히 말해 제 노트북 속 워드프로세서를 떠난 이야기가 세상을 좀 더 아름답게 만들어주리라 믿습니다.

모두 좋은 꿈 꾸시길.

2024년 겨울, 나혜림

프로듀서의 말

　《감각자들》의 시작은 〈2022 안전가옥 X 왓챠 스토리 공모 : 이중생활자〉라는 공모전입니다. 공모전 수상작품집인《이중생활자》에 실린 〈드림센스〉라는 단편소설이 감각자들의 세계가 처음 등장한 작품이었어요.

　'이중생활자'라는 키워드 덕분인지 유달리 스릴러와 범죄물이 많던 작품들 사이에서, 설과 신재 콤비의 귀여운 매력은 단연 눈에 띄었습니다. 공모전이 끝나고도 종종 이 작품이 떠올랐는데, 마음이 기우는 쪽은 주인공인 설보다 생활인이자 숨겨진 히어로 신재였습니다.

　"꿈이 밥 먹여준다디? 돈이 안 되잖아, 얼마나 좋니, 공무원."이라 말하며 설에게 공부하라 잔소리하는 시니컬한 인물이면서, 다른 한편으로는 아무도 알아주지 않지만 고생깨나 해야 하는 '꿈을 지키는' 일을 투잡처럼 뛰던 사람. 이중생활이 힘들어 툴툴거려도 아이들에게 진심을 보여주는 특별한 어른.

자신이 가진 독특한 감각을 바탕으로 우리가 모르는 사이 세상을 지키고 있을 '감각자'들이 더 있지 않을까 싶은 생각, 그들을 만나고 싶은 마음에 나혜림 작가님께 〈드림센스〉의 세상을 장편소설로 풀어주시길 제안드렸습니다.

단편의 이야기가 장편으로 확장되고, 어른의 세계로 초점이 이동하면서 작가님과 함께 감각자들의 세계관을 만드는 작업부터 새롭게 시작했습니다. (아마 〈드림센스〉 속 세계관과는 조금 달라진 부분도 있을 거예요!)

두억시니는 왜 만들어지는지, 신수와 감각자는 어떻게 이어지는지, 그들이 언제부터 존재했을지, 감각자들의 해외 지부는 없는지 등등에 대한 상상을 작가님과 즐겁게 나누는 일이 무척이나 신났습니다. 어릴 적 내가 혹시 숨겨진 히어로일지도 모른다는 생각을 하며 공상 속으로 빠져들던 때가 떠오르기도 했어요.

《감각자들》이라는 판타지 세계를 잘 구축하기 위해선 일상의 디테일을 잘 갖추는 것도 중요했습니다. 타고난 이야기꾼인 나혜림 작가님은 풍부한 자료 조사와 이야기 구성으로 '있을 법한' 그들만의 세계를 너무나 잘 구축해 주셨습니다.

《감각자들》속 인물들은 두 역할을 수행하고, 그 자격 사이에서 갈등하며 자신만의 선택을 해나갑니다. 손희성처럼 다수의 행복을 위해 누군가의 희생이 필요하다 믿는 이도 있고, 눈앞의 한 사람을 구하는 게 더 중요한 우영 같은 사람도 있죠. 이야기를 쓰는 작가도, 좋은 이야기를 발굴하고 싶은 저희 스토리 PD들도 매력적인 캐릭터는 무엇인가에 대해 끊임없이 고민합니다. 나와 닮은 평범한 누군가가, 내가 하지 못하는 비범한 선택을 할 때, 용기라 부를 수 있는 행동을 하는 순간, 저는 그 캐릭터에 빠져드는 것 같습니다.

《감각자들》에서 그런 인물들을 만날 수 있어 기뻤습니다.

마지막 원고를 다 읽고 나서, 다시 만난 도신과 우영의 다음 행보가 몹시 궁금해졌습니다. 아직 이 세상에 나오진 못했지만, 이야기 어디엔가 숨어 있을 또 다른 감각자들이 기다려지기도 했고요.

이 작품을 만난 독자분들께 특별한 용기가 함께하길 바랍니다.

고맙습니다.

안전가옥 스토리 PD

신지민 드림

감
각
자
들

1판 1쇄 발행 2025년 2월 11일
지은이 나혜림

기획 안전가옥
프로듀서 신지민, 이은진
           김보희, 이수인, 임미나
퍼블리싱 김하얀, 박혜신, 임수빈
편집 한우주
일러스트 강희경
디자인 강지구
서비스 디자인 김보영
비즈니스 이기훈
경영지원 홍연화

펴낸이 김홍익
펴낸곳 안전가옥
출판등록 제2018-000005호
주소 04779 서울특별시 성동구 뚝섬로1나길 5,
       헤이그라운드 성수 시작점 202호
대표전화 (02) 461-0601
전자우편 marketing@safehouse.kr
홈페이지 safehouse.kr

ISBN 979-11-93024-90-4 (03810)
ⓒ 나혜림, 2025

안전가옥 오리지널

안전가옥 오리지널